纸上

苏沧桑 著

北京出版集团
北京十月文艺出版社

目 录

自序：春天的秒针

在遥远的阿拉斯加腹地，有一条塔那诺河，一百多年来，每年三月的第一天，小镇的人们会聚在一起，在冰冻三尺的大河中立一个木头三脚架，将一根绳子与瞭望塔上的钟摆相连。当冰雪融化、冰层断裂，三脚架终于倒下的一瞬间，钟摆会停下，钟摆停在几时几分几秒，就是春天到来的时刻。

大地上，有无数这样奇妙的时辰、动人的故事、深邃的思考、磅礴的想象……偶然被记下，大多被遗忘。写作者，就像冰河上定格春信的秒针，精准而诗性。

人类的脚步和灵魂从未停止过流浪，在广袤大地上留下了无数璀璨文明。中华民族优秀传统文化源远流长，博大精深，生生不息，也有一些珍贵的东西正在渐渐远去。现实土壤深处，熠熠发光的一些人一些事物，黑洞般将我深深吸引，身在古城杭州，心被魔力牵引着总想去旷野行走、寻找、靠近，如同深海一只龟缩在硬壳里的贝类，总想探出触手去刺探另一种具有强烈陌生感的人生，眺望生命的多种可能性，比如去草原养蜂，去戏班演戏，学古法造纸，跟船娘摇船，住进蚕农和茶农家养蚕采茶，冬酿时节赤足蹚过酒作坊地面的积水，像祖先一样出海打鱼。

于是我去了，勇敢而笨拙，一往情深。未曾想到的是，每一次触摸，于内心是震撼，于灵魂是洗礼。

于是有了以中华优秀传统文化为主题、以中国南方珍贵的"非遗"文化、手艺行当、风物人情为基本元素的系列散文《纸上》《跟着戏班去流浪》《与茶》《春蚕记》《牧蜂图》《冬酿》《船娘》。三年多来，"我"深入"他们"的生活现场，和"他们"一起捞纸、唱戏、采茶、养蜂、育蚕、酿酒、摇船，试图对那些正在远去的劳作方式、正在经历时代巨变的人心，进行活化石式的解构，深度挖掘一个个鲜活的人生横断面里蕴藏着的中华优秀传统文化精髓，以及山水之美、风物之美、劳动之美、人民之美。

希望这些文字结集成书后，能为读者们呈现一个"独特"视角下多元多维的文化世界——充盈着水汽和灵气，也潜藏着雄风和大气；是南方的，也是中国的；是中国的，也是世界的；是历史的，也是正在发生着的。

为追溯谁是人类最早的祖先，古脊椎生物学家将二点八厘米厚的杨氏鱼头颅化石连续磨片，最终将其切分成五百四十多片。我从生活的矿井里，执着地截取着一个个时光断片，它们虽不比四亿年前的古鱼头化石切片，亦非古墓中薄如蝉翼的素纱禅衣，但我想，多年以后我不在了，一代代人不在了，无数记录者的文字还在，未来的人读到时，依然能从中触摸到一双双人民的手，听到更接近天空或大地的声音，看到始终萦绕在人类文明之河上古老而丰盈的元气。

但愿。

壹　春蚕记

那双手粗糙、黝黑，
长满老年斑。

丝绵兜会变成云朵雪花般
又轻又软又清的蚕丝被，
轻拥起一位新嫁娘的梦，
老奶奶也曾有过的梦。

农历四月，我把一些细碎的时光给了一百条蚕，它们回馈我最后一头"春天的小兽"。

农历四月，我把一个黄昏和一个凌晨给了十万条蚕，它们抵达我，以一束光的形式。

一　起初

那时我不知道，会只剩下最后一条蚕。

放大镜下，一百条蚁蚕匍匐在桑叶上，像一百头无知无畏的小兽穿行于森林。发丝般柔细，灰白色的头部，墨绿色的身体，毛茸茸的足。足有八对，三对胸足把持桑叶进食，四对腹足驱使身体前进，一对尾足附着在桑叶上。此时，它们正用力跨出腹足，身体向前推进，头部扭向身后，像一头头回望的小鹿或幼狮。

起初，它是桑树的害虫。五千年前某一个清晨，也许午后，一位先人发现了它吐丝的秘密，从此，它被人类驯养，涅槃为丝，前往深邃和广阔，美如浩瀚苍穹。

我将一百头小兽连同桑叶的森林倾斜着倒进了另一个世界——一个钻了四排小孔用于透气的塑料盒，用一根很小的鹅毛，将黏在桑叶上的它们轻轻扫到了新鲜的桑叶上。它们仿佛蠕动了几下，又仿佛没有，实在太小了，看不清。

它们来自湖州某村某个养蚕人家，被装在一个快递包裹里，穿越二〇一九年暮春的一场雨，来到了杭州春江花月小区的丰巢柜。我捧着包裹穿过雨地，在电梯里遇见邻居家的一条大狗，感觉到它亲昵的逼近，我本能地将包裹紧贴前胸，脑海里奇怪地跳出了几行诗[①]：

农桑将有事，时节过禁烟。

轻风归燕日，小雨浴蚕天。

当它们还是一粒粒蚕种时，它们曾被哪个女人紧贴在胸口

[①] 文中引文古诗部分均出自《御制耕织图》。

孵化？经过了谁的双手喂养？

　　伴随它们而来的，是一整套微型养蚕工具和两个保鲜袋的桑叶，据说放在冰箱里能供它们吃半个月。我用清水将一片桑叶冲了一遍，用纸巾轻轻揾掉叶面上的水，晾了五分钟，又用开水冲洗过的剪刀将桑叶剪碎覆盖在它们身上。十来分钟后，桑叶出现了一个个小小的孔洞，探出了一头头小兽的脑袋。

　　一百头勇猛的小兽，在食物的森林里奔突奋进，狼吞虎咽般啃噬着桑叶，如镰刀收割麦浪，风卷着残云。我仿佛看到，湖州新市镇勇兴村秀才桥沈桂章家，十万头勇猛的小兽，正在桑叶的森林里奔突奋进，发出春雨打在万物之上的沙沙声，整个天地被雨声织进了一只巨大的茧里。

　　这是我第一次养蚕，这一百条蚕于我，不是一百条蚕，而是沈桂章家的十万条蚕。我们相约一起养十万条蚕，但我无法和他们一起日夜亲手喂养十万条蚕，便在家喂养一百条蚕，假装和他们一起喂养了十万条蚕。之间相隔六十公里。

　　我将盒子放置书房的书桌上，将两朵从湖州含山蚕花会上带回的蚕花放在盒子旁，祈祷一百条蚕平安。笨拙如我，未必能养活一百条蚕，但沈桂章家的十万条蚕一定会平安，一定要平安。

二　月精灵

书房安静如初。书房还是有点不一样了。推开房门，我看见一双双正在四处逃窜的眼睛。我相信，之前，所有的书，书桌上的笔墨纸砚，花架上的瓷盘和花瓶，还有书架上的相片和奖杯什么的，都已经醒来，用鼻子探寻着一百条生命的陌生气息，用眼睛寻找着它们，用耳朵聆听着它们。窗外，月光也将脚用力粘在窗玻璃上，向内张望。

月光窥见小猫银河和小野趁我不备，从我脚下悄悄溜进虚掩的门，蹑手蹑脚跃上书桌，耸着粉色的鼻尖深深嗅着它们，惊奇地张大了瞳孔。像是从气味里读懂了它们的语言，达成了某种默契，它们次第轻轻跃下书桌，从我脚下溜走。

等到整个世界熟睡时，书页里的那些人，会不会也醒来，从书架上轻轻跃下，打量那一百条新来的微尘般的小小生命？猜测它们来自大地深处还是寂静月空？

那本有着月空般深蓝封皮的书，是康熙《御制耕织图》。南宋临安於潜县令楼璹曾作《耕织图诗》长卷，图文并茂详尽描绘了耕织农事，多年后，康熙南巡得遇《耕织图诗》，对织女之寒、农夫之苦"惓惓于此，至深且切也"，命内廷供奉焦秉贞在楼绘基础上，重新绘制耕图、织图各二十三幅，亲自题写序文，并每幅"制诗一章"，又命木刻家朱圭、梅裕凤镌版印制，"用以示子孙臣庶"。其中的《织部诗》呈现了浴蚕、二眠、三眠、大起、捉绩、分箔、采桑、上簇、炙箔、下簇、择茧、窖茧、练丝、蚕蛾、祀谢、纬、织、络丝、经、染色、攀花、剪帛、成衣等一整套工序。

此刻，宣纸上的男女老少们纷纷跃下桑枝、墙头，或从蚕架后探出身，从茧簇前抬起头，或挪开染缸，爬下织机，穿过深蓝色的封皮，跳下书架，跃上书桌，与一百头小兽窃窃私语。一个月后，它们的生命将与他们一起，在时光之河里永生。

一款叫作"口袋妖怪"的游戏中，有一个月亮伊布，也称月精灵，会接受月亮的波动而进化。黑色的毛，红色的眼睛，身上的环状花纹是耀眼的金色，在沐浴月光后，这些花纹会微微发光，唤起不可思议的力量。

一百条蚕沐浴在微弱的月光下，月精灵般微微发着光。这一夜，我与它们一墙之隔。墙的那一边，有多少个夜的精灵在对话，我一无所知。对它们未来一个月的命运走向，我亦一无所知。

三 入桑林

黄昏，我进入一片桑林，像进入自己的名字。父亲为我取名自"沧海桑田"，儿时所有的人唤我"桑桑——桑桑——"。东方古国不用金戈铁马慑服远方，用最柔美的力量，一枚绿茶化为无华杯水，一片柔桑化为如水丝帛，不具统治性，却摄人心魄。

我和我的影子，连同一片桑林，倒映在桑田与桑田之间的一大片水域中。多么普通、多么安静的一棵树啊，在时光里静静站了五千多年，时光选中它成为"东方自然神木"，选中曾日夜噬咬它的虫为"蚕"，让它们相互成就，在人类文明进程里，璀璨如火石，如光，如电。

这是农历四月初十湖州新市镇勇兴村秀才桥的黄昏，我随沈桂章夫妇，踩着被雨水泡软的泥路，高一脚低一脚深一脚浅一脚穿过一片片桑树林，像三条船蹚过一浪一浪的碧波。我的耳畔响起《诗经·鄘风·桑中》，响起汉乐府《陌上桑》，响起南北朝的《采桑度》，我看见康熙久久伫立采桑图前，画中的年轻男子趴在桑树上往树下扔着桑葚，树下一位男子撩起衣襟仰头去接，一位红衣孩童蹲在地上捡掉落的桑葚，康熙仿佛听到了桑田中采桑男女的欢声笑语，提笔写道：

桑田雨足叶蕃滋，恰是春蚕大起时。

负筥携筐纷笑语，戴胜飞上最高枝。

在黄昏的桑田里，没有戴胜鸟，也没有踩着桑梯爬上桑树如鸟儿般歌唱的采桑女们。空中一匹骏马形状的晚霞飞驰在桑林之上，雨后黏成一团的湿气，被一声声锐利的"咔咔"声啄破。

骏马，沈桂章看不见，如果有戴胜鸟飞过，沈桂章也看不见。他抬着头，"咔咔"地剪着桑枝，眼睛看向虚无。花甲之年的脸藏在一顶灰布帽下，很瘦，身上是一件印着一行小字的蓝布工作服，脚上是一双军绿色的旧解放鞋，整个人显得有点旧。他的头循着声音转向我们，白亮的目光无着无落。几年前，他的白内障手术失败，几近失明。干杂活农活，采桑养蚕，倒是一点都不妨碍，如他所说，手感在的。

这一片桑林，喂养着家里三张半蚕种、十万条蚕，桑叶一采完，就要赶在天黑前将桑枝剪完，否则，枝条就老了，不好剪了。

邵云凤剪一枝桑枝最多只需一秒。左手抓住桑枝，一拗，右手的剪刀顺势一铰，一枝枝桑枝，瞬间臣服在她两条老桑枝般的胳膊之下。一棵桑树有七八根桑枝，她五六秒就能完成，而我用了两分钟，虎口已被压出一道道深红的印。这些印她也有过，十三岁就有过，岁岁年年，如今早已变成了老茧。夕阳挂在一棵桑树上，她"咔咔"剪下去，夕阳没有掉，掉落的是一颗颗发紫的熟桑葚。桑葚很甜，他们没空吃，白白掉在地上，每一棵桑树下的泥地都被洇染成了紫色。

从蚕种孵化到收蚕茧，约一个月，每天凌晨三点起床，四点半喂好蚕，天一亮去地里采桑叶，采好桑叶再回家吃八十岁老母亲烧的早饭。二十四小时要喂三四次，其余时间采桑，剪枝，整理桑叶，晚上九点多喂好蚕，十点多睡觉，一天睡四五个小时。最辛苦的，是三天之后，蚕快要做茧了，像正在灌浆的水稻丰收在望，桑叶要喂厚一点，照料得要更勤一点。

这是"辛勤减眠食，颠倒着衣裳"的一个月，也是担惊受怕的一个月。

第一怕，是断粮。几年前，秋蚕将熟，整个杭嘉湖地区所有桑叶都被虫吃了，好不容易养大的蚕，到了最后一周活活饿死，几乎绝收。

怕蚕宝宝生病，僵掉。

怕蚕茧卖不掉，十五天后就会变蛾，咬破蚕茧，茧子就废了。

怕蚕茧卖不出好价钱。

沈桂章是名闻方圆百里的养蚕能手。他当过兵，当过村支部委员，办过水泥厂，福利厂，养蚕养了几十年，以前每年要养十几张蚕种，楼上楼下七间蚕房。人们只道他蚕养得最好，他自己知道，窍门是有的，主要还是用心，平时桑叶铺得薄一点，蚕间隔得稀疏一点，这就意味着要勤喂，多花工夫。和江南大地上无数养蚕人家一样，勤快，是本分。

"我们这一代人养好了，就不养了，儿子他们不会养了，太辛苦了。"他声调平淡的话语将被暮色吞没时，我用力抓住它，心中黯然。是啊，五年后十年后多年以后，还会有集体合作社和蚕桑基地继续养蚕，有桑基鱼塘长久的保护传承，但散落民间的养蚕人家恐怕真没有了。

"你们也不希望儿子养吧？换作我是你，也不想儿女那么辛苦。"我说。

"对啦！你说得太对了！"他的声调骤然高起来，显得很兴奋，仿佛遇到了知己，说出了他最想说又不好意思说的话。

如他所说，现在条件好了，农村跟城市差不多了，做其他事也能挣钱，养蚕实在太辛苦了。

　　暮色如雾，渐渐淹没桑林，淹没桑田与桑田之间的那片水域，水域倒映着最后一缕霞光，也倒映着一板车桑叶和两个人：邵云凤在前面摇摇晃晃拉着板车，沈桂章弯腰手扶着车尾，像一条晚归的船，驶过田埂，渡过村口，穿过两棵巨大的火桑树。通往家门的窄窄的小路上落满了桑葚，泥地被桑葚汁洇染成了大片大片的紫色，像开满了迎他们回家的鲜花。

四　十万蚕

　　凌晨四点，蚕在桑叶上发出春雨打在万物之上的声音，与真正的雨声交织缠绕，将天地织进了一个巨大的雨茧里。

　　一个影子破茧而出，穿过幽暗的长廊，向着蚕房缓缓移动。影子形状奇特，像一头行动迟缓的怪兽，又像一棵移动着的树——一个瘦小的女人驮着一大篓桑叶，低着头，腰弯成九十度，右肩特别夸张地耸起，布编的篓绳紧勒在右肩上，像要将她整个人吊起来。长廊的顶灯照在她花白的头顶上，照不见她的脸。影子在地上蹒跚前行，被长廊外飘进来的阵阵春雨打湿。

　　凌晨四点，我穿过雨，穿过秀才桥村口一棵棵火桑树浓重的影子，踏进沈桂章家的院门时，听到了雨声，喘息声，桑叶摩擦墙壁发出的沙沙声。

邵云凤将一篓篓桑叶驮到蚕房里，喂给十万条蚕。曾经养过十多张蚕种，三十万条蚕，楼下楼上七间蚕房。楼上的她驮不动，沈桂章和儿子驮。沈桂章驮一篓桑叶扶着墙壁走，她在后面帮他托着桑叶篓。

将桑叶轻轻盖到十万条蚕上，像给一垄垄的庄稼施肥。空阔的蚕房地上，平铺着一垄垄稻草，稻草上爬满密密麻麻的蚕，像巨大的二维码图像。离地半尺，架着一条条蚕凳，直接将树刨开钉成，有孔，有裂缝，有发白的年轮。蚕像一垄一垄田，蚕凳像田埂，六十岁的邵云凤和八十岁的婆婆站在"田埂"上俯身喂蚕，免得踩到蚕宝宝，腰弯成九十度。蚕太密集了，邵云凤就连同桑叶抓起来，挪开，弄匀，用的是巧劲，不会抓伤蚕。

春深处处掩茅堂，满架吴蚕妇子忙。
料得今年收茧倍，冰丝雪缕可盈筐。

耕织图诗时时浮现，不绝于耳，不绝于耳的，还有一个声音"宝宝，宝宝"，像对着怀里的婴儿呢喃。是邵云凤在用新市话跟我讲蚕，我听不懂，只听到频繁的两个字"宝宝"，她叫蚕"宝宝"，而不是"蚕宝宝"，像是略掉了人姓名中的姓，语气比屋外的雨丝更柔，比记忆里的烛光更柔。

我将一片桑叶轻轻放在一条蚕身上，蚕昂起头，抬起白胖多汁的身体，去嗅，去够，如婴儿的嘴一接触到乳头便疯狂吸吮，咀嚼的频率极快。湖州一位朋友告诉我：蚕有耳，能听得懂人间话语，因此蚕房不可有淫声秽语，不然，蚕闻之即僵。当年他一位老友下放的生产队曾有一事，民兵连长在蚕室与一女子苟且，一室冬蚕全部僵绝。

那么，蚕也听得懂邵云凤母亲般温柔的呢喃吧？

桑叶篓空了，我自告奋勇去驮。一百来斤重量，通过布条勒进我右肩，感觉不到疼，只感觉到越来越紧，一股无名的力量将我往右边拽，使得我穿过长廊走进蚕房的整个过程都在跌跌撞撞。我们喂好一间间蚕，关灯，轻轻退出，悄悄关门。我和她们一样，是一个小心翼翼的农妇，穿着棉布衫，没有擦香水，没有涂带任何香味的护肤品，守着所有禁忌，轻手轻脚，尽量沉默。

深夜里另一处光亮，是沈桂章所在的桑叶房。他坐在桑叶堆里，几近失明的眼睛看向虚无。他的眼睛长在手上，精准地捡起桑枝，用手摘，或者撸，再将枝条码齐。他凌晨四点的样子，是我傍晚六点看到过的，夜里九点看到过的，好像从没有挪动过。灯光对于他毫无意义，他用耳朵循着我的声音，将脸对着我说，不要撸桑叶，有虫，有很多看不见的绒毛，很痒的。

桑叶撒向蚕时，像雨滴落入湖面，泛起一圈一圈涟漪，一间一间的蚕房里次第响起沙沙沙的"雨声"，屋外下着夜雨，整个江南都在下着一场持久的雨，他知道吗？他能分辨得出两种"雨声"吗？又或者，他从来不会去注意。

我从他身后的蚕匾上轻轻撮起一条眠着的蚕放在手心里。

它正停留在一个梦里，一动不动，与我手心接触的，是它细嫩的腹足，凉凉的、极细微的痒顺着神经传至我头顶。蚕要经过四眠，才会成熟做茧，此刻，它已进入三眠，昂着头，尾部正在蜕皮，肢体透出淡淡的青紫色，像人的静脉，又像玉石，凝固在时间里，梦里。

村舍家家帘幕静，春蚕新长再眠时。

这是二眠。

只因三卧蚕将老，剪烛频看夜未央。

这是三眠。

它会做梦吗？会做什么颜色的梦呢？梦里，它是游曳的丝绸？鱼的尾翼？溪中的云影？深潭的波光？半截月光？光年之外的星云？女人的腰肢？猎猎风中的旗？一段古老民族的传奇？一句诗里的泪滴？还是，剥去层层意义后最普通的一条虫？

第一次，我觉得，虫是美的。

四点五十分，蚕喂好了，天光慢慢放亮了，江南最后的养蚕人家要冒雨去采桑叶了。

我说好辛苦啊。

邵云凤不知从哪里掏出一大袋鲜蚕豆递给我，笑着摇了摇头，说，不苦不苦，不养可惜。这是我自己种的，采桑叶顺便摘的，你拿去吃。

我听懂了她的话，她把我当成相帮她的邻里，而不是添乱的外人。这是我没有想到的，心里一暖。

晴明开雪屋，门巷排银山。

一年蚕事办，下簇春向阑。

邻里两相贺，翁媪一笑欢。

后妃应献茧，喜色开天颜。

相传，种桑养蚕之法源于黄帝的妻子嫘祖，自古后宫重蚕桑，女人，在蚕桑里扮演着最为重要的角色。再过几天，这一间间蚕房将会变成耕织图中的"雪屋"和"银山"，微微的光会照亮两个女人的笑颜，一个八十岁，一个六十岁，在这个春天里又苍老了些。

五　细碎时光

十一楼的书房里，一百条蚕如非洲大草原上长途迁徙的角马们，在生与死的惊涛骇浪里无声泅渡。

5月4日，清理蚕沙。将新鲜桑叶放在一张网上，将网盖在蚕上面，蚕们循着气味，穿过网孔爬到新鲜桑叶上。蚕沙和桑叶残渣上，有几条已经夭折且干瘪了的蚕。

5月9日，蚕变成了蚕该有的样子，白净，看上去无害。下班回家晚了，手忙脚乱，将桑叶擦擦就给它们吃了。想，按理说，桑叶是不用洗的。又上网买了些新鲜桑叶。

5月11日，要出差三天，将两只猫、一百条蚕交给钟点工笑眯眯阿姨，她也没有养过蚕。要求是，活着就好。

5月12日，参观宁波鄞州湾底村，见雨中桑叶繁茂油亮，特别想采点带回家。

5月13日，大元兄跟我说，他曾在伊朗惊奇地看到大片桑田，曾在西藏林芝尼洋河边一个藏式小院的后院，见到传说中两千岁的可能是世界上最古老的古桑王，曾在北京昌平保利垄上一位老友的院子里，看到一棵枝条似游龙的龙桑。他说，多年来，如果问他对哪一种植物怀着敬畏之心，非桑树莫属。

5月15日，从沈桂章家带了点桑叶回家，见猫们很好，活着的蚕又少了些。

5月18日，清理蚕沙。又有一些蚕牺牲了。是哪里出了问题？电话问，网上查，开窗，关窗，不知如何是好。幸而，活着的一半蚕们依然勇猛如小兽，蓬勃如野草。

5月23号，出差三天回来，蚕只剩十来条还活着。但比我预料的好，没有全军覆没，功劳在于笑眯眯阿姨，她额外每天多过来两次照料它们。

5月25日，德清姐姐微信我说，俺家有桑树，要寄桑叶否？

小时候，她德清外婆家每年养春蚕要"叫蚕花"，孩子们提一盏小灯笼，满大街叫"猫也来，狗也来，蚕花姑娘同嘎（一起）来！"

…………

沈桂章家的十万条蚕安然无恙。我想每天看到它们，拜托沈桂章的儿子沈晓栋有空拍点蚕宝宝的视频。他是个守诺的人，再忙，基本上每天发来视频，像个解说员一样配上画外音——

5月15日11：21

画面：邵云凤弯腰站在蚕房里，像站在白茫茫的雪地上。

画外音：喂蚕宝宝了哦。

5月15日12：30

画面：桑叶和蚕的特写。

画外音：宝宝吃好饭了，我们要去采桑叶了（我听到了熟悉的春雨般的沙沙声）。

5月16日08：20

画面：沈桂章、邵云凤穿着雨披，在桑林里采桑叶。一只手从镜头前伸出去，采了一颗紫桑葚放在手心里回到镜头前。

画外音：采叶了哦（我听到了雨声，以及"咔咔"的剪枝声）。

5月17日 05：06

画面：一条条白白胖胖的蚕动作很猛地啃噬着桑叶。

画外音：宝宝比昨天大了，我们又要去田里采桑叶了。

5月18日 15：48

画面：一条白白胖胖的蚕在他手心里占据了整个画面，它昂起头扭向身后，像在寻找着什么，背上有一条青线，很像虾线。

画外音：宝宝现在很大了，过两天就要上山（做茧）了。

5月19日 15：33

画面：蚕吐丝的特写。镜头拉远，稻草做的一座座茧座上爬了不少蚕。

画外音：最早的已经吐丝做茧了。

5月22日 08：58

画面：一张张塑料茧网上，结满了白色的茧，像一垄垄即将成熟的麦田，很是壮观。

画外音：有些已经做好了，有些还在做。

5月23日 08：22

画面：一排排整整齐齐、雪白的蚕茧，尘埃落定般肃静，像进入了永远不会醒的梦。

画面音：茧子明天要摘了。

5月25日15：35

画面：装满蚕茧的蓝色塑料筐摞得很高，码放在看起来像工厂的一个地方。

画外音：今年行情不好，才卖了六七千的样子。

短暂而漫长的十天里，沈晓栋和他的母亲一样，口吻里全是"宝宝，宝宝"。他学的烹饪，在城里开酒馆做大厨，他今后不会养蚕了，他的儿子今后也不会养蚕，但我为他欢喜。从他的朋友圈里，能感觉他对烹饪技艺、酒店经营的热爱和用心，千百年来蕴藏于桑蚕农事里的那一份匠心，这个"八零后"已然接盘。

六　最后一头春天的小兽

一百条蚕，只剩了最后一条，比最初的蚁蚕大了一万倍。

它狂躁不安，又似乎自信满满，动作幅度史无前例的大，它用力跨出腹足，身体向前推进，头部扭向身后，像一头回望的小鹿或者幼狮。最后一头春天的小兽，顽强地抵达了最后的使命：吐丝做茧。

第一次看清它的样貌。头部很大，白色的皮和皮叠皱在一起，凹凸不平，像一个老者，口器很小，黑褐色，质地看起来比肉身坚硬得多，眼睛漆黑两点，没有光。它的足上布满细细的绒毛，尾部有向上的肉刺。身体两侧成对排列的黑点是气门，用来呼吸，也调节体温。我第一次将一条虫看得这么仔细，想将它印在脑海里，因为它是我今生喂养的最后一条蚕。

早晨七点的晨光，护佑着最后一头春天的小兽独自在森林里奔突奋进，一往无前。已经有了薄薄的一层细弱的丝，在晨光里反射出微弱的光亮，幽暗的书房，因这异彩的光，忽然变得神圣。它就在那一团光里面吐着丝，和五千年来所有的蚕一样，和秀才桥的十万条蚕一样，不同的是，它要独自完成九十九条死去的蚕的使命，做战场上最后一个立着的战士。

结茧，复杂而艰难，分四个阶段。蚕先将丝吐出，做一个松软凌乱的茧丝网用作结茧的支架，再以 S 形方式吐出细而脆的丝，结成有茧的轮廓的茧衣，然后，蚕将吐丝方式由 S 形变成 ∞ 形，大量吐丝，形成松散柔软的茧丝层，称为蛹衬，之后，蚕的身体大大缩小，摆动速度减慢，吐丝凌乱，直至用尽最后一丝力气。

一个顽强而悲壮的生命，是蚕，亦是神。

频执纤筐不厌疲，久忘膏沐与调饥。

今朝士女欢颜色，看我冰蚕作茧时。

我像耕织图中的蚕农般欣喜，内心也充满矛盾。它将要结出的唯一的茧，我该拿它怎么办？是将它放在滚水里煮，找出头绪，缫出丝，完成我预期的完整的体验？似乎太残忍。那么，让它半个月后化蛹成蝶？可等待它的，依然是孤独寂寞死。

事实证明，我想多了。傍晚六点多回到家，打开书房门，映入眼帘的不是一个光洁无瑕的茧，而是它泛黄的尸体。它弯曲着身子，静静挂在半椭圆形的未成形的茧上，化石般定格在吐丝的一刹那。

真是一个出人意料的结局。我甚至忘了分辨一下它是雌是雄，据说雌蚕尾部有四个凹形的小圆点叫作石渡氏腺；雄蚕尾部有一个凸出的小圆点，叫作海洛尔特氏腺。

有点伤感。

也好。

好吧。

七　丝束

舀一勺蜂蜜，打着圈洒入凉水，蜂蜜以丝状落入碗底，盘成一圈圈晶莹剔透的丝线，发出蜜色的光。

现在，它们来到了我手上——一束丝——我喂养过的十万条蚕吐的丝，以水中蜂蜜柔丝的形状，来到了我面前。它发出的光，不是蜜色的，而是幽凉的银光，如白发千丈，如正在消逝的时光。

丝成练熟时，万缕银光皎。

古时，湖州的蚕叫莲花种，丝极好，尤以辑里湖丝最为著名，一直作为帝王的御用品。近百年来，世界蚕丝业中心发生几次大转移，江南沿海一带蚕桑业渐渐衰落，在上海世博会结束前，辑里村最后一家缫丝厂也悄然倒闭了。十三年前，为蚕桑的未来，国家做出了"东桑西移"的抉择，千万户蚕农经历了或悲或喜的选择。渐渐地，"无不桑之地，无不蚕之家"的湖州，养蚕缫丝已淡出村民们的生活，如同一百头小兽最后的悲壮。

所幸，作为丝绸文明的重要发祥地，有着丝绸之府美誉的湖州，已将蚕桑和丝绸文化刻入基因，一拨拨新兴产业如生物医药、新能源等让古老的湖州大地重焕光彩。所幸，沿海东部蚕桑衰退的同时，西部蚕桑正迅速兴起，并升级换代。一条天蚕、一片柔桑从历史深处传来的窃窃私语，正沿着时光之河，浩浩汤汤，一路获得越来越多、越来越响亮的回应。

半个月前，新市最后一家"破破烂烂"的丝厂里，两条"勉强维持"的生产线冒着蒸腾的热气。我拜托老板娘沈玉琴，帮我用沈桂章家的蚕茧缫一束丝，留一个纪念。

"再做几年就不做了。养蚕的人越来越少了，有技术的人越来越难找了，年轻人也不会到我们这种厂里来，到时候就没人做了，舍不得也没办法。"二十五年厂龄的新联丝厂最繁荣时，有十条生产线。

这个声音悦耳仪态温婉的女人，每天都会在微信朋友圈晒丝、冒泡：请原谅我每天的坚持出场，总有一天，你刚好需要，而我也正好在。我在用心做这个行业，这件事。

茧衣绕指柔，收拾拟何用。

冬来作缥绕，与儿御寒冻。

一束丝的来处，有蒸汽弥漫，有一双双因常年泡在热水里缫丝而异常白嫩的手，极易受伤，一根丝线都可能将它割开一道血口。蚕茧化蛹后，就要不分昼夜地缫丝，否则蚕蛹破茧，蚕丝就断了。手工缫丝更繁复，要搭丝灶、烧水、煮茧、捞丝头、缠丝窠、炭火烘丝，一天只能睡两三个小时。

一束丝的来处，有一双视频都来不及捕捉其灵动的手。做了三十多年编丝工的沈芳妹，手指轻捻一枚尾部带刀片的特制小钩针，双手如蝴蝶翻飞，从丝束里找出常人肉眼几不可见的唯一头绪，再从每一束丝里勾出一朵"浪花"，将一串"浪花"用钩针穿在一起，打结。短短几秒钟，让人眼花缭乱，唯有赞叹。

一束丝的来处，还蹲着一些巨大的水缸，一位老奶奶在水中利索地剥开一个个双宫蚕茧，把蚕茧撑开，一层层套在手上拉成正方形的蚕丝小片，再套入一个小竹弓。那双手粗糙、黝黑，长满老年斑。丝绵兜会变成云朵雪花般又轻又软又滑的蚕丝被，轻拥起一位新嫁娘的梦，老奶奶也曾有过的梦。

⋯⋯⋯⋯⋯

这些手，在伸向与蚕桑有关的一切时，如轻唤婴儿般无限柔情。蚕桑，对于这些手的意义，就是生计，就是衣食，就是天。

我将"春天的小兽"做的半个茧，和我喂养过的十万条蚕吐的丝一起，摆在了《御制耕织图》旁，书架最中间的位置。

八　时光之选

时光之河进入公元二〇一九年六月。

新疆伊犁，新路街1巷12号驿云乡居门口，我和海燕扶着阿朱爬上了一棵桑树。窄小的胡同里到处都是桑树，客栈门口有一棵老桑树，结了密密麻麻的紫桑葚，地上、车盖上全是桑葚留下的紫印子。阿朱从树上将桑葚递给我和海燕吃，特别甜，我们的手和嘴唇都被桑汁染得紫红，鼻息间迷漫着时光深处泛起的童年回忆。一群刚放学的维吾尔族小孩从我们面前欢叫着跑过，迎着他们的，是坐在桑树下的老人们的笑脸，像千百年来丝绸之路上一张一张的笑脸。

在家门口和院子里种桑树，是他们的日常，也是传统。而今，蚕桑人家已在北疆基本消失，如同渐渐消失于江南，都是时光的选择。

五千年前，时光选中一位先民发现天虫吐丝的秘密。

汉代，时光选中十六岁的刘细君成为中国第一位和亲公主，相传她将蚕籽藏在发髻中带到西域。漫漫岁月中，纤纤蚕丝连起了他乡和故乡，一点一点加固着丝绸之路，和亲公主们却早已蜡炬成灰，湮没在时光深处。

唐代，时光选中李商隐和某个无眠之夜，留下了那句千古绝唱："春蚕到死丝方尽，蜡炬成灰泪始干。"

清代，时光选中年近古稀的左宗棠收复新疆，带领人们开荒，种菜，设蚕桑局，教当地百姓养蚕制衣，他离开时，塞外江南的风中哭声一片。

时光来到二十一世纪上叶，选中了一个词语"一带一路"。一对俄罗斯专家夫妇彼罗热科·维克多和莉吉娅来到湖州师院，建立了一个中俄双语网站，想让"一带一路"沿线的俄语国家民众了解中国，感受丝绸、湖笔文化的源远流长……

时光选中丝绸，成为东方古国的皮肤，神秘，绚丽。时光选中丝绸之路和万里长城，成为东方古国的血脉和脊梁，柔韧，刚硬。时光之河滚滚向前，选中什么，遗弃什么，留下点什么，是偶然，也是必然。那些最珍贵的，早已成为时光之河的一部分。

二〇一九年春天，英国某小岛，欧洲最后的游牧民族将一群群绵羊赶上小船，运出小岛，沿着鲜为人知的路径，去寻找新的绿洲。绵羊们上一秒还战战兢兢不敢下船，以为脚下是深渊，下一秒惊喜地撒开蹄子奔向水草丰茂的草原深处。

时光选中无数智者，乘船离开困境之岛，驶向新的广袤。

多年后，在中国江南，也许再也找不到最后的养蚕人家，听不到"春雨"打在万物之上的沙沙声，看不到十万条蚕吐的丝线的光芒了。此刻或将来，我都无意以文字修补什么，只想记取那些璀璨的过往，也相信时光，会给我们更好的。

他呵呵呵笑了几声，头也不回走上了通往捞纸房的田埂，重新将自己安放进淅淅沥沥叮叮咚咚的水声里，感觉世界又回到了他喜欢的样子。

一　会呼吸的纸

十月，霜降。

阳光从天窗倾泻而下，像一场金色的雨，落在富阳元书纸古法造纸第十三代传人朱中华身上。站在浙江图书馆地下一层古籍部金色的雨里，隔着一层玻璃，他看到另一些金色的雨，落在阅览区的仿古书柜和桌椅上。影影绰绰的光亮，清晰的怦怦怦的心跳，都仿佛来自另一个时空。

一双戴着白手套的手，将乾隆版《四库全书》中的一函在他眼前徐徐打开，两百多年前的旧时光呼啸而来。两百多岁的书，新得跟婴儿一样，闪烁着玉石般的润泽。

鼻尖传来一缕熟悉的气息，是他已闻了四十八年的气息，空谷、阳光、雾气、溪流、毛竹的气息，一张竹纸的深呼吸。

朱中华手心发热，耳朵里嗡嗡作响，眼前飞速交叠着一些幻象——龟甲、青铜、竹简、丝帛……荒野中，一个无名氏从一张破竹帘上轻轻揭下一层被太阳晒干的纤维物，惊异地发现可以在上面写字……灯影下，一个叫蔡伦的男人，用树皮、麻头、破布、渔网等原料，挫、捣、抄、烘，成全了人类历史上第一张真正的纸……船一样的纸，承载着唐诗宋词书法绘画，悬浮在浩浩汤汤的时光之河……一千多年前的某个元日，北宋皇帝庙祭，风轻拂真宗手里的祭祀纸，散发着竹子的清香。这张从江南富阳跋涉千山万水抵达京都的元书纸，在风里舞蹈，召唤着祖先、神灵，以及大地上的一切……

"我能把手套脱了，用手摸一下吗？"

一段短暂的沉默。

"好。亲手摸过，说不定您真能把修复纸重新做出来。"

轻轻触及纸页的一刹那，食指中指和拇指指尖上传来丝绸般的凉滑，轻轻摩挲，则如婴儿的脸颊，细腻里又有一点点毛茸茸的凝滞。

"的确是清代最名贵的御用开化纸，洁白坚韧，光滑细密，精美绝伦。"

《四库全书》从修成至今已有两百余年，七部之中，文源阁本、文宗阁本和文汇阁本已荡然无存，只有文渊阁本、文津阁本、文溯阁本和文澜阁本传世，分别藏于台北故宫博物院、国家图书馆、甘肃省图书馆、浙江省图书馆，其中文澜阁本屡经战火，后递经补抄，基本补齐，就是此时此刻眼前的这一部。然而，当年所用的开化纸，世上已经没有人能做得出一模一样的了。

可他觉得，这张消失在历史深处的纸离他无比的近，像他失散多年的一个亲人：是一个婴儿，也是一个饱经沧桑的老人。

"它离我不远，我会把元书纸做得像它一样好。我尽力。"

富阳大源镇朱家门村，逸古斋古法造纸坊。四十八岁的朱中华站在站了四十八年的纸槽前，听见隔壁传来淅淅沥沥捞纸的水声，回响了一千多年的水声。

"京都状元富阳纸，十件元书考进士。"曾经，富阳的山山水水里，镶嵌着无数手工纸槽。元书纸古称赤亭纸，是以当年生的嫩毛竹作原料，靠手工操造而成的毛笔书写用纸，主要产于浙江富阳，北宋真宗时期被选作御用文书纸。因皇帝元祭时用以书写祭文，故改称元书纸。又因大臣谢富春倾力扶持，又被称为谢公纸或谢公笺。

朱中华家族中最辉煌时，是抗战前，太公朱启绪拥有八个纸槽、五十个工人。而此时，曾经日夜回响着淅淅沥沥捞纸声的朱家门村，朱中华成了最后的、唯一的坚守古法造纸的人。

朱中华从裤袋里摸出一盒烟和一只打火机，点燃了一根烟。阳光从屋顶的塑料棚布间漏下来，将一个中年男人不高但很壮实的身影投到积水的地面上。深秋的寒意从脚底升起，他只穿着格子棉衬衣和单裤，却一点都不觉得冷，这几乎是他常年的衣着，砍竹、捞纸、晒纸、送货、谈生意，都这么穿。其实他最喜欢的是那套米色的唐装，穿起来站在纸堆里写字，很像一个文人，但他怕村里人"晕倒"，从来不穿出门。烟雾绕上他长着老茧的食指和中指，绕上鬓角的白发，绕上紧皱的浓眉，挡住了他看向纸槽的目光，如时常挡在他眼前的一个个"难"。

朱中华相信纸是会呼吸的，有生命的，甚至相信，纸是有灵魂的。据《天工开物》记载，从一根竹子到一张纸，要经过砍竹、断青、刮皮、断料、发酵、烧煮、打浆、捞纸、晒纸、切纸等七十二道工序，耗时整整十个月，像孕育一个胎儿。从诞生的那一天起，便承载着生死悲欢、沧海桑田，那么重，那么痛，那么美，它怎么可能顽同木石？

朱中华所有的努力，就是想用竹子做出世界上最好的纸，让会呼吸的纸、让纸上的生命留存一千年、一千零一年、更多年。

可是，很难。如今的人们，往往只关注纸上的字，关注是谁的画谁的印章，是否有名，有谁真正注意过一张纸本身，它来自哪里？如何制造的？能活多少年？谁在担心一张纸会永远消逝，一门古老的手艺将无人传承，一种珍贵的精神将永远绝迹？

如果一张元书纸开口说话，它发出的声音，一定是水的声音，水声里，是比古井更深的寂寞。

《四库全书》的触觉还在指尖萦绕，他掐灭烟，将双手慢慢伸进纸槽，看到遗失在时光深处的老精魂，在纸浆水里渐渐醒来。

二　一些竹和另一些竹

五月，小满。

穿过荒草的时候，九岁的朱中华和双胞胎弟弟朱中民同时瞄见了三颗鲜红欲滴的覆盆子躲在一棵毛竹的根部。覆盆子的鲜甜同时抵达两个男孩的舌尖时，他们听到了小满节气后父亲的第一次砍竹声。

当当当当当……

一共十刀。

唰啦啦唰啦啦……

一小片天空被毛竹梢搅动了几下，随着一棵毛竹慢慢倾斜、倒下，一小片天空就大出了一点点，预示着一棵毛竹在天空中消失，投胎到大地上做了一张纸。毛竹倒下时伸出绿色的手，和其他依然挺立的家人说珍重，然后砰砰砰投入了山涧——朱中华的父亲和伙计们早已铺设好的竹道上。

"斩竹漂塘"是《天工开物》中古法造纸的第一步。芒种前后上山砍竹，每根竹子截成五到七尺长，然后就地开挖水塘，将竹段在水里浸一百天，取出时用力捶洗、软化。竹子与木材造出来的纸张，最根本的不同是，木材纤维中的木质素会氧化，纸张会泛黄，添加酸剂则更严重，而竹纸纤维密实，薄如蝉翼，柔如纺绸，易着墨不洇染，写字则骨神兼备，作画则神采飞扬，耐贮藏不招虫，这些特性，使竹纸成为纸中上品，得誉"纸中君子""千年寿纸"，是文人墨客的最爱。

小满前三天，九岁的朱中华兄弟穿着蓑衣戴着斗笠，看见父亲不高但很壮实的身影穿过细密的雨丝，很快消失在一大片绿色的寂静里。父亲同样穿着蓑衣戴着斗笠，脚上是草鞋，绑腿的布袜是母亲用厚实的布条子细细缝制的，防止荆棘和蛇虫。

　　古老的造纸图谱上，砍竹人都是壮年男子。砍竹是有诀窍的。有经验的砍竹人，要提前看山势，为毛竹快速顺势下山找好一条路，用几根老毛竹铺在坡上，方便竹子滑动。砍竹时，第一，要找那种竹梢刚冒出笋头的嫩竹，如果青叶都长出来了，竹子就老了，胶质包浆少，纸的紧密度就不够；第二，砍竹时，每一刀都要均匀，竹根要砍平整，硬纤维都要砍断，否则刮竹皮的人是要骂人的，不仅要花工夫清理，还会伤手；第三，要让竹子往一个方向倒，方便集堆打件；第四，打件时，要仔细，上面一人砍，下面一人将三四根竹梢头捆在一起拖向山脚，如果打不好，竹子滑到中途就散掉。

　　矮矮壮壮的父亲放下砍竹刀，走到溪边，双手掬起溪水喝了几口，抹了把脸，向山脚张望了一眼。晌午到了，该是女人们送饭上山的时辰了。从小满到夏至一个月左右的时间，无论阴晴，朱家门村的后山上一直会回荡着当当当当的砍竹声。一个月里，父亲身上没有一天是干的，或被雨水淋湿，或被汗水浸透。家里穷，只有两套衣服，夜里等炭火烘干，第二天接着穿。

　　覆盆子的酸甜里，朱中华兄弟年年跟在父亲身后做小帮手，但没有想到，父亲当当当的砍竹声在他们十二岁那年戛然而止——在一场农事中，父亲不幸触电，留下妻儿撒手人寰。

十六岁，兄弟俩师从二伯做纸。从此，村里人说起双胞胎兄弟，眼前会浮现日夜穿梭在造纸坊的壮实身影，还有两双一模一样的、黑亮的、忧郁的大眼睛。

十九岁，兄弟俩一人砍了一万斤竹子，自己刮皮，自己做纸，借用别人家的纸槽、晒纸房，做出了属于他们自己的第一批纸。

多年后，朱中华陪同中国科技大学专家考察浙江民间手工造纸时，在温州泰顺一个很深的山坳里，突然看到了年轻时的自己——那个和他同龄的造纸人，一个人砍竹，一个人刮皮，一个人捞纸，一个人烘纸，所有的工序都只有他一个人在做。空山寂静，朱中华站在远处点起了一根烟，静静看着夕阳下那个弯腰捞纸的剪影，就像看到了自己，眼眶渐渐湿了。

"老哥们，多吃点酒多吃点酒！"

大年初一，堆满元书纸的厅堂中央，摆了一张圆桌，圆桌上堆满丰盛的菜肴。一桌年纪与他相仿的砍竹人围桌而坐。朱中华线条圆润的国字脸上堆满了笑意，一手香烟，一手一碗自家酿的葡萄酒，一扬脖，酒碗就空了。春寒料峭，他仍然只穿着格子棉布衬衣。

如果朱中华是海底的拳击蟹，这些人就是被他牢牢"抓"

在手里当拳头用的海葵。是砍竹、刮皮的伙计，也是几十年的兄弟。农历新年的第一场酒，只是个起头，一年里要请他们好多次，过年吃一次，开工吃一次，上山前吃一次，上山后天天吃，家里做好酒菜，碗筷酒盅全套备好连同一人三包香烟，一拨送到山上，一拨送到山脚。

朱中华脸上的笑，是真诚的，心里却是酸的。此时，在他左手边吆喝着划拳的四个同村兄弟，是从小一起长大的，说是来挣钱，其实是来帮他。砍竹的壮年人越来越难找了，兄弟们也都年已半百，一人一天只能砍一两千斤。而技术性更强的捞纸、晒纸，会做的人更少了，工人工资越来越高，人越来越难找。也有年轻人想来当徒弟，过来一看，村里别人家都造了高楼别墅，朱中华兄弟俩还住着旧楼房，觉得没啥前途，说"再说再说"，就再也不见踪影了。再过几年，恐怕连给竹子刮皮的人都请不到了。

一场酒接着一场雨，第一场春雨后，头一茬新笋一冒头，朱中华就得挨家挨户找人了。嫩竹越来越少，有的竹林长久没人打理，春天一来，笋就被挖掉了，能长成嫩竹的寥寥无几，同样面积的竹林，能用的嫩竹只有从前的十分之一。有的竹林主人以为朱中华挣大钱了，便不肯按平常价格卖给他。

求人，全是求人。

有什么办法吗？有。降低要求，批量生产，成本就少了，钱就能多赚一点。可是，怎么能眼睁睁把会呼吸的纸做成死的纸呢？不行，要做，就做最好的纸。

二〇一七年小满前三天，朱家门村后的山里，又一次响起了砍竹子的当当声，又有一些竹子，将带着一种使命滑向山脚，如同多年前双胞胎兄弟曾经采摘覆盆子的那棵竹，只剩下一截短短的竹根。再过一个月，山谷会安静下来，更多新鲜的断竹根会和它不远处很多枯黄的断竹根一样，在竹节里盛上一场雨，映入整个天空和竹林，像一只只深情凝望的眼睛。

一棵竹，在一个个深情凝望里，经过整整十个月的孕育，将以一张元书纸的生命形态重新启程。洁白的纸上，会长出一轮一轮的年轮，在许多生命无法抵达的时空里，继续延绵一千年，一千零一年，更多年。

三 酿一坛酒

江南的大寒节气，通常并不像这两个字眼那么凛冽，然而，假如冷空气从北方长驱直下，到了夜深人静时，隆冬就会在每一个村口提前降临。

都睡了，连狗吠声都已潜到夜的深黑处，而一场三个人的煮料大战正如火如荼。

朱家门村石桥下，二十五岁的书画专业硕士生朱起航双手紧紧抓着破裂的橡胶水管，感觉到十个脚趾正传来一阵阵刺痛。从煮料皮镬里抽出来的水不时从破裂的水管里喷出来，已将他一身运动服浇透，灌满了球鞋，在零下两度的严寒里开始结冰。他的平头短发上停满了水珠，像一丛雨后的剑麻，白皙瘦削的脸上，是比脸色更白的嘴唇，一对黑色的眸子在黑夜里闪闪发亮。每一秒，他都想将水管扔掉，飞奔回家冲到热水龙头下。可是，不知为什么，水管像长在了手上。

他咬了咬嘴唇，一声不响，就像平时跟伯父朱中华学捞纸、晒纸时一样。

《天工开物》中制竹纸的第二个步骤是"煮楻足火"，将竹料去皮，拌入碱性的石灰水，发酵后，一捆捆码在巨大的锅中，足足六层，蒸煮八个昼夜，除去木质素、树胶、树脂等杂质后，放入清水中漂洗，再浸入石灰水，再蒸煮，如此反复进行十几天，直到竹纤维逐渐溶解。

在朱起航的伯父朱中华眼里，纸质的根本不同，就在这发酵和煮料里。

"酿酒"，是伯父常用的一个关键词。像酿酒一样，古法造纸也有极高的科技含量，比如烤竹料时，温度不超过九十度，要花三天三夜慢慢烤熟。发酵时，需天时地利，更需虔诚之心，就像小时候，奶奶只准他将耳朵贴在酒缸外听，不能出声，不能惊动酒神。

他常看到水汽弥漫的竹料池边，伯父掀开一层层塑料薄膜，满脸喜色地掰开一团竹料，抽出一瓣竹片，在阳光下举起——一团洁白的、毛茸茸的菌丝，慢慢舒展开身子，像一个婴儿第一次舒展手脚。他说，这就是纸的胚胎，纸的精灵。

他看菌丝的眼神，像看一个襁褓中的婴儿，比看他这个侄儿、看他在外地读书的两个亲儿子的眼神更加温柔。

"玉化"，是伯父形容一张手工元书纸生命过程的另一个关键词。机器做的纸和手工做的纸，到底哪里不同呢？机器造纸，没有经过石灰水的浸泡，是不含钙的，而手工竹纸经过石灰水浸泡，纸浆用手工一下一下打出来，使得纤维帚化，产生叉状的不规则花纹，形成活性状态的碳酸钙，于是，一张纸便会呼吸，便会产生光泽，一个生命体就活了。而追求效益和利润最大化的机器造纸，是造不出这样的纸的。"纸寿千年"说的就是手工纸。

伯父说，一粒捞纸房的灰尘里，就有一万个生命体、一万个宇宙，一门古老的技艺里，有难以言传的玄妙。越钻进去，他就越觉得自己能力有限。可是，"就算只能做两刀纸，也得用完整的古法技艺做出来！"

伯父对朱起航说这些话时，有时正蹚在溪水里翻洗竹料，有时正挥汗如雨地斫着竹料，有时就站在大雨里一捆捆码竹料，有时在纸槽前捞纸，有时正往炉火里扔一块柴。

水抽完了，朱起航抬起冻得发麻的双脚，跳进了两米多深的皮镬，像跳进一口井，抬头看见了一个浑圆的天空，天空中出现一双手，捧夹着一捆竹料向他递过来。仰头，伸臂，接料，弯腰，码料，如此反复，整整五层，一层五十三捆或五十七捆，要先盘算好，一圈一圈码紧，否则煮的时候会散掉。两个伙计递料，他码料，要一整个半天，近五个小时。腰、手臂开始痛的时候，朱起航忘记了脚痛，也忘记了自己还是个大学生。

皮镬下第一朵火焰舔上锅底时，朱起航像被这个寒夜唯一的暖意舔了一下。煮料的火是要持续的，先烧六个小时才能将水烧开，这六个小时里，人不能离开，要弓着腰不停地往炉里添柴。

伯父朱中华让他守的这团火，曾经熄灭了整整一年。

原材料不够、人手不够、经费不足、了解手工竹纸的人太少、市场太小，都是朱中华的一个个"难"。一年忙到头，产出的手工竹纸只有五百刀、五万张左右。

六年前的初夏，朱中华天天淋雨砍竹子，终于病倒了。在医院躺了一个月，再次回到朱家门村，朱中华的脚步在捞纸房前犹豫了片刻，转身往家里走。家在一个斜坡上，平生第一次，他觉得脚步被什么扯住了，很重很重，把心都扯空了，走几步便停下来，手撑着腰大喘几口气。太难了，太累了，算了，不做了。

那一年，朱中华总觉得自己的耳朵出了什么问题，夜深人静时，耳边会响起一些声音：当当当当、唰啦啦唰啦啦、叮叮咚咚、淅沥沥淅沥沥……暗夜里坐起，点燃一根烟，没有一丝风，长长的烟灰会突然断落，他想，那些声音是真的来过。

一年后，在一家光线暗淡的素食馆里，一个比朱中华小五岁的兰溪男人坐到了他面前。两个人吃了简单的素食，喝了很多茶。朱中华聊纸、聊茶，兰溪人聊文房四宝，聊自己白手起家的建筑业，谁也没有提"帮"这个字。

朱中华说，我的祖宗用了一千年的时间，才将火烧纸变成文化纸，却从我手里断送了，我也不想，但真的做不下去了。

兰溪人说，我从小喜爱文房四宝。一幅字画能传得久远，首先纸要好，但现在多少古字画都只有摹本了，太可惜了。文化是要靠实物传承的，比如纸，比如建筑，假如我造的房子，最多只能存活一百年，那我岂不是罪人？

"请您继续做下去吧。"他说。

不久，这个从来没有说过一个"帮"字的兰溪人，将一笔经费打了过来，请他定制一大批元书纸。此后，他们每次见面依然淡淡的，并不亲近，但朱中华觉得生命里多了一个兄弟。

弟弟朱中民从南京打来电话，说："中华，经费有困难，我来。找人有困难，我把儿子起航交给你！"

砍竹声再一次在朱家门村后山响起。

又有一天，来了另一个外乡人。中国科技大学历时九年调研中国传统造纸术的汤院长，让朱中华又一次深切感到"高山流水"遇知音的幸福。在浙江几十个纸种的调研中，朱中华免费给他当司机、翻译，车开了四万公里，他循着那些叶脉一样的公路，慢慢触摸到了古人留在大地上的根，找到了造纸术百变不离其宗的奥秘。而汤院长在他眼里，是老师，亦是兄长。

在朱中华最为艰难的日子里，支撑他的，还有一帮意想不到的"兄弟"。一个秋天的下午，他自己设计的晒纸用的烘缸从外地运到了村里，三千多斤的钢板，从路口运到老房子里，有五十多米的距离，需要在地上垫四根钢管当滚轮用，几个人分别扶着烘缸两边，其余的人在后面往前推进。这是一项很危险的活，如果用力不均，三千多斤的钢板便会倾斜，砸到人，以前出过这种事。那天朱中华叫了六个伙计一起，心里有点担心人手不够，但还能叫谁呢？烘缸从拖拉机卸下时，令他终生难忘的一幕发生了：正在村口闲聊着的同村人，呼啦啦一下子拥了过来，有七十多岁的老人，有二十多岁的小伙，一共十五个人，都过来相帮了。两个老哥经验丰富，在前后指挥，其余的都卷起袖子，六个人在两边扶，七八个在后面推。这些人，平时跟他并不亲近，好像有时还能感觉到他们目光里的鄙夷。五十多米的路，烘缸艰难地挪动着，朱中华感到眼眶一阵一阵发热。

烘缸安放好了，朱中华招呼大家留下来吃饭。他们摇摇头笑笑，说，不用，你忙。

水终于开了，朱起航感觉特别饿，从柴火堆里扒拉出一块烤红薯。火光映照着袅袅的白气和红薯瓤的美丽纹理，让他想起儿时记忆里一张最美丽的纸——堆满元书纸的堂屋前，两个长得一模一样的双胞胎兄弟，同时将手里燃着的香烟搁到了烟灰缸上，四只长满老茧的大手，一起徐徐铺开了一张大纸，竹纸晶莹剔透，薄如蝉翼，纸下的图案一清二楚，而纸的表面在窗口透进来的微光中，闪烁着玉石般的光泽。

"这张纸起码有四十多岁了，当年有人临摹《兰亭集序》，用的就是这类纸。"伯父朱中华说着，将鼻子凑到离纸一厘米的地方，深深吸了口气。

"我能做出来。"父亲朱中民说着，也将鼻子凑到离纸一厘米的地方，深深吸了口气。

他们嗅着纸，像两个犯了烟瘾的老烟枪。

他们谈论纸，如同在酒桌上谈论一坛刚刚启封的陈年佳酿。

四　水在滴

冬至。有两种水声。

中午十一点半，人走空了，都吃饭去了，捞纸房像被突然摁进了寂静的井底。

泥地上站着一些正方形的阳光，是从木窗跳进来的。捞纸架的枯毛竹上，站着一些细碎的阳光，是从顶棚的瓦片间跳下来的。还有一束光柱从两扇旧木门间挤进来，浮沉着几粒灰尘。冬日的阳光意图明显，想驱逐捞纸房的阴冷，却将原本的幽暗衬托得更加幽暗。

六十岁的捞纸师傅徐洪金回家吃饭去了，出门时，遇到了八十三岁的老捞纸师傅，高声交谈了几句。

侬好伐？

阿拉蛮好个。

老师傅早已不再捞纸，徐师傅便成了作坊里年纪最大的捞纸师傅了，也是最瘦的捞纸师傅。他个子很高，进出低矮的捞纸房，不低头的话好像会碰着门框。因常年在纸坊里劳作，他看上去与常年在地里干活的农人们的肤色截然不同，哪怕喝一口酒，也会看得出脸红。他灰白的头发软软地紧贴在头上，像常年不见太阳有点缺钙。

四十五年来，除了过年放假，朱家门村的田埂上每天清晨五点钟就会出现他高高瘦瘦、有点飘忽的身影。中午十一二点，田埂上又会出现他急急赶路的身影，腰间通常还戴着围裙，听得到他跟人打招呼的声音，呵呵呵的笑声有一点点尖细。晚上七点，田埂上会再次出现他的身影，相比清晨，干了一天的活后，他的步子明显慢了，腰板似乎也驼了一点。

有两种水声，在午后空旷的寂静里，缠绕，回响。

第一种，滴答，滴答，滴答……如秒针，不急不慢，不变的节奏和密度，这是榨纸声——徐师傅上午做的几百张湿纸抄在杉木桐板上，摞成一尺多高、质地如年糕的湿纸垛，用千斤顶压上去，把水榨出来，半干的纸在晒纸房里经过晒纸的工序，就成为一张真正的元书纸。

此时，水顺着纸垛边缘滴下来，滴在铺在底下的竹帘上，迅速汇集在竹帘的四角，滴落在青石板上。滴答，滴答，滴答……让人想起赤脚踏在青石板上的脚步，想起南方屋檐下慵懒的雨滴，想起小满时节前三天的山林，嫩竹拔节，万物萌动。雨滴在每一棵竹子的头上，被它们吮吸进身体，满山的嫩竹——元书纸的前世——的身体里，便流动着雾岚的气息，草木的幽香，覆盆子的酸甜，笋的鲜涩，流动着砍竹的当当声，竹子顺着坡道滑到山脚的哗哗声，杀青的唰唰声，砍竹人的咳嗽声，路过的山民呼出的烟草味，他或她的汗味，饭菜的味道，家的味道，年的味道……一棵竹，裹着整个山林的日月精气，一张元书纸的胚胎，在滴答声中渐渐成形。

另一种水声，是流水声，像婴儿的呼吸那么细弱，又像婴儿的哭声那么清亮。它来自幽暗的捞纸房某个更幽暗的角落，那里蹲着一只装满纸浆的槽缸，水从槽缸里溢出来，无声地淌过发亮的棕黑色缸沿，匍匐进地面，匍匐进比地面更低的某个通向屋外的暗沟或缝隙时，发出了几近难以察觉的流水声，被午后无边的寂静像扩音器一样扩大了。水声泠泠，像由远及近的银铃声从云霄洒落大地。

这两种水声，在此地，这个叫朱家门村的地方，已经回响了一千多年，也许更久远，冬去春来，世事更替，水声从未停息。改变的，是水声渐渐从繁密到稀疏，到朱中华深深忧虑的再也听不见。

此时，在朱家门村的另一头，徐师傅端起了饭碗，用那双在纸浆水里浸泡了四十五年的手。比白纸更白的手掌，已看不出掌纹和指纹，老茧连着老茧，有些地方已经开裂，又被纸浆水浸泡得更白。这双手，放进发酵捣烂的竹纸浆里，不细看根本分辨不出来。

已经不痛了，但很怕冷。数九寒天时，一天十几个小时，在结冰的纸浆水里进进出出，冷到骨头里的冷。

冷了，就往电饭煲热水里蘸一下，暖和一下再做。冻得实在受不了，就到旁边晒纸房里躲一躲，再做。

痛的是肩膀、腰。一站十多个小时，一抬臂二十公斤，一天几百上千次。捞纸得用巧劲，抄得轻，纸太薄，抄得太重，纸又会嫌厚。每一张纸，重量误差不超过几克，要有手法、经验和耐心、细心、用心。

痛，得忍着。小时候，家里穷，要吃饭，得忍着。如今，老伴生了癌，一条腿一直肿着，走不了路，钱要靠自己挣，所以更得忍着。想好了，忍到六十五岁，就不做了，真的做不动了。

有一些阳光在吱呀一声里改变了形状。捞纸房的门被推开了，徐师傅回来了。中午又喝了一点小酒，苍白的脸色微微泛红，透着与阳光质地相似的温暖。

"摇头晃脑"的下午开始了。刚才缠绕回响着的两种水声迅速遁迹，代之以一些更清晰明亮的声音——淅淅沥沥叮叮咚咚的滤水声，竹架子的咿呀声，一个老男人偶尔的咳嗽声。

"摇头晃脑"是每个上年纪的捞纸师傅的习惯，自古以来，纸乡的捞纸房都是敞着的，一个个捞纸师傅一边摇头晃脑捞纸，一边和路过的人打招呼，说笑话。《天工开物》记载的"荡料入帘"就是捞纸。

他手持纸帘浸入水浆，纸帘随手腕晃动，使浆液匀开，慢慢向前倾斜，晃出多余的水浆，那层浆膜就是一页纸。随着倾斜、上提、放纸、揭帘……这些动作的起承、转合，他低头、转头至右边又转到左边，然后点头、抬头，一气呵成。纸帘提拉出水的最后一下，他的头点得很快，像在用劲，又像在对自己说，对，对，对。

午后的捞纸房，淅淅沥沥叮叮咚咚的水声是唯一的声音。他喜欢安静，连收音机都不愿意听。

他并不关心纸是不是有生命，是不是有灵魂，他听不懂回归、传承、玉化、情怀这些字眼。他不知道那些纸去往何处，纸上会被写下或画下什么，哪怕是一个沉重的嘱托，一张生死状，一个孩子的梦想，或是一个罪人的忏悔……"做生活，不管喜欢不喜欢做，总归要好好做。"这"生活"关系他一天有多少收入，关系老伴的药费，他的小酒小菜，他们平淡无奇却无比重要的日常，更关系到心里安与不安。

偶尔，他也会想，接替他操起这张竹帘的会是谁？他没有徒弟，年轻人都不学这个了。自己两个儿子不愿意学，做了别的事，收入不高，能自己养自己，他也不愿意带他们，太苦了。

刚才，穿过村庄回捞纸房时，他碰到了一群人，一个在外地做生意回家过冬至的邻居，叼着烟，眉飞色舞地说着在新马泰旅游的事。邻居以前也做纸，后来和村里大多数人一样，出去挣钱了，再也不碰纸了。徐师傅与他们擦身而过时，听到了"泰国人妖"和一阵哄笑。他一点也不羡慕，因为他和老伴一起去过普陀山，还去过杭州的灵隐寺。

他呵呵呵笑了几声，头也不回走上了通往捞纸房的田埂，重新将自己安放进淅淅沥沥叮叮咚咚的水声里，感觉世界又回到了他喜欢的样子。

五　铁焙弄孵出的爱情

那时候，晒纸不叫晒纸，叫烘纸。

那时候，晒纸房叫铁焙弄、焙弄。

那时候，他十六岁，她十五岁。

"焙"，是富阳土话，用火烘干的意思，铁焙弄也就是烘房，专门用来烘干手工竹纸的房子，格局狭小，称为"弄"。外墙用砖头垒砌而成，中间夹缝里是一个巨大的烧火灶，房里安放一只几十米长的焙壁——长方形的盛满水的铁柜，俗称烘缸。柴火日夜燃烧，一百度的水温传递到烘缸上，晒纸人将半干的湿纸从板上"牵"下来，托到烘缸壁上，用毛刷横竖刷扫，十来秒钟后，将烘干的纸揭下来，便是一张元书纸。

那是一个奇怪的洞天，常年没有冷暖，常年弥漫着水蒸气、纸的味道、汗的味道。又是一个热闹非凡的社交场所。那时候，生产队集中做纸晒纸，村里老老小小不到天大冷就过来烤火取暖，其实为了聊天凑热闹。早晨，田埂上便排着队过来一个个拎着手炉捡炭火的孩子们，有了手炉，在学校读书时手就不冷了。

煏弄外，柴火终日噼啪作响，煏弄内，欢声笑语比水蒸气更热腾，烘出了纸，也烘出了姑娘小伙水润的肌肤，筋道的骨骼，以及爱情。

多年前一个春天的清晨，朱家门村造纸世家后人、十五岁的晒纸姑娘美容走进了离家仅三百米的煏弄，看见了一个猫一样敏捷的身影。晨光从天窗漏下来，照见他紧抿的唇、黑亮的眼睛，他赤裸着壮实的上身，汗水在他黝黑的皮肤上闪闪发亮。他用木制的"鹅榔头"在压干的纸筒上横竖各划了几下，被压实的纸便发松了。他用食指和拇指撮住纸沓右上角捻了一捻，使纸角微微翘起，再鼓起嘴轻轻一吹，粘在一起的湿纸便张张分开了。然后，他揭起一张湿纸，一手托着，一手连同晒帚垫着，迅速托到了烘缸壁前，将纸贴了上去，随之右手里的晒帚快速将纸张刷平实，又回转身去牵纸……后两张纸刷上去后，第一张纸也干了，他转身将纸揭下，轻轻放在一沓新纸上。

他的一牵、一托、一刷、一揭，轻盈迅捷，一气呵成。

美容的祖辈都是做纸的，父亲手艺高超，远近闻名，从小跟着大人在纸槽间出没的美容，早就潜移默化无师自通。"透火焙干"是《天工开物》中竹纸造法主要步骤里的第五个。一般人揭纸就要学整整三年。父亲说，牵纸时，动作要轻巧柔和，不使硬力，否则半湿的纸会破。刷纸、揭纸一定要快捷，稍慢一点的话，纸就糊了。晒纸看起来简单，其实是个"巧活"。

这个熟悉的身姿，不能说已炉火纯青，但在生产队的年轻人里，已经算学得精到的了。

当他停下来，端起水碗喝水，她轻轻走了上去，接过了他——朱中华手里的纸刷。他刚才晒的那一堆湿纸，是废纸，是拿来练手的。

十六岁跟师傅学做纸的朱中华兄弟，是村里最能吃苦的人。

生产队里共十六七个年轻人，分成了四组，天天在熇弄里学晒纸，但每一组分到的时间只有三个半小时，朱中华像一枚针一样，哪里有空就插到哪里。

不知几时起，蒸汽弥漫的晒纸房里，人群在朱中华眼里渐渐模糊，视线里只剩下一个个子小小的仙女，红润的圆脸，被蒸汽熏得湿湿的眉睫，嘴角往上弯起，不爱说话，总是羞涩安静的模样。她轻轻接过他手里的纸刷开始"轻歌曼舞"，当然并没有歌声，但他在心里听到了，并且，他觉得这个歌声是暖的，这份暖，一直绵延到他凄冷的梦里。

不知道从哪天起，她在哪里，他就会在哪里。一个烘纸一个揭纸，指尖会相撞，目光会相撞，几年后，他们成了一家。

成了一家的人，远远不止他们两个，村里几乎所有年轻人的罗曼史，都是从熇弄开始的，热气腾腾的烘纸房，像一个孵蛋器，孵出了一个个造纸人家。然而，三十年后，这些夫妻里，只剩下他们俩的身影还在熇弄里忙碌。

有一些阳光钻进了密不透风的晒纸房，美容轻轻牵起一大张半干的元书纸，往一百度的壁上贴。贴纸，刷纸，揭纸，旋转腾挪，曼妙如蛇舞。她手上的每一张纸，都来自五百米外的捞纸房。隔了五百米，她仍能听见丈夫朱中华捞纸时渐渐沥沥叮叮咚咚的水声。真热啊，真累啊，恨不得像一滴汗水一样落到地上就彻底躺下来。她咬咬牙想，我晒的每一张纸，都是他捞的，他捞的！

五百米外，朱中华把快要冻僵的手伸进电饭煲的热水，白色的热气里，浮现了妻子忧伤的面容。她的笑依然很好看，嘴角弯弯的，露出半截雪白的牙齿，她晒纸的"舞姿"也很好看，她的声音也很好听。从前每晚临睡前，她会轻轻告诉他，今天的纸厚了还是薄了，还会跟他说，今天儿子乖了，还是调皮了……如今，曾经红润的脸，在和从前一样的光线下，却透着疲惫。她看纸的眼神，不再和他一样像看一个孩子，而是透着深深的厌倦。寂静的午后，小土狗趴在浆槽边发出了梦呓，汽车车轮声在门外沙沙碾过。隔了五百米，他听见晒纸房里妻子汗水滴落的声音，滴答滴答，空洞的回音，像一个甜蜜而忧伤的入口。

千百年来，富春江千帆过尽，船到大源镇，便能见芦苇丛中纸槽如花朵般遍地绽放。风吹皱了江水，吹走了那些花朵，也吹老了两个做纸的少年。工人可以说走就走，他俩没法走。工人多少能赚得到钱，但老板赚不到钱。他知道她心里一天都不想干了，却从来不埋怨他一句。

年关近了，她淡淡说了一句："又要借钱过年了。"

要做最好的纸，就得提升，还要去研修、调研，要自己设计制造热量更均匀的电热烘缸，烘出更薄更好的元书纸，都得花钱。

小满近了。朱中华五月十五日要去参加北京的一个研修班，而十六日就要开始砍竹子了，怎么办呢？

她又淡淡地说了一句："放心去吧。"

朱中华是放心的。千里之外的课堂上，他像个小学生一样端坐在第一排。五月的微风从窗外经过，绿影婆娑中他听见了朱家门村后山响起的当当声，看见妻子喘着粗气爬上山坡，笑意盈盈地给兄弟们端上一碗碗亲手做的热饭菜、一杯杯自家酿的葡萄酒。汗水像雨水一样在她通红的脸上流淌，湿透的头发像湿帽子服服帖帖扣在头上，十几根被她拔掉又新长的白发像刺一样迎风而立……

他听见老教授在说，看人和看纸是一样的，不能光用眼睛，要用时间和心。

六　纸孩子

一岁，他静静站在纸槽边的木站桶里，父亲捞纸的水声淅淅沥沥，异常单调，是他的催眠曲。醒着的时候，看见人来，无论是谁，他都会哭着伸出双手要抱抱。父亲捞纸，没空抱他，母亲在别处晒纸，也没空抱他。

两岁，冬夜的焙弄温暖如春，他静静坐在纸堆里看母亲晒纸，看着看着，就蜷在纸堆里睡着了。醒来的时候，天已经亮了，母亲还在晒纸。

三岁，父亲常常抱起他，往湿纸垛的榨水板上一放，又顾自捞纸去了。他静静坐在上面不敢动，因为，他是一只压水的"千斤顶"。

六岁，夏日的焙弄像个火炉，可他不愿离开母亲。母亲就派他回家拿冰箱里的饮料，叮嘱他，到家后先喝一瓶，只能喝一瓶，要慢慢喝，不要喝坏肚子。

八岁，他和奶奶睡在老房子二楼的木雕床上。夜很静，他也很静。黑暗中，他睁着和父亲伯父一模一样的黑亮的大眼睛，想念着在南京建筑工地上奔波的父亲母亲，默默流泪，但他不哭出声。他是纸堆里长大的孩子，像纸一样安静的孩子。

此时此刻，父亲伸出手，将铺在湿纸上的纸竹帘抚摩了一下，又一下，很轻，像抚摩一个哭了一夜的湿漉漉的孩子。轻的程度，让朱起航觉得，他不是用手，而是用指肚上的老茧在抚摩。

"一晚上没做了，摸一摸，让它先醒来，它才有感觉。"

这是正月初一的清晨，二十五岁的朱起航跟在父亲朱中民后面走进了捞纸房。他将双手插进结了一层薄冰的纸浆水里，狠狠打了个喷嚏，但有一股暖意在他身后一米的地方，正通过零度的空气一直传递到他胸口。身后一米处，是大年二十七从南京赶回来过年的父亲。从赶回来那天到此刻，除了家里，父亲哪儿也没去，一直在老房子里做纸。此时，朱起航回头看到父亲像抚摩一个孩子一样，正抚摩着竹帘，忽然有点恍惚，朱中华朱中民哪个更像他父亲？长得太像了，站在纸槽前的一举一动都像。一模一样的两双手，一沾上纸，就仿佛通灵一般。

和朱中华一样，双胞胎弟弟朱中民从十六岁起开始学做纸。揭纸揭了两年，再学捞纸、晒纸，还跟着师傅学做竹家具。那时候的他，每一天都是焦虑的，不知道自己手艺如何，担心自己做得不如别人好。十八岁那年，二伯父把他叫过去说，从现在开始，家里纸槽做的一半纸给他烘。他惊住了，因为二伯家是村里做纸规模最大的。三年后，村里最好的捞纸师傅说，他捞的纸都让他烘，工钱一天三十元，而那时木工的工资一天只有两元。他知道自己并不是最好的，却是最认真的。那一刻起，他感觉到从骨子里透出来的自豪，也从骨子里爱上了做纸。

然而，那么爱，还是放手了。为什么呢？可以说为了生计，为了看看外面的世界，或许也为了一份虚荣，也或许，是为了能给"一意孤行"的哥哥一句踏实话："中华，有啥困难，我来"。

年关将近，一踏进村口，朱中民的双脚就会不由自主被通往纸槽的小路牵引着，小路认得他的脚步，但纸槽纸帘不认得他的手了。这双手捞起来的纸，连家里人都不愿意晒。十几年来，每个春节回家，他都想与"纸情人"鸳梦重温。但亲朋们来来往往吃吃喝喝，它们仍然不认他的手。今年春节前，朱中华说，过年了，工人们都放假了，有几种特别难做的纸，怕是赶不出来了。朱中民便对哥哥说，中华，不急，今年春节，我闭门谢客，帮你赶出来。

前三天，做的纸全是废纸。三天里，睡觉时手和脚都没地方放，特别的痛。一个个被疼痛叫醒的深夜里，他想，在城市待了多年，自己真的退化了，不能这样下去了，他得"回来"。

三天后的正月初一清晨，当他从结冰的纸浆水里捞起第一张纸，忽然感觉有如神助。大嫂美容扫了一眼纸，笑说，这回总算好了，可以烘了！

更让他暗暗高兴的是，跟着朱中华学了三年做纸的儿子起航，学起来比他年轻时还主动。他总是那么安静，不，是安详，他触碰纸，像触碰佛祖一样恭敬。

触碰纸，像触碰佛祖一样恭敬，像触碰婴儿一样小心。在朱起航心里，每一卷元书纸，都是儿时最亲的人。

自父母去南京后，他便跟着伯伯伯母过日子，他们将他与两个亲儿子一样看待。老大朱起杨只比朱起航大两个月，三兄弟睡在一起，吃在一起，玩在一起，每一道做纸工序都学过一点。但父母远离的日子里，常常独自躲到库房里与纸为伴的男孩，与纸结下了一种奇妙的缘分，多年后，朱中华的两个儿子都去了省外读书工作，反而是侄子朱起航攻读书法美术专业，并一直跟着他学做纸。

一个同学来家体验做纸，做了不到一天就跑了，说太枯燥、太寂寞了。起航想，寂寞吗？没觉得啊，只觉得心里很安定，抚摩着纸，很亲。

　　一个同学来跟他上山砍竹子，从山上扛了一根竹子下来，就再也扛不动第二根竹子了，说，太累了。起航想，累吗？是挺累，但可以坚持啊，砍竹子，扛竹子，刮竹皮，从早到晚，一天，又一天，又一天，就习惯了。

　　"划船桨"，是伙计们给他起的外号，意思是什么都会什么都能搭把手，就像麻将里的财神爷，也像万金油，但还没法单飞。

　　一辈子待在村里做纸，是我要的人生吗？朱起航有点纠结。无疑，伯父是个有情怀的人，但朱起航觉得自己比他现实——如果继续做纸，就必须先解决生存问题，才谈得上理想、精神。如果像伯父那么难，我能坚持吗？

　　仿佛是天意，一段话、一只陶罐，来到他的生命里。一个叫苏艳的南京画家朋友请他用元书纸写一段话，放进她自己做的陶罐里送给顾客。她是一个完全按照自己想法制作陶罐的人，成品中，只有百分之七八是好的，其他都是废品。她发来的话是这样的：

　　　　横溪建柴窑已有两载，取名"望山"，源于一句大道至简的俗语"望山跑马"。烧窑如同修行，但知行好事，莫要问前程。孤傲消解物欲，信念融化质疑，屡战承接屡败。人生不易，心中需有猛虎，更需细嗅蔷薇。承蒙收藏，特以此文为证。

　　文／苏艳　书／起航　丁酉年立春　南京望山窑

　　"但知行好事，莫要问前程。"这句年少时读过的诗，此时击中了他心里的结。找个好工作，养活自己，其实很容易。但我为什么不去做更有意义的事呢？

　　伯父朱中华也在想这个问题。六年前的那场大病，使他不得不仔细考虑手工造纸的传承。他希望两个儿子和侄子继承自己的事业，但也很担心他们的生计。最近几年，关注的目光多了，他也越来越有信心。他跟起航说，在农村里造纸，是边缘的、被瞧不起的行业，却引来最专业的大学项目合作，受到尊重，为什么？一个几近没落的行业，却在古籍印刷、国宝级的珍贵文物修复上起到作用，不就是我们做人做事的价值吗？别的年轻人不想学，自己的儿子不学，谁学？跟书本视频学，和有人手把手教，是不一样的。要手传给手，身体传给身体。我们不来传，谁传？

　　他大概也是这么跟大儿子起杨说的。一个平常的毫无征兆的一天，朱起杨从外省回来了，和朱起航一起，专心学起了古法造纸。

　　在捞纸房的砖墙外，竹林深处的荒草中，躺卧着一只六百岁高龄的石槽。朱起航看见伯父将微凸的小肚子收起，努力蹲下去，用手指轻轻抠着青石板缝隙里的青苔。这是整整五代人用过的纸槽，最多时有六个，十六岁的伯父第一次跟师傅学捞纸时用过，三十年前被废弃了。就在这只纸槽前，伯父听说中国文物修复纸都要从日本运过来，就暗暗许下心愿，一定要重现手工元书纸的辉煌。现在，这个凤愿传承到了孩子们身上。

　　一阵风过，朱起航看到伯父抬起头，从落叶的沙沙声中投过来一个他无法形容亦无法拒绝的目光，沉沉地落在自己右肩上。

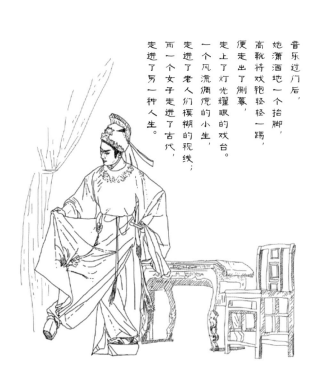

叁 跟着戏班去流浪

音乐过门后，
她潇洒地一个抬脚，
高靴将戏袍轻轻一踢，
便走出了侧幕，
走上了灯光耀眼的戏台。
一个风流倜傥的小生，
走进了老人们模糊的视线；
而一个女子走进了古代，
走进了另一种人生。

一　路遇

父亲走在前面，领我穿过暮色四合的山后浦村，穿过村口的五六座老坟，走上通往关帝庙的山坡前，芒种后的第一场黄梅雨轻声下了起来，零星几点，像冬夜的星。

我们站在山坡上，犹豫了大约五秒钟。

父亲说，听踏三轮车的人说，不是玉环的戏班，还去吗？

我说，下雨了。

父亲说，来都来了，要不去看看？

我说，来都来了，去看看吧。

父亲知道女儿的心意。两个月前，我遭遇飞来横祸，头破血流，紧接着因闻所未闻的十二指肠憩室炎住院，五天五夜水米未进，虽侥幸未动刀，却也折腾得死去活来。身体虚弱的人，想法便少了，原本在意的一些事一些人便淡了，沉睡在心里很久的梦，便醒了，溢出来了，"跟着戏班去流浪"，就是其中一个。

父亲和我，一前一后走上山坡时，潘香和双菲正坐在庙门口一条长凳上闲聊。她们都化着戏妆，很白的脸，很红的唇，黑白分明的浓眉大眼。她们穿着白色小衣（穿在戏袍里面贴身的斜襟布衫）、宽大的红色灯笼裤，像两朵大丽花开在暮色里，鲜亮异常。她们的身后，是关帝庙的两层偏房，灰墙黑檐，门前一条绳子上晾着红红绿绿的衣服，有戏服，有花裙，有内衣丝袜，也有男人的衣裤。

我微笑着走上去，心里有点忐忑。

她们停止了闲聊，看着我们走上山坡，潘香先笑了，双菲也笑了。

戴眼镜、长头发、五十岁左右的潘香说，条来嬉啊（来玩啊）？

她一开口，脸上风生水起，嘴角向上弯起，眼角的鱼尾纹也向上弯起，眼神在厚厚的镜片后散发着溪流般的灵动，甚至有一丝天真。

我笑问，请问你们是玉环的越剧团吗？

她说，不是，我们越剧团是临海的，不过我们几个都是玉环人。我是老生，芦浦人，小生赛菊是漩门湾大坝老鹰窠人，另外还有两个也是玉环人。

她指了指身边的双菲说，她是临海人，我们老板老板娘也是。

潘香的声音中气很足，声调低沉柔和，有海水般深厚的韵味。她一说话就笑，有时会缩一下脖子，像有点不好意思。

双菲笑着点头。其实，她们可以不笑的，可以不理我们的。

黄梅雨越下越密，但她们似乎一点都没感觉。芒种来了，意味着仲夏时节正式开始，也意味着戏班即将封箱休夏，自正月以来长达半年的流浪即将结束。

一座庙、一个棚就是一座好戏台。请戏班到村里做戏，感恩祈福，求风调雨顺、四方平安，是老家玉环岛自古以来的习俗，也是台州以及浙江大部分农村渔村的习俗。每逢庙里神祇寿诞，家中婚嫁或造房子，开渔出海，村民、船主凑份子请戏班做戏，一般唱五天五夜，潘香她们从清港镇芳杜村过台到此，已是第三夜。

戏班十点半吃中饭，下午四点戏散后吃晚饭，此刻离夜场七点开场还有两小时，做戏人有的在洗衣服，有的小睡一会儿，有的在补妆。

我问潘香，来看戏的人多吗？

这里偏僻，下雨，只有几十个吧，阿公阿婆多一点。

人这么少，你们也要演三个小时吗？

潘香像是突然被我的话戳中，喘了一大口气，边摇头边拍着胸口，说，唉，我正心里难受，跟她在说这事呢。我们接了钱，就要认真演，演给观众看，演给"老爷"（对庙里神祇的统称）看，要对得起良心的。头天夜里雨太大，村里说人太少，你们演得短一点好了，有几段不太要紧的唱词就没唱，结果我心里就一直不舒服，特别内疚，现在还难受。

我心里一动。

她接着说，我们戏班很小，一场戏才六七千，有的戏班一场戏几万十几万，可赌博戏我们不演的。

我心里又一动。

父亲说，我们就住在山后浦，我女儿喜欢写文章，喜欢越剧，想来体验一下，不知找谁方便？

潘香说，哦——都方便的啊，喜欢越剧的人很多的，常来嬉嬉的，你来找我好了，我们都很随便的。

她其实没有听懂我们的来意，但那么盛情。

我说，谢谢，我回去请文广新局的朋友跟你们老板先说一声，再来打扰你们哦。

潘香说，不用，我们大家在一起都十三年了，跟一家人一样的，你跟谁说都行的，条来嬉，没关系的。

我后来才知，她不是随便就能这么说的。

告别她们时，我回头看见，不知何时，屋檐下坐了一个化着小花脸妆的清瘦女子，穿一条曳地墨绿色吊带长裙，一件黑色的丝质披肩，民国时期那种一浪一浪的短卷发，她身子往后靠在门框上，双腿优雅地交叠着，目光淡然，仿佛已穿过我们，正看向天边无尽的黄梅雨。黯淡的背景，明艳的身影，犹如梦境。

我后来才知，他们本来不是到山后浦做戏的，因之前连续大雨耽搁了别处的行程，封箱前要去坎门里澳村做戏，路过此地，就应邀留下来演五天五夜。走到哪里算哪里，演到哪里算哪里，这是常态。

于是，我们遇见。我想，这是我们之间的缘分。

戏班的名字叫"吉祥"。

二　戏痴

民国二十二年深秋，一个令故乡人无比新奇的"滴笃班"，带着它的戏具、戏服，它的小生小旦和一路风尘，走进了玉环岛，走进了小镇楚门，从此，越剧风靡了我的故乡。

　　哪个村做戏，哪个村的人就邀外乡的亲朋好友来住上几天，喝喝老酒，过过戏瘾，嫁出去了的女儿可乘机在娘家多待几日，说说贴心话。最高兴的是孩子，袅袅越音与炸油鼓、九层糕、凉菜糕的味道深深刻进了记忆里。

　　戏的开场总是喧闹的锣鼓，大大咧咧，没有一点江南风味，然而演的戏却极文雅极美，两者合一，就像故乡人的性格——刀子嘴豆腐心。演的大多是"路头戏"，仅有故事框架和分场提纲目表，演员自编自演。之前，师傅会传授一些"肉子"和"赋子"，戏有"路头"可循，如行路、宿店、花园、抢亲、公堂、探监等，有惯用的唱段对白，演员根据故事情节，移花接木，即兴唱做，但必须押韵，比剧本难得多。因此，做戏人"肚子要饱"，脑子里要有词库，特别是对手戏很见本事，用各种押韵即兴对唱，一来一往特别有味道，有的还很有文采。

　　锣鼓停了，戏开演了，成千上万的故乡人坐在自己带的长凳上或站在远处高处，在感受爱情的缠绵、复仇的痛快、忠君报国的悲壮时，对于半个多世纪前就学率只有百分之十几的故乡人来说，就像上着一堂堂有声有色的道德伦理课。戏团圆了，人也散了，人们在回味中检点着自己的内心。乡戏的灵魂就像故乡水静静滋润着故乡人的血液，滋养出故乡人共同的豪爽、智慧、幽默、敢爱敢恨、敢做敢当的性格。

我是戏痴，我的祖辈更是。月圆之夜，小渔商贩出身的祖父常雇一条船，在楚门镇南门河等青灯古、赖乌丁等一帮"狐朋狗友"一一上船。锣鼓笙箫三弦京胡一应俱全，却没有女人。祖父拉京胡，他们自弹自唱，开怀畅饮。夜半尽兴后，祖父哼着小调走在清冷的石板路上，一手烟斗，一手提着一碗热气腾腾的馄饨带给祖母吃，他知道她会一直等他。

祖父浪漫的基因，流淌在二伯和父亲的血液里，也流进我的血液里。儿时的二伯演过《野猪林》里的林冲，儿时的父亲演过《血泪仇》里的伪保长，没有戏服，用窗帘布当披肩，借庙里神祇塑像的龙袍当戏服。儿时的我将越剧《红楼梦》看了七八遍，并无师自通学会了几乎所有越剧经典唱段。儿时的木雕床底下，珍藏着我自己缝的一个小姐布偶，鞋盒子做成她的闺房，中间用锦旗的黄色流苏隔断，用黑线做的云鬟，从母亲的珠钗上偷拆了两颗珍珠做的步摇。在我眼里，她是林黛玉，是祝英台，是《碧玉簪》里的李秀英，是《柳毅传书》里的三公主，是寡言的我……她是有生命的，她与孤独的我自成一个宇宙。

十三岁那年，从小镇搬到山后浦村新家时，她丢了。我想，在某个幽暗的角落里，她已经成仙，她不愿离开那间快要坍塌的老屋，她的道场。我想，有一天，她会以另一种形态回到我身边。

时隔三十多年，她果然回来了。

二〇一七年芒种后的第一场黄梅雨里，父亲和我告别潘香和双菲，回家给文广新局的朋友打过电话，吃过晚饭，我上三楼收拾"流浪"的行李。

三楼面山朝南的卧室，曾经睡过四个人——四个做戏人。三十多年前的冬天，村里请来戏班做戏，小旦小生等四个主要演员被分到我家。小旦微胖，面目模糊，声音甜美，小生以极其俊美的扮相和极富魅力的唱功做功一夜间轰动了山后浦村。我每天心跳最快的时候，是看到扮上戏装后的她——她扮演的所有角色都像我梦中的白马王子。我渴望走近"他"，又害怕走近"他"，怕看见"他"真实的面目。

她坐在窗前的微光里一下一下描着眉。我捡起一枚掉在地上的黑发卡递给她，她没有说什么，瞥了我一眼，眼里闪过一轮冬日下午三四点钟温柔的太阳。

她能收我做徒弟吗？我能跟着戏班走吗？父母亲会同意

吗？这些疯狂的念头折磨着我。

后来，我再也没见过她。我完全忘记了她是怎样离开的，是她临时有事回家了，还是戏班离开时我上学去了？很久以后，一个傍晚，我从杭州回老家，堵车了。从模糊的车窗望出去，对面路边停着一辆抛锚的卡车，细看竟是戏班子的车。车上叠满了戏箱，戏箱上高高地坐了几个做戏人，她们似乎刚刚卸装，还没擦净脸颊，细雨淋湿了她们神情木讷的脸和瘦削的肩，还有一个在奶着孩子。母亲叹气说，现在的戏班有舞台灯光，有字幕，还有小提琴伴奏，但一茬茬的人老了，做戏和看戏的人都越来越少了，不知道几代以后，还会不会有人知道乡戏了……我的心里涌起比细雨更密的凄凉。如果说，乡愁是生命中最凝重的忧愁，乡戏就是乡愁里最凄美的那一笔。

母亲说，记得吗？做戏那几天正巧我过生日，请四个做戏人一起吃饭，她们把乐器搬过来专门为我唱了一段，然后一边喝酒一边商量晚上的戏怎么唱怎么唱。你弟弟结婚时，我们还把小旦请过来喝喜酒呢，你记得吗？

我忘了。

我忘了，但我想，当我走近潘香双菲赛菊她们，一切都会回来，如同那个被遗落在老屋木雕床底的"我"和"她"。

三　嘟嘟

夜，七点半，关帝庙戏台侧幕。

嘟嘟张着粉红色的小嘴，睁着溜圆的双眼，紧盯着正在戏台上翻跟斗的小花脸，咿咿呀呀笑着叫着，手舞足蹈。六个月大的他圆头圆脸，气质很像混血儿，穿一身红色棉布衣，肩上绣着花朵和小鸟，很好看，很干净。随着锣鼓声，他的双腿在他的母亲、二十五岁的小生俏俏的大腿上一蹬一蹬，一滴口水正从嘴角挂下来，映着戏台红色的灯光。

俏俏佯装很痛，哎呀哎呀的叫声被锣鼓声掩盖，光洁异常的脸庞在灯光的映照下，灿若朝阳。

这个戏班最年轻的演员，临海杜桥人，面如银盘，眉眼英武，原先主攻小生，刚生了嘟嘟，暂时歇演，但戏班到哪里，她抱着嘟嘟跟到哪里，一满月就出来了，整整五个多月了。

俏俏说，嘟嘟一上戏台就会特别兴奋，半夜都不肯睡，做梦都咯咯笑。我也喜欢待在戏班里，氛围好，开心，像一家人一样。

这句话，让我想起潘香之前说的"一家人"。

俏俏似乎不太爱笑。直觉告诉我她有心事，她自然不会说，我便不问。我想过，此番体验，不打扰，不刺探，一切顺其自然。对于她们，我只是一场路过的风。

每个做戏人上台前、下台后都会来摸摸嘟嘟的脸，他就无声地笑，也许笑出了声，但被音乐淹没了。俏俏起身替人播放电脑背景和唱词时，几个做戏人便谁有空谁抱嘟嘟，谁抱他，他都笑，将圆圆胖胖的脸和两个酒窝冲着你。我摸摸他的脸，他也笑，我伸出手抱他，他也肯。他姓金，和我一样也属猴。

一个婴儿，日夜待在庙堂里，一点都不忌讳，如同一个已过不惑之年的女作家突然跟着戏班去流浪，都是奇怪的事。一百年前，唐诗之路上诞生了唱腔委婉、儿女情长的越剧，当徽班进军京城后，南方大地上也有一群乡下人放下了锄头，开始了流浪，也开始了一个百年美梦。我没想到，第一次走进戏班走上后台，第一个遇到的，竟是跟着戏班流浪、做梦的嘟嘟。

俏俏的师傅，也就是老板娘兼小生阿朱，穿过锣鼓声前来接应我。她四十岁左右的样子，穿着套头的休闲服，没有化戏装，两根辫子编到头顶，用黑发卡卡住。她一口临海普通话，声音柔美，有湖水的味道，笑起来露出两颗雪白的小虎牙，让人觉得很好接触。

父亲和她老公骆老板坐在台下聊天，我和她坐在戏台右侧的庙门口聊天。我表明了来意，大意是我是一个写作者，特别喜欢越剧，不是来采访，也不一定写什么，就是想来体验一下戏班生活，如果单位或家里临时有事，我随时会回去，我会尽量不打扰他们。

黑暗中，两颗雪白的小虎牙说，你看得起我们，过来玩，我们当然欢迎，当然高兴，很高兴，你有什么需要，尽管告诉我哦。

我眼前一下子浮现黛玉进府时热情能干的好嫂子王熙凤的形象。

阿朱说，吃饭如果吃得惯，尽管跟着我们吃。被褥什么的你自己带会干净点，我们条件太差呵呵。

她又笑，戏台的侧光映出她眼角浅浅的鱼尾纹。

又聊了点别的，我问她，生意好吗？

她说，戏路还好，戏金不是很高。上半年做了二百场，下半年也差不多，还好，也就是挣个工资钱，演员工资一天一百到四百多不等，赌博戏、乱七八糟的戏，我们不做的。也不是有多高的水平，有多高的收入，常年奔波，竞争厉害，要跟各色人等打交道，很累。但我们戏班最难得的，是特别和睦，在一起十多年了，没有多话的，很开心的，很多戏路是口碑好人家找过来写戏的。

"写戏"，即外乡人过来邀请做戏、双方商定剧目、戏金、时间、地点。

吉祥越剧团其实是一个家庭戏班。阿朱夫妻掌舵，爷爷搬道具，称作"值台"，奶奶烧饭，阿朱和嫂子演戏，二十五岁的儿子负责灯光舞美和字幕。骆老板个子高高的，壮壮的，虽是老板，但看得出来什么事情都找阿朱商量，他接到我文广新局朋友电话后，也把我交代给了她。手里却一直拿着两罐王老吉要我和父亲喝。

爷爷仿佛是个隐身人，出入戏台搬道具像风一样自由，被观众自动忽略。戏班里，管戏服道具的"值台"或"大衣"是最辛苦的，有的终年睡在四处漏风的后台守夜。爷爷下台来就对我笑，将凳子让给我让我坐着看戏。

我之前担心他们对我的到来有顾虑或反感，但戏班里的每个人都很和气，也没有过分的热情，只有阿朱二十五岁的儿子没有笑容。

阿朱说，儿子说夏天过后他不做了。

那他做什么呢？

阿朱说，我们让他做，他还是会继续做的，从小跟着我们到处走，很听话的。

我从侧幕看过去，看到了儿时的他和今夜的嘟嘟一样，跟着戏班四处漂泊。突然想，多年后，嘟嘟一定不会记得今夜了，但还会喜欢看戏吗？

四　住处

中午十二点五十分，雨停了。

阿朱在偏殿宿舍的水槽前搓洗着一大盆脏衣服，化着装，裹着头，穿着白色小衣小裤。

我问她，快一点了，你下午不演吗？

她一把关掉水龙头，边拧衣服边说，演啊，呀，来不及了哈哈哈。

她说着，将衣服往绳子上一搭一拍，小跑上坡，跑进庙里，从戏台下坐满老人的第一排前穿过去，紧跑几步跳上台阶，穿过乐队，冲到后台，拎起早就摆放在那里的蓝色戏袍和相公帽，三下五下穿戴整齐，待她挂好无线麦克风，低头套上高靴，从她公公手里接过道具褡裢背上肩，没怎么停留就站到幕旁开唱了——

"三载同窗情似海，冬生难舍玉英妹。相依相伴情意深，未知何日重相会……"

声音洪亮，气息平稳，韵味十足，演的是《藕断丝连》中的林冬生，套的是《楼台会》的曲。音乐过门后，她潇洒地一个抬脚，高靴将戏袍轻轻一踢，便走出了侧幕，走上了灯光耀眼的戏台。一个风流倜傥的小生，走进了老人们模糊的视线；而一个女子走进了古代，走进了另一种人生。

阿朱和她的姐妹们会演的戏多达一百多部，最驾轻就熟的就有三十多部，成竹在胸，才如此不慌不忙，信手拈来。

我亦步亦趋紧跟着她，最后在侧幕惊住。眼前这个光彩夺目的人，几分钟前还在简陋的住处吭哧吭哧地搓洗着一大盆脏衣服。

晚上八点，潘香皱着眉头，坐在床铺上就着昏暗的灯光背唱词，一个很旧的黄色笔记簿上，歪歪扭扭记着满满的唱词。今晚，她演《双龙太子》里的包拯，戏份很重。

这是关帝庙最靠里的偏殿后一间十多平米的屋子，三张床铺分别用两根长凳加硬木板搭起来，铺着棉褥和凉席，没有蚊帐，床上堆了些洗漱用品、化妆品和内衣。一张旧桌子是唯一的家具，摆着两个巨大的化妆盒，两盏没有灯罩的台灯见缝插针，就是她们的化装台。

一个很大的塑料桶，是拿来烧热水洗澡的，用热得快烧，庙里没有淋浴设备。

我说，我家很近，你们洗澡不方便到我家洗吧。

潘香笑，说，都习惯了。

墙角有一个电蚊香，靠墙有一张塌了的旧床，堆满了锅碗瓢盆瓶瓶罐罐，还有西瓜、桃子、杨梅。潘香说，是上个村子的戏迷和这个村子的头说她们演得好，送来犒劳她们的。

俏俏削好一个桃子递给我，并不叫我，只微笑着说，你吃。

我接过桃子，说，你们管自己忙哦，不用管我的。

一位七十岁左右身材瘦小的婆婆正坐在另一张空床上吃苹果，她是从清港芳杜跟过来的老戏迷，她常找她们玩，没什么好玩的，就是看看她们，还有三四个清港其他村里的老太太下午来过，路更远，回去了。

潘香眯缝着一千五百多度的近视眼，吃力地背着唱词。别人演戏可以看戏台两侧的电子屏，她因小时候脑震荡耽误治疗导致弱视，全靠背下来。她身体也不太好，左腿膝盖骨有畸形肿瘤，发作起来会很痛，演武打戏翻跟斗更痛。但如果不出来做戏，老公儿子上班去了，她一个人在家待着没意思，这里有意思。

这间房，住了她、和她最要好的小生赛菊、和赛菊最要好的俏俏嘟嘟，还有当家小旦爱妃。赛菊家近，夜里基本开车回家住，把俏俏母子也带回家。

潘香说，我们几个从来不分开的，别的戏班来挖墙脚，我们谁都不出去，我们已经是一家人。

她总是未开口先笑，眼神里透着孩子般的纯真。

短短两天，我已经听到好几次"一家人"了。在戏班里，能成一家人，是特别难得的。

一百年前，中国第一个越剧戏班在嵊县东王村出了娘胎后，不到两年时间，剡溪两岸的小歌班竟多达两百多家。艺人们沿着三条路线流浪，一是从新昌、余姚到宁波，二是从上虞、绍兴流动到杭嘉湖，三是从东阳、诸暨进入金华，他们像吉卜赛人一样，走到哪里唱到哪里，吃住都在庙里殿前，和神祇睡在一起。身体上的苦在其次，被人看不起也是轻的，最怕的是在内主角配角间钩心斗角，在外遭受地痞流氓欺压。一百年来，戏班里的人们聚散无常，更谈不上亲如一家，即使到了现在，也各有各的乱象，各有各的不易。

潘香将长发盘进发套时，微微翘起了兰花指，无名指上一个玫瑰花形状的金戒指，与包拯的形象反差很大。前一秒她还是一个女人，后一秒她就是一个男人。她说，我和赛菊约好，两个人把头发都养长，然后剪下来，做成用自己的头发做的头套，这样就又方便又自然啦。

她站了起来，说，我快上场了，我要先去下厕所。

我也站起来，说，我扶你去吧。

她说，不用不用，我自己去就可以啦，习惯啦，先戴上眼镜哈哈哈。

出宿舍门，她往左，我往右。我回头看到她大红的灯笼裤、白色的斜襟小衣隐没在暑气蒸腾的夜色里。

五　小生

当我第一眼看见小生赛菊，仿佛又一次看见了多年前坐在我家三楼南窗下一笔一笔描着眉的"他"，看见了一轮冬日下午三四点钟温柔的太阳。

这是吉祥戏班在山后浦做戏的第四天下午。

这个潘香一天要念叨很多次的叫作"赛菊"的女人正坐在宿舍的台灯下补妆，强烈的灯光将她脸上的细部暴露无遗。四十出头的她看起来只有三十岁，化着小生的妆容，面部轮廓俊朗，五官精致，眉毛和眼角均微微上扬，漆黑的双眸异常清亮，身段苗条紧致如处妙龄，黑色的蕾丝上衣、黑色的裙裤很飘逸。一个女子静静坐在一个极其简陋的场景里一下一下描着眉，散发着一种摄人心魄的静美。

赛菊话很少，只微笑着跟我打了个招呼，说，条来嬉啊，吃杨梅哦！

我说好的谢谢，你管自己忙哦。

她的声音很润朗，又带一点点磁性，仿佛暗夜里凝结了一层水雾的青花瓷。这个声音让我突然想起了另一个人，一个岁月深处曾经红遍玉环每个角落的越剧名伶，一位耄耋老人。

俏俏把嘟嘟往潘香床上一放，俯下身子在塌床那里翻找什么。潘香已经化好包拯装，抱起嘟嘟坐在自己的肚子上，一边轻轻颠一边哈哈笑。嘟嘟一点都不害怕她的脸黑，也跟着呵呵呵笑。

俏俏翻出了一个瓶子，自言自语说，再泡点苦瓜茶喝喝。

赛菊对着镜子描眉，并没有看她，说，今天别喝了，喝多了胃寒。

俏俏说，哦。听话地放下了瓶子。

"劝妻休要泪淋淋……"

夜幕和黄梅雨同时降临时，赛菊穿过夜色，走上后台，出场亮相。戏台在漆黑的夜色里，如同夜空洞开着一扇绮丽的天窗，走马灯似的播映着天上人间的悲欢离合。今夜赛菊演的第一场是哭戏，《包公斩杨志平》中的韩世昌在病床上与爱妻话别。黑色的长发垂下半边，额上的汗珠、眼里的泪水，在夜色中闪闪发亮，哀婉的唱腔在关帝庙的夜空中盛放、枯萎。

家乡人将看戏叫作"望戏"，一个"望"字，画出了人山人海中人们翘首张望的样子。我像空气一样尾随着她，望着她，也望着戏台下一张张条凳上坐着的几十位老人，他们安静如大殿里的一尊尊雕塑，守庙人来喜站在最后一排。整个庙宇里，人神共看一台苦戏。

当我们望戏的时候，赛菊在自己的泪水和唱词里，依稀望见了许多逝去的岁月。

十年前，温岭江夏村。那天她演落难公子应天龙，用余光向戏台下望去，如她所料，又看到了那个三十多岁的卖糕女人坐在第一排左边的长凳上，痴痴地望着自己。她的身边，仍然坐着那个十七八岁、眉清目秀、衣着整洁的傻子。他和她一样，张着嘴，痴痴地望着自己。

泪水在她高亢哀婉的唱腔里纷纷坠落，人们纷纷起身，边擦眼泪边掏出几毛钱、几元钱扔到了戏台前。

一段词唱毕，戏里的"恶霸喽啰"上台来，一边叫骂一边佯装打她踢她。一根棍子眼看就要落到她身上时，突然被一个影子一把夺去——不知何时，台下的那个傻子已经蹿上了戏台，涨红着脸，撕心裂肺地号叫着，不要打她，不要打她！

他哭着叫着，用头和身子去撞那些"恶霸喽啰"。

赛菊赶紧从台上爬起来，戏班子人也都围上来，劝他说这是做戏，是假的，是假的。

他躺在戏台上不肯起来，放声大哭。

这时，坐在他身边的那个三十多岁的卖糕女子跑上了戏台，一把搂过他，又一把拉过赛菊，让他看她的脸、手，说，你看你看，没有受伤，是假的，菊不是好好的吗？

傻子呆了呆，突然笑了。爬起来去捡抛在台前的那些钱，捡完转身捧给她，说，菊，给你，都给你。

赛菊摇手说不要不要，眼睛却湿了。

多年后，比她大八九岁的卖糕女子也就是傻子的娘姨，成了她的至交，有了近亲般的人情往来，赛菊结婚、坐月子、造房子、过生日，她都会送来点心、七八套衣服。娘姨家造房子、儿子结婚，赛菊也去，她跟着傻子叫她娘姨，其实心里当她是亲姐姐。

几年前，玉环龙溪山里。那天她演《雪地打碗》中的孤儿周强，八岁因遭大伯母虐待逃出去讨饭，是她的拿手戏。看戏的全是上年纪的老人，穿戴都很朴素，一段唱词唱完，每位老人都起身，五元十元的，个个含泪送了一次又一次，足足送了六百多元。下台后，一位老奶奶过来拉住她哽咽着说，你演到我心里去了，我和你一样，从小没爹没妈，苦啊……

"讨饭戏"是一个老传统，一般去一个演出地都会演一场，不为图捐钱，是图彩头，也最见功夫，演员动情，戏迷过瘾。而同样是《雪地打碗》这本戏，她在另一个村里演时，却遭遇了耻辱。那天她刚唱头一句"双膝跪在大街前"，一个村干部模样的人就掏出果冻直接朝她身上砸。她气极了，站起来不唱了，那人就叫嚣着逼她唱，还要罚戏。泪珠在她眼眶里打转，却说不出一句话来。戏班里的姐妹冲出去跟他讲理，最让她感动的是台下的老人们全都帮着她们说，说他怎么可以把她当成真的要饭的?!

赛菊不知道，在离山后浦关帝庙戏台的三百米处，曾经搭过戏台，闹过罚戏。以前做戏不能唱错做错，错了就要罚戏，轻的加演折子戏，如果做漏了情节叫"偷戏"，要重罚三天戏，戏班就要亏本。明张岱就曾描述过其时绍兴演戏时"一老者坐台下，对院本，一字脱落，群起噪之，又开场重做"。

多年前，山后浦做戏，一个花旦演下楼的戏，按规矩要走十三级，那天却多走了一步。以前看戏的有很多年轻人，当时一群后生起哄要罚三天戏，戏班头子和做戏人都吓坏了，赶紧请父亲这个山后浦的老知识分子去说和。

父亲被他们扶到戏台前的长凳上，站在耀眼的灯光下，说，乡亲们，戏班做错了，是不对，但他们一不是故意的，二是小错也已经认错了，三呢也加演一段戏了。大家想想，我们到哪里挣钱都难的，他们也很不容易的，大家就体谅体谅，好不好，和气生财嘛!

其中一个小伙不知道说了句什么，一位老人上前一把揪住他的衣襟，吼道，苏老师都说了，你还要怎样? 快转回家去!后生们也就散了。

如今，看戏的年轻人几乎没有了，老人们没那么计较，罚戏自然也就没有了。但赛菊每一场都全情投入，更不允许自己出错。她们来山后浦第一晚演的是《双杀嫂》，没下雨，来的观众多，纷纷叫好，第二天下午演《丞相试母》，观众反应又很好，地方上的头儿闻讯很开心，买了几十斤桃子、四个大西瓜送给戏班。赛菊忙得一口都没吃，但心理上很满足。她想，我就是戏里的丞相施文青，观众喜欢这个戏，说明我演活了。

有那么一两分钟，后台只剩下我一人。我忽然发现挂着皇帝帽的架子下的神位前点起了两支红蜡烛。我知道，又有老人"戏刹"了，也就是传说的看戏走火入魔了，身体不舒服了，解药就是到戏班后台点上蜡烛拜拜神仙老爷，来不了的就差人剪下一点皇帝帽的流苏烧成灰喝了就没事了。有用没用不知道，戏班却总是有求必应，让看戏人图个心安，就像故乡人说的，高丽人参太补，邪关住了，要用萝卜解。

在后台，我不敢乱走乱动，随便问话，怕犯了戏班的禁忌。小时候就听说，不能问帽子重不重，不能问嗓子好不好，身体好不好，这些都关乎做戏能否顺利，关乎他们的平安，因而外人宁可信其有。还比如，鼓板是乐队的灵魂，打鼓板的师傅叫

"鼓板佬"，他坐的地方叫九龙口，是戏台上最神圣的位置，其他人绝不允许坐，更不允许触摸鼓板。

此时，小旦爱妃上台，赛菊退到后台，从贴着一个"赛"字的戏箱里取出一条绑带绑上头，侧过头对我笑了一笑，眼角还挂着一滴晶莹的泪。

再过一个小时，戏散后，她会开车回到距离此地十公里的漩门湾大坝老鹰窠的家，那是一个靠海的小山村，大坝未筑成时，传说连飞鸟都飞不过去。到家后，她会煮两碗面给自己和俏俏当夜宵，然后帮俏俏给嘟嘟洗澡，睡下，第二天中午吃了午饭再赶过来化装。

这个在古代和现实之间自如穿越的女人，她在海边的家是怎样的？她的丈夫是做什么的？在家里，这个优雅神秘的女人是什么样子的？她对我这个一直尾随着她的不速之客是怎么看的？

多日后，我看到她在微信里这样写道：第四天下午演《藕断丝连》，我演林天赐。下半场还在化装，来了非常非常难得的贵客苏沧桑老师。我们小小戏班迎来大作家，心情无比兴奋［憨笑］［憨笑］。

然而，当时她那么沉静，甚至有点冷淡。

六　吃饭

嘟嘟在睡梦中掉下床时，俏俏和我、赛菊、潘香她们正在戏台前吃晚饭。

上午十点半吃中饭，下午四点吃晚饭，晚上十点吃夜宵，这是戏班的用餐时间。做戏人一般早上睡到十来点起床，不吃早饭。

每人有自己的专用碗筷。阿朱专门给我烫了一副碗筷。

三张方桌摆在戏台右侧，一位乐队师傅从台上下来，从墙脚拎过来两块红砖头，很熟练地垫在了其中一张桌子的两只桌脚下，因为地面很斜。四张长凳没垫砖头，于是，一桌八九个人便一边高一边低地坐了下来。

最靠山的偏殿，供着几尊菩萨，点着红亮的油烛，萦绕着香烟，穿过偏殿，便是烧饭奶奶一个人的世界——戏班厨房。

烧的是老灶，堆满了不知从哪里拆下来的纸板残料，两口大铁锅热气腾腾，旁边矮桌上一个巨大的电饭煲里，一大锅米饭也热气腾腾。烧饭奶奶已有条不紊地做好二十个人的饭菜，四菜一汤，有红烧鲻鱼，虾皮冬瓜，红烧茄子，咸菜冬笋，还有一个菜汤，比我以前在别的庙里看到的戏班伙食好多了。

阿朱和家里人坐一桌，让我和赛菊、潘香、双菲、小花脸夫妻等七八个人坐一桌，乐队师傅们坐一桌，桌上有白酒。平时吃饭的位置也是这样固定的。据学者田野调查，绝大多数戏班伙食较差，做戏人都会轮流做"私菜"补充营养，因而用餐时间参差不齐，像他们这样三桌人一大家子一起吃饭是极少的。

赛菊迟迟没来，说在等炒绿豆面。她特别怕荤腥，不吃鱼，不吃调和油，但能吃肉，整个剧团为了她全都改吃猪油。她从家里带了猪肉和绿豆面，请骆老板亲自炒。潘香说，骆老板绿豆面做得最好吃，轻易不做菜，但戏班里谁请他做，他都会答应。

潘香和小花脸夫妻三个人拿大碗喝啤酒。我不喝酒，他们便让我喝王老吉。大家叫四十岁左右的小花脸夫妻"小爸小妈"。我忽然想起，夫妻俩的卧室，就在偏殿宿舍一楼临时拉起的破布帘后面。比起大多戏班夫妻常常要和其他做戏人一起睡通铺，这样的条件还算好的。

小爸坐我右手边，是这一桌唯一的男人，很客气，不停叫我吃菜。她们都叫我多吃一点，我不敢剩，将饭先分一半出来。饭很香很软，菜也很可口。

绿豆面来了，绿油油香喷喷的很诱人，却没有人伸筷子。

小妈说，赛菊你先夹，弄一半到碗里。

赛菊正在开一个玻璃瓶子，说，不要管我，你们先吃啊！

大家便说，你先夹，我们的筷子都碰过鱼了，腥臭。

赛菊拿的瓶子里装着腌苋菜梗，是阿朱的最爱，赛菊专门为她带的，但阿朱儿子闻不得那个味道，只好由赛菊保管，到时夹点到阿朱碗里。

小妈找了双干净筷子，将绿豆面拨出一半到另一个盘子里递给赛菊，然后招呼大家趁热吃。

潘香笑着嚷，小妈小爸，喝起来！

吃完饭，每个人的碗筷自己洗，阿朱过来将我的碗筷夺过去不让我洗。这是第一次，我暂且领受特殊照顾，以后跟着她们到处走，就跟她们一样了。

我们吃晚饭的时候，小嘟嘟从床上掉下来了，哇哇大哭，幸好没摔着。俏俏把他锁在房间里睡觉，六个月的嘟嘟还不会爬，但就在我们吃晚饭时，他会爬了，也会摔跤了。我们轮番抱他，逗他，他又呵呵呵笑了，脸上还挂着泪。

当年，俏俏其实是冲赛菊来的。十九岁的她因迷上赛菊而迷上越剧，找到老板娘阿朱问这里收不收徒弟的。阿朱见她俊俏，喜欢越剧，就答应收她，让她演小兵。后来赛菊知道了，不把她当徒弟，反而当女儿。她说规矩就是规矩，绝不当着阿朱的面教她。俏俏叫她阿姨，其实，是偶像，姐姐，也是母亲，婆婆。俏俏恋爱、生子，尚未安顿好的小家和所有的纠结烦恼，赛菊一眼一眼全都看在眼里，常接她到漩门湾大坝家里住些日子，一家人也都喜欢她，看得出，她在赛菊家里更快乐。赛菊的后备厢里一直放着一个大浴盆，是专门给嘟嘟在庙里洗澡用的。有一次，赛菊一家在外忙活，回家很晚了，又累又饿，也担心俏俏在家饿着，没想到一进家门，看到俏俏正在灶前忙着，桌上已经摆了满满一桌饭菜。

赛菊儿子小时候，跟着戏班到处走，叫小花脸夫妻"小爸小妈"，如今，全戏班人都这么叫。嘟嘟大一点，也会这么叫。

七　扮上

我将脚一一伸进鞋底两寸高、三寸高和五寸高的相公靴里试了试。

小旦爱妃说，你放大胆走，就走得稳了。

果然。细想，这跟走人生路是一样的。

傍晚五点，黄梅雨终于停了，蒸腾的热气将小庙紧紧捂住，穿着短袖都觉得热。幸而，这边演完后，过台到坎门里澳村再演五天五夜，上半年的演出就结束了，流浪了半年的她们就能回家了。

一身绿色绸缎衣裤的赛菊走进宿舍，脸上化着装，七点就要登台开演。她说，来，我给你扮上。

这是我们事先说好的，等她们有空时，帮我扮上玩玩。

台灯很刺眼。赛菊打开巨大的化妆盒，拿起一条黑白圆点的包头巾将我的长发包了上去。她凑近我的时候，我闻到了一股清新的味道，不是香水味，是极淡的沐浴露或洗衣液的味道。

先打粉底。她说护肤品化妆品都是她自己买的，放心。然后让我将脖子伸出去一点，给我扑粉，散落的粉直接掉到了地上。然后扑胭脂，先扑眼睛周围，上下匀开，再晕染到双颊。镜子里是一张红白分明的脸，嘴唇也是白的，有点吓人。

赛菊不说话，极其专注。最复杂的工序是画眼睛。先画眉毛，用粉红色的眉笔画，再用黑色的眉笔画，她说化妆老师教过，这样从远处看起来眼睛就会很灵活。再用眼贴将上眼皮往上拉一点，眼线往上吊一点，眼睛便更有神。她用小剪子剪好两个眉月形的眼贴，贴了一遍又一遍，左看右看，直到满意。

我一动都不敢动，说，差不多就可以了，拍照看不出来的，不用像你们平时那么讲究的。

赛菊笑说，手势已经在那里了，改不了了。

我说，别耽误了你后面的演出。

她说，来得及，我有数的。

她做事一板一眼，有一种特别沉静的气质。

潘香、俏俏和小嘟嘟在旁边玩，发出一阵阵笑声。

待贴上一副假睫毛，整个装立即像那么回事了。我取出自己的口红涂上，免得把她的口红弄脏了。她让我多涂一点，涂厚一点，在台上看着会精神一点。

我问她，我看你还没上装时，脸上有一些斑，好几个演员也这样，是因为化妆品的缘故吗？

赛菊摇头说，不是，是台上的灯光太厉害，长期照射到化了装的皮肤，起了化学反应。

痛吗？

现在不痛。有时灯光烤久了，痛的。

她说"痛"字时，我感觉心里有点隐隐的痛。

一切就绪后，赛菊将我移交给爱妃。

当家花旦爱妃，天台人。下午，她和阿朱演对手戏，套唱了一段《孔雀东南飞》里的《惜别离》。她是那么动情，身子随着一步一泣微微颤抖着，嗓音也微微颤抖着，台下几十位老人和我都不由自主被她带进了戏里。

爱妃利索地将自己头上的绑带和发网解下来，一头金黄色的长卷发哗地落满了腰肩，配着她的小旦装容，有一种奇异的美。

戴上小旦的头套后，整个头就更像样了。爱妃小心将我额前的刘海梳好，将瘦脸的鬓角贴片贴到我耳旁，又为我挑了一对蓝色的耳环，在发髻上插了一朵蓝色的珠花和一支步摇。当我眼角的余光瞟到右上方的步摇，我感觉一下子成了另一个人。

烧饭奶奶进来，眼睛直直地看着我，看呆了，过了好一会儿才说，太好看啦！你演小旦小生都好看的！你留下来在我们这儿做戏好不好？

赛菊她们就笑，好什么呀，人家可是大作家，怎么可能来演戏呢？

我说，演戏多好啊，我从小就想当做戏人。

赛菊说，太苦了呀。

一时，大家都不响了。

我原想说，做戏多自由浪漫多开心，可短短几天，我便明了戏班生活的本质绝非原先想象的那么美好，而是极度的劳心劳力，甚至厌倦，尽管，曾经，她们和我一样向往。

　　傍晚六点，爱妃和赛菊带我穿过正在降临的暮色，赶到后台，赶在观众到来前给我穿戴好，上台亮亮相。我年迈的父母一直等在台下，想看我扮上，说如果来得及还想听我唱一段。之前，当我把这个愿望告诉阿朱时，阿朱没有惊讶，说，好，我跟乐队师傅说，给你伴奏。

　　爱妃给我挑了一套红衣服，说拍照好看，我说太艳了，还是素雅一点的吧。最后，爱妃给我找了一套浅蓝色的戏服，和头发上的珠花正好相配，也是我最喜欢的颜色。

　　先穿戏服，再绑腰带，再挂珠子穿成的软坎肩，腰上挂上同样用珠子穿成的腰带。爱妃说，待会儿多给你扮几个，想扮皇帝丞相都可以，多拍几张照片。

　　我心里感动，也内疚，她们可以不用这么自找麻烦的。

　　穿戴整齐，爱妃走远两步上下一看，说，不对，里面没穿小裤（灯笼裤），裙子撑不起来。

　　这时阿朱正跑上台来，说乐队师傅叫来了。从幕帘后望出去，果然，六位乐队师傅已在对面侧幕坐定，二胡师傅正将二胡架到腿上。

赛菊和爱妃异口同声说，阿朱，快把小裤脱下来给她穿。

阿朱一愣，哈哈笑说，那我怎么办？好吧拿条裙子挡挡吧。便一边脱下小裤一边顺手拿过一条红裙子临时套了上去，小生的头装，小旦的红裙，看得我们几个直笑。

将双脚伸进一双红色的平跟绣花鞋，所有装扮全部完成。我被她们牵引着走上耀眼的灯光前，回头看见了长立镜中的自己——一个修长的淡蓝色的影子，云鬓高耸，步摇微晃，脸庞丰满，眉眼间有一丝陌生的妖媚。

她是谁？是我吗？还是阿朱？赛菊？爱妃？黛玉？兰芝？

走进戏台耀眼的灯光前，我听见头顶的戏棚又响起了黄梅雨的滴答声，雨声里，我有点恍惚。

八　唱起

"惜别离，惜别离，无限情思弦中寄……"

我的眼前是两重世界：无比耀眼的灯光，漆黑一片的台下。我知道他们在那儿，我的父母，我的挚友英，他们正举着手机在拍我。我也知道她们在那儿，阿朱赛菊爱妃，她们将我领上台，此刻正站在侧幕看着我，听着我。

身后是阿朱儿子播放的雅园背景，花园，绣楼，圆洞门。平时他们做戏时，背景会随情节播放更换，比以前方便且像样多了，不做戏时，便播放电视剧给乐队师傅们消遣。

我怀抱一把琵琶，跟着乐队唱起了爱妃下午唱过的《惜别离》——《孔雀东南飞》里的经典唱段，兰芝与仲卿新婚别离，如泣如诉。我仿佛看到她们听到我的歌声时面面相觑的眼神，之前，我没有告诉她们我会唱《惜别离》，还会唱几乎所有的经典唱段。

"弦声淙淙如流水，怨郎此去无归期……"

这是我一个人的戏台，一个没有观众的戏台。灯光迷离，水袖曼舞，越来越密的黄梅雨声里，我在做一个梦，圆一个梦，一个三十多年的梦。

乐队过门的时候，我看到侧幕里，爱妃一下一下帮我打着拍子。

我看到父亲举着手机对着我。

我看到陆续有戏班的人围过来，站在台下，都举起了手机对着我。

我看到烧饭奶奶坐在第一排最中间，一直跟着拍子在拍手。

我惊奇地发现自己没有一丝一毫的怯场，我忘了昨晚应该在镜子前练一练姿态手势，练一练嗓子。为什么我会忘记呢？为什么我不怕在他们面前出丑呢？为什么一切都那么自然——我走上台，坐下来，抱起琵琶，便开口唱了，便甩开袖了，就好像，我一直在戏台上做戏，做了很多年。就好像，我在这个戏班里，跟他们认识了很多年。就好像这些认识了才几天的人，和我的家人我的挚友是一样的。

唱完了。在并不响亮的掌声和雨声里，我向乐队师傅、向漆黑一片的台下鞠躬致谢。

又唱了一段《葬花》，我笑场了。

之前，我的魂魄似乎被角色附体了，可当我唱完"绕绿堤，拂柳丝，穿过花径……"这一句，我突然回到了我自己。我边走边想象着自己脚步不稳摇摇晃晃又煞有其事的样子，花锄上的花篮已经滑到了背上，看上去一定很滑稽，就忍不住笑了出来。

忍了几秒钟，忍住了笑，继续煞有介事地唱："听何处，哀怨笛，风送声声。人说道，大观园，四季如春，我眼中却只是一座愁城……"令人惊奇的是，乐队师傅们在我笑场的一小会儿里，无比默契地将过门又拉了一遍，鼓板三声，如打开一道明亮的门，重新将我接了进去。

越剧团的传统乐队在鼓板、越胡主奏下，分吹、拉、弹、打四部分，人员可增可减，规模大的越剧团乐队编制可多达二十六人，而民间戏班遵循少而精、一专多能的原则，吉祥越剧团是一个六人乐队，主胡、鼓板、琵琶、大提琴、二胡、笛子，清一色的中老年男子。

父亲自始至终录下了每一个细节，包括我笑场，包括我和赛菊装扮的小生合影，我俩一副琴瑟和鸣的样子，但她看上去比我还羞涩。

然后，爱妃迅速帮我卸掉小姐装扮，赛菊迅速解下自己的头套，拿过一件白色斜襟小衣给我穿上，帮我装扮小生。

其实不用这么规范，戴上相公帽，穿上戏袍，拍个照留念就好。但赛菊不肯，她将我头发盘好，用好多小卡子将小生专用的发网给我卡上，她说这样帽子戴上才好看。她为我挑了一套淡黄色的戏袍，扎上了一寸宽的同色腰带。

镜子里，站着一个陌生的英俊小生，让我突然想起岁月深处那个曾经红遍玉环每个角落的越剧名伶，她在杭州九里松花苑的卧室里，挂着六张剧照，其中有一张，就是这样的样貌，这样的装扮，她朝北的某个柜子里，珍藏着这样的相公帽，这样的戏服，不同的是，更古旧更精致。

八十六岁的她，还好吗？

阿朱换上了一套蓝色的戏服，我们假装《十八相送》里的梁山伯祝英台到台上合影。

阿朱一直笑，与我这个菜鸟配合，她都不知道怎么摆姿势了。爱妃和赛菊着急了，穿着小衣跑上台，教我怎么走路，教我摆靴子要后跟着地，脚尖翘起，露出一点点鞋尖，将袍子顶起一小角，又教我怎么持扇，怎么打开合拢。

此时，已是傍晚六点半，离戏开演没多少时间了。爱妃匆忙回到后台补妆、穿衣。今夜的"前戏"（正本前加演的折子戏）是我最爱看的《楼台会》，正本是《五龙玉镯》。

这么一会儿，我已经腰酸背痛，浑身是汗，想赶紧回家洗澡，而她们常常要捂一下午加一晚上。

回家路上，母亲说，她悄悄准备了一个大红包给阿朱她们，想表达一下谢意，这么麻烦她们和乐队师傅实在过意不去，但她们怎么都不肯收。

那一夜，我没有再去打扰她们。我在三楼听到一楼的父亲一遍遍用手机播放他给我录的视频。他跟母亲说了好几遍，说，唱得真好听。

那一夜，我沉浸在一种从未有过的兴奋和恍惚中，我一遍遍回放父亲给我拍的视频，又翻看她们平时做戏的视频，惊奇地发现，我的每一句唱腔、每一个动作，外行人看看还行，其实都是不对的。眼神、姿态、甩水袖的动作、兰花指的形状、每一个尾音，都是极不专业的。假如跟着她们去流浪，我是连演一个小兵都要一板一眼从头学起的。一年三百多天、四百场戏的磨炼，成就的不是一般的道行，突然心里对她们升起了一种新的敬意。

深夜，收到赛菊的回信：我到家吃了夜宵，刚给嘟嘟洗了澡，等俏俏洗了，我也洗澡睡觉。不用谢我，相见是缘［憨笑］［憨笑］。

我想起烧饭奶奶说，你留下来在我们这里做戏好吗？

假如年轻十岁，我愿意。

九　拆台

农历五月十六，夜，九点五十分，一轮圆月照在关帝庙的庙檐上，照在庙前的山坡上、几座老坟上。庙檐下方，红光潋滟的戏台正向山后浦的夜喷洒着最后的悲欢。同一个画面里，最热闹的，最寂寞的，都在。

今晚，是吉祥越剧团在山后浦的最后一场戏。戏一团圆，按传统习俗，大面要装扮成关公"扫棚"，围绕戏台唱做念打，意为扫去晦气，也告知这几天来听戏的"闲神野鬼"，戏结束了，好回去了，不要来打扰人间的清净了。

紧接着，拆戏台、整理行装，明天凌晨，会有坎门里澳的车子前来接应，将他们连同所有装备一起拉过去，搭建戏台，安顿人事，上演新一轮的爱恨情仇。

今晚，没有人像往常一样到厨房吃夜宵，夜宵一般是用剩饭做的粥，就着一盘咸菜。十点过后，几十位看戏的老人慢慢悠悠还未走完，台上的墨绿色幕布便已经拆下来了。骆老板和儿子、乐队师傅们就是壮劳力。拆音响装备最为烦琐，骆老板自己爬到五米高的高处，正在拧一颗螺丝。阿朱在后台整理戏服，几个人一起将帽子等往戏箱里轻放。

我帮不上忙，抬头看月亮，看到了凤凰展翅一般的粉红色云彩，那么美，我用手机拍，拍下来的却是黑乎乎的一片。

并非所有的月夜都这么美好。半个多世纪前，也是这样的初夏夜，也是这样的圆月之下，那位岁月深处曾经红遍玉环每个角落的越剧名小生久久徘徊在大海边。属于她的散场，不是暂时的拆台过台封箱休夏，而是哑声、批斗、开除和无尽的羞辱。

多少次，她在月光下独自徘徊，想纵身跳进大海……

夜十二点，拆台完毕。邻居平姐、兰姐陪母亲和我一起送英回楚门镇上。五个女人穿过狗吠声，走在清冷的月光下，一边闲聊，一边仰头看天上凤凰展翅般的那一圈云彩。这时，一道耀眼的光束照在我们身后，一辆黑色轿车慢慢停下，探出了赛菊的头，车里坐着俏俏和已经睡熟的嘟嘟。赛菊说，这么晚了，你们去哪儿啊？

我说，我们送她回镇上。

她说，我送她吧，你们回去吧！

我和母亲说，不用不用，就快到了，跟你不顺路的，你快回家吧！

黑色轿车消失在连接楚门镇和山后浦村的拐弯处，开往她海边的家。

我又举起手机，想记录今夜格外美好的圆月与云彩，拍下来的，仍是模糊一片。

十　过台

潘香在朋友圈里发视频说：今天要热死了。

行内将演出地叫作"台基"，戏班从一个地方转到另一个地方做戏，叫"过台"。

坎门渔港，有著名的东沙渔村，有神奇的沙滩天然画，有馋人的小海鲜敲鱼面，但这些都离潘香她们很远。一个戏台连着一个戏台，一场戏接着一场戏，离她们很近。我跟潘香说，马上要下雨了，下过雨就凉快了。

我的话果然应验了，大雨，大雨，连续四天大雨，把天都下漏了。

我的身体也出现了从未有过的状况，一阵冷一阵热，头顶已经愈合的伤口隐隐作痛，隔几分钟整个头部从耳朵开始突然发热蔓延全身，心跳加速，气喘不上来，浑身无力。母亲说，你病刚好，元气还没补上，太虚弱了，腿上又被蚊子叮了那么多毒包，天这么闷热，雨这么大，戏班里那么苦，不要去了，等身体养好了，秋天再跟她们去吧。

跟着戏班去流浪的夙愿，像浮在空中的云，终于变成雨落到了地上，却没有聚流成河。身体不舒服，有稿子要赶，单位有事要我回去，母亲的劝阻父亲无言的担忧等等，使我终于无法真正去"流浪"。一个人，放得下所有羁绊，能放得下亲情吗？

而我顾虑更多的，是怕虚弱的自己给她们增添麻烦。吐槽戏班的段子很多，戏班加演时，小花脸用地方话自嘲，观众反应特别热烈，比如，"远看剧团像天堂，近看剧团像牢房。春夏秋冬不见面，回家一包烂衣裳。思乡痛苦心里藏，四海漂泊习为常，长年累月在外奔，不能回家陪爹娘，心中有苦说不出，回答只能笑来挡……"

越深入，越深切体会到我梦想中所谓的"流浪"照进她们的原生态时，"居无定所，不断迁移"是真，"放浪，放纵，无拘束"是假，宋无名氏《异闻总录》中那一句"流浪千劫，不自解脱"才是她们的真实写照。

农历五月二十一，吉祥戏班封箱日。当我跟着导航沿着她们流浪的线路再次找到她们时，大雨倾盆。导航将我带到了错误的地方，转了很久，才找到里澳村的杨府庙。通往庙门的坡道上摆放着很多已被雨淋透的花圈，雪白耀眼。据说附近一位老人刚刚过世。紧走几步穿过那些花圈时，我想起了赛菊曾经发过的一个视频：赛菊、潘香她们几个在一个庙后的池塘里洗衣服，池塘边杂草丛生，扔着很多垃圾，池塘水泛着绿。她们依然笑闹着。

幽默，是这些女人们的共同点，赛菊和潘香的微信朋友圈可见一斑。

1月31日，赛菊发"不许偷拍［怒］"。照片上是潘香在吃汤圆，边叉开白白胖胖的五指挡着自己的脸，边执着地吃着。

2月2日，潘香发"仙女下凡［偷笑］"。照片上是她和小妈上着装穿着小衣走在路上，小妈一副张牙舞爪的搞笑样子正说着什么，显然不知道有人偷拍。

3月20日，潘香发"司机师傅［偷笑］"。照片上是小生装扮的赛菊骑在一辆电瓶车上做鬼脸。

4月2日，赛菊发"这些娘们就爱吃"。照片上是潘香她们几个在严肃地包着鱼皮馄饨。

5月20日，赛菊发"这帮小猪看看看［偷笑］"。视频上是上着装的她们在杂乱的后台吃夜宵，七八双筷子一齐伸向火锅。

5月30日，赛菊发"出售本人，自己不想要了，手续齐全，外表有点顺眼，有点岁月剐蹭，心里有伤！有钱会败家，没钱会在家，顺风包邮，自己上楼……"

会苦中作乐的女人，彼时，内心必定也是真的快乐的。

一进杨府庙庙门，烧饭奶奶上前一把拉住我的手，说，你可回来了，我们都想你了！

她的手很温热，如她日日烧旺的灶火。她是戏班里最会表达的一个人。她七十二岁，爷爷七十三岁。我问她常年在外每天起早贪黑的累不累，她说一点都不累，很开心的。从小，她也是一个戏迷，爱屋及乌，对所有的做戏人都特别好。阿朱十四岁时，和她的大儿媳同一个戏班，有一次到她们村里演出，就一起住在她家里。烧饭奶奶特别喜欢她，先是认她做干女儿，然后把她变成了自己的二儿媳妇。阿朱和嫂子扯起戏班子时，因为婆婆能说会道、待人极好，帮着接了很多戏路。一个爱戏如命的老人，最后成了为做戏人做饭的人，把一家子都带上了同一条船。

赛菊关于烧饭奶奶的记忆里，弥漫着粉圆的香甜。每当夏休冬休，住在临海的烧饭奶奶想念住在玉环的赛菊了，知道她喜欢糯米食，便会托公交车司机把吃的带到一百多公里外的漩门湾大坝公交车站。赛菊从司机手里接过粉圆，都会想起自己的母亲，眼眶一阵阵发热。

我在杨府庙后台找到赛菊她们，一把抱起一身红衣服的嘟嘟，他咯咯咯笑出了声。俏俏说他刚吐过奶，一身奶味。赛菊家离这里远，便和俏俏嘟嘟一起住在戏台下的地下室。这个庙比山后浦的关帝庙大很多，设施也好一些，有一个像样的卫生间，但依然没有淋浴设备。地下室被隔成了几间房，正如赛菊说的"宿舍像浴室"，昏暗的走廊里，一条长长的绳子上晾着一层层的戏服和衣服，都坠弯了。嘟嘟和俏俏的床，是用两张长凳架成的，上面挂了一顶白纱蚊帐。

一个婴儿，两位老人，他们才是真正跟着戏班流浪的人。

十一　封箱

夏冬封箱，是做戏人的节日，也是戏班的危急时刻。

半年来最后一场戏了。夜雨只带来了几十位观众，不过不光是老人，还有中年人，还有一个小孩，还有一只黑白色的土狗在戏台下跑来跑去。

送客戏必须加演《送凤冠》，图的是吉祥热闹。当李秀英唱完"这凤冠霞帔我暂且收，请公婆爹娘原谅我"，紧接着正本《兄弟驸马》开始。潘香演的皇帝一上台，戏台对面二楼的大殿里便响起了铛铛铛的敲锣声，随即庙门口响起了噼里啪啦的鞭炮声，十多个男人有的敲锣有的捧神位，从大殿神龛前鱼贯而下，走出了庙外。

后台，每一个做戏人都忙着两件事，一是换戏服上台下台演出，二是抽空收拾戏服道具。

阿朱没化装，明天大家都要走了，今晚她要整理归置所有的戏箱，有些衣服还没干，得用吹风机吹，熨斗熨，还要给所有人发工资。作为老板娘，她每到一个地方戏演完了，都会立即给所有人结算工资，从不拖欠，这在民间戏班子里是很少的。

近些年来，台州九千多平方公里的土地上，传统越剧戏班非但没有被现代化的叙事所淹没，且越来越兴旺，还带动了戏剧服装、道具、灯光器材等行业的红火，是政府鼓励扶持的低成本、高社会效益的民生工程。对此现象，学者傅谨曾做专门研究，他在《戏班》一文中说，值得玩味的是，温州台州个体经济虽飞速发展，但一直是浙江省内交通最不发达的地区，这种闭塞反而给了本土朴素的、体系化的精神与信仰一个喘息的机会，古老的文化基因仍然存留于民众的集体无意识中，成为孔子所说的"礼失求诸野"的一个精彩的现代版本。

遗憾的是，也存在一些乱象。一是场所简陋安全隐患大，二是市场竞争无序，三是有的戏班今天聚班、明天散班，演员被欠薪是常有的事，曾发生过集体上访事件，甚至双方动用黑社会势力。

看似平静的海面下，每天都上演着惊心动魄的悲喜剧。非洲海狮猎捕企鹅，不是为了吃它，而是为了企鹅肚子里的百余条小鱼，它是海狮移动的饭盒。海狮咬住企鹅颈部用力甩动，用尖利的牙齿对它开膛剖肚，很是惨烈。企鹅至死不明白海狮为何如此残忍，更不懂适者生存是自然界的规律。

大千世界，哪一个生命体不是如履薄冰？而吉祥戏班靠的不是张牙舞爪，而是树根般深扎在大地深处的内力。

阿朱的床头柜是一个戏箱，上面摆着一只电蚊香，还有一大包刚从建设银行领来的钱。房间另一边不知道是凳子还是茶几上，堆满了吃的，都是一路过来各村的戏迷或小姐妹送的，有桂圆干、西洋参、水果等。

阿朱麻利地叠着衣服，说，我跟庙里的人说好了，把所有的戏箱都寄放在庙里，下半年演出的时候再来搬，这样就方便多了。玉环人真好。

下半年去哪儿做戏？几场？

不知道呢，一点都没数。

夏冬封箱，有些做戏人便会"跳班"，有些台柱子就是这时被挖走的。有时戏班就这么倒了，散了。

曾经，头肩小生赛菊也差点走了。行业里有个不成文规矩，来挖人的，必然给更高的报酬，做戏人多跳几次班，工资便会水涨船高，如果一直待在一个戏班里，就没有给哪一个人单独涨工资的理由，因此赛菊的工资也很久没有涨过。有一次，一个相交多年的朋友来请她到别的戏班帮忙。赛菊想，工资多年不涨，人家问起来确实有点没面子，朋友这么盛情，换个环境图个新鲜也行。更重要的是，她也想登上更大更好的戏台，这是每一个做戏人的愿望。封箱时，赛菊把想法如实跟阿朱说了，将自己的戏箱搬到了自己车上。

让她万万没想到的是，她一出门，戏班子里所有人都跟了出来，拦住了她，不让走。

烧饭奶奶说，你不做了，我们还有什么意思？我饭也不烧了，这个戏班也不带了！

姐妹们对一旁默默站着的骆老板说，你不用给我们大家涨一分钱，你把赛菊的工资涨上去就行！

说着，他们七手八脚硬是卸下了她的行李。

赛菊心里在流泪。其实，留住她的，不是后来涨了多少工资，而是被她低估了的不舍。多年来，老的小的戏迷跟了一大班，但不可能有掏心掏肺的交往，自己的性格也不喜欢主动跟别的戏班的人深交。最知心最开心的，也就是戏班里这些个姐妹了。每次她生病了，烧饭奶奶比自己家人病了还着急，照顾得无微不至，老板娘阿朱再忙也会替她多演几场，而戏台上一个走神，同台的姐妹间都会互相巧妙地暗示补台。"万两黄金容易得，人间知己最难求"，我一个乡下人，有这些人，有这点收入，可以了。

从此，她再也没有别的心思了。这个夏天，她还要跟阿朱爱妃去省里参加专业培训，夏天过后，她还会回来，她的戏箱就存在戏班里，戏箱在，她也会一直在。

夜里八点，我站在侧幕看赛菊和爱妃一模一样的猎人装扮，在戏台上如火如荼地飙戏。爷爷腾出一个小凳让我坐，一个演小兵的女孩冲我笑了一下。

我问她，你下半年还来吗？

她说，不来了，别的戏班早就叫我了。

她努努嘴，朝向正在台上演公主的小旦说，我们从小好起来的，但是我要到别处去演了，说好的。

她没笑，眼神里似乎有些许落寞，又像什么也没有。

我想问她为什么离开，是因为别处工资高还是角色好？还是人际关系的问题？既然舍不得，为什么要走呢？

但我没问，我怕为难她。她不是台柱子，就像打小工的，无足轻重，随走随散，她自然有她的难言之处。

锣鼓喧天，大雨倾盆。嘟嘟站在俏俏腿上雀跃着，头使劲往后仰，盯着戏台顶棚耀眼的灯光。封箱之夜的色彩、声音、气味，会留在他的记忆里吗？一定不会，但是这一场大雨，一定会流进他的血液里。

十二　官人

二十岁的他坐在台下最后一排的角落里，等着戏台上二十一岁的她，等到夜里快十点，他的身影就消失了。当她回到庙角的宿舍，会看到他已经将洗脸水、洗脚水都烧好，在盆里盛好，等着她。

玉环沙门，赛菊的娘家。

玉环漩门湾大坝老鹰窠，赛菊的婆家。

两家相隔十几公里，但大坝没有通车时，老鹰窠是个连鸟都飞不到的地方，特别偏僻，特别穷。他黑红的脸，留着平头，中等个子，身材壮实，笑容憨厚，全家打鱼为生。

按赛菊的长相和条件，完全能嫁个比他条件更好的，二十一岁的赛菊却将终身定给了二十岁的他。当时，他嫂子和赛菊在一个戏班里做戏，为他俩牵的线。他偷偷跟着哥哥佯装去戏班看嫂子做戏，其实是去看赛菊。

他聪明，殷勤，厚道，能吃苦，她将酸痛的双脚浸入温热的洗脚水里时，觉得眼前这个男人会对她好一辈子，二十多年过去了，果然。虽聚少离多，但这么多年来，他对她一句重话都没说过。做戏久了，赛菊也常听说做戏人常年在外容易被丈夫误解，这是这个行业特有的敏感性，几年前，椒江一个叫龚娥的二肩小生，为证清白跳水自杀身亡。他却从未有过一丝不信任。赛菊有个很灵验的禁忌，不能当面说她好，她自己也不能说。比如，有人说今天赛菊嗓子特别好，下午她的嗓子就会哑。比如他打电话问她身体好不好，如果她说好，第二天头疼脑热就来了，屡试不爽，但身体再不舒服，她也会硬撑着，他便加倍小心呵护她。

后来，他去火葬场开灵车，有空便挖点海塘养殖鱼虾蟹。按玉环的风俗，骨灰都是半夜送回家，常常是他开了一夜灵车下班回到家里，她已经去戏班了。到了夏天，才有难得的相聚时光，他开夜车回来早上八九点钟睡下，她去买菜，慢慢做，让他多睡会儿。有时，她会跟着他去海塘转转，他不让她动手，只要她陪着。有时会有人来偷蟹，他下了夜班，还要睡到海塘上搭的破屋子里。

从小跟着戏班流浪的儿子爱上了武术，在省外读大学武术专业，获得了很多全国大奖，这是她最欣慰的。每年正月初，戏开演了，儿子会跟她去戏班睡一晚，和她睡一个床，说说话，再回来。

十九岁的潘香和两个小姐妹歪着身子趴在窗台上看雨，看到一个与她们年龄相仿的小伙子，一手撑着雨伞，一手拎着藤篮，胳肢窝下还夹着一本书，从村里的山坡上慢慢走下来。他长得特别的清秀高挑，走路的样子特别斯文，一点不像一般的农村青年。

突然，他脚下一滑，摔倒在地，雨伞和鞋子都飞了出去，夹着的书也掉到了地上。只见他慌忙放下藤篮，将书捡起来，用衣服袖子使劲擦拭着。

三个小女子咯咯咯直笑，他抬头看了潘香一眼，也笑了。

他的笑，连同那个三十多年前的日子——三月初一，一直印在潘香的心里。春雨连绵，戏停演了，潘香打听到他家住在山坡上，特别穷，靠做灯笼盒子为生，好奇和好感让她绞尽脑汁终于想出一个见到他的办法——既然他爱书，一定喜欢写字，去向他讨钢笔水吧。

当她深一脚浅一脚爬上泥泞的山坡、他家徒四壁的家里，确定这是她见过的最穷的人家也是最富的人家。屋里的泥地走一步滑一步，不小心就会摔倒，两张床只有七只脚。但是，居然有那么多书！

他坐在一张矮桌前写字，桌上堆满了他做的灯笼盒。他写字的样子很好看，他写的字更好看，她听到自己的心怦怦狂跳。

回来时，他送了她一个他做的特别漂亮的纸盒。她拿给姐妹们看，说他那里有很多很多，快去讨、快去讨！

姐妹们傻乎乎也去讨，没想到他说，不好意思，纸盒不是随便送人的。

潘香的心一下子透亮了。

可是实在太穷了，父母自然不同意，潘香不管。九月，他当兵去了，两人还未成婚，潘香便担起了照顾他父母的责任，将一个进外地国营剧团的机会也放弃了。

进更好的剧团，曾是她最大的心愿。她出生于玉环城关出土几千年三合潭文明古迹的地方，七个月早产，先天不足，读过几天书，同学搞恶作剧使她头部受伤未及时医治，导致近视一千五百度，不得不辍学。十三岁，她迷上了越剧，想跟着戏班去流浪，父亲怕她受苦不同意，母亲拗不过她，等父亲去外地了才让她偷偷学戏。邻居笑话她说，如果她学得出来，自己脚后跟都会长趾甲。潘香那个气啊，发誓非要学出来。命运让她遇见了一个特别看好她的师傅，见她灵巧，刻苦，领悟特别快，便带她去宁波学做老生、老旦。她永远忘不了十四岁那年，本来是 B 角的她，第一次演余太君一炮打响。后来，她专攻老生，演皇帝最棒，唱做念打都很有气势，远近闻名。

患难与共，是她和他的主题词。他在部队当驾驶员出了交通事故，被吊销驾照后转业回来，她便忍着病痛做戏养家，八块钱一天，自己留一点点，其他全部交给家里。后来，他开大货车跑长途，常常开到偏远的外省山里，遭遇过强盗，她每天夜里提心吊胆，算着时间开着门等他回家。

有一次，潘香从叠在拖拉机上的戏箱上摔下来，幸好掉进了一个沙堆大难不死。又有一次，到一个小岛做戏，潘香从渡船上掉进海里，幸而又捡回了一条命。儿子跟着她随戏班四处漂泊，七岁就常常自己泡面吃，后来上学了，学校在哪里，他们就把房子租到哪里。居无定所、身心俱疲的日子里，他对她说，等我挣到钱了，你不要出去做戏了，太苦了。

每当她想起那些不堪回首的日日夜夜，眼圈会瞬间泛红，泪水会不听话地溢出来，流下来。

多年后，潘香才知，老天不让她死，是终有一天会苦尽甘来。戏如人生，人生如戏，她最有体会。那个夹着一本书的少年，如今正陪她一起慢慢变老，而她依然迷恋，一说起他，她会不由自主地笑，笑容纯真羞涩，一如十九岁那一年。

潘香的微信头像很随意，背景是萧索的冬天，她拉着行李箱走在村口，正回头与不听话的行李箱较着劲，看不出是又一次离家，还是回家。纵横交错的电线将她头上灰蒙蒙的天空划得支离破碎，她的大红棉裤如一团火焰。

"官人你好比天上月，为妻好比月边星。月若亮来星也明，月若暗来我星也昏。官人若有千斤担，为妻分挑五百斤……"

官人，是戏中女子对丈夫的尊称。

十三 重聚

夏至后、小暑前的海风，残存着些许清凉，吹在海塘边走着的两个女人身上，扬起她们一样长过腰际的黑发。

漩门湾大坝老鹰窠，赛菊家的海塘前，潘香左手拎一袋鱼圆右手拎一个巨大的西瓜，与我们会合。潘香一身休闲短衣短裤，看起来很舒服，赛菊则一身黑色短袖上衣和阔腿长裤，显得格外修长，我发现她的衣服没有上下两色的。

夏休时节，她们和家人重聚，我和她们重聚。赛菊和她老公从漩门湾大坝开车到山后浦接我。在我的娘家小院坐了坐，喝了母亲煮的咖啡，便过来了。

潘香气喘吁吁地跟我说，赛菊从你文章里看到你最爱吃鱼圆，让我去那家有名的鱼圆店买，没想到正碰上街道环境大清理，店关门了。幸好有个大爷提醒说，店门上有老板电话。我就打过去，老板就做好送过来了。

我说，那你站店门口得等多久啊？

她说，不久，半个多小时吧。

我嘴上没说什么，心里在叹气，我何德何能，竟受如此厚爱。想起父亲说，你觉得她们人好，戏班和睦，心里喜欢她们，真心对她们，她们看得出来的。她们呢可能觉得，自己是做戏人，而你是省里来的作家，真心与她们做朋友，她们心里也高兴的，所以特意接你去家里玩。说到头，都是缘分。

我觉得父亲说得对，便不惶恐了。来日方长，如果有机会，我也会以我的方式对她们好。

眼下正巧有一件事。

我问赛菊老公海塘里养了什么，他叹气说，刚放下去几万只青蟹苗，但是澉门湾三期工程进展到这里了，通知说要放水填路了。如果能迟一两个月放水，就能少损失十几万了。

赛菊老公挠头，憨笑，说，怪我自己，上面早就通知我们了，我们以为还可以熬熬的。

我问他这事哪个部门管的，可有通融的可能。他说听工地的人说，好像是某某局管的。

我心里一动，某某局长，不正是我父亲的学生、我的小兄弟吗？

我说，我帮你问问情况看。

电话打过去，小兄弟说不是他这个部门管的，是另外一个部门。之后，他帮我详细了解了情况。我又打电话问市委的老朋友，问他在不影响工程进度的情况下，有无可能晚些天放水。

我发微信、打电话时，赛菊和潘香正走在海塘边的田里摘丝瓜、西瓜、南瓜、甜瓜给我吃。

赛菊老公一直在说，苏老师，你快去摘瓜玩吧，不用麻烦的，难为情的。是我们自己不好。

我明知希望渺小，又想也许正好工程进度没那么快，能晚一天放水也好。

老朋友帮我了解情况后，回电说，实在不好意思，前几天刚把所有村干部都找来开过联合执法动员大会了，没有退路。

赛菊老公说，是呢，我们也觉得不太可能推迟，要是都推迟倒好，要是光我家推迟放水，人家也没法交代的。真是太谢谢了，打了这么多电话，害你欠了人情。

电话是我自己要打的。这事虽然没成，但我为赛菊高兴，她嫁了个明理达礼的好丈夫。

傍晚六点半。赛菊家二楼餐厅的大圆桌上，摆了整整二十个菜。

潘香发朋友圈说：名菜还在锅里［偷笑］。

鱼虾蟹都是他们家自己养的，蔬菜基本是自己种的，只有一个凉拌黄瓜，是从海塘回来我和赛菊顺路进菜场买的。菜场里的卖菜大妈并不认识她，她极少买菜，也极少做菜。但今天她为我做了一个她最拿手而我正好最爱吃的川菜——水煮肉片——她常常自嘲的"名菜"。

青梅酒，是潘香老公带过来的，自己做的，潘香说他三天不来赛菊家就会难受，两个姑爷因为两个女人成了酒友，两家人像一家人，三天不见就难受。赛菊把婆婆叔婶也叫来了，加上我和陪我来的英，十来个酒杯举起来时，玉环话聊起来时，我觉得自己是在亲戚家里。

赛菊和潘香的相遇在十三年前的一个夜晚，以擦肩而过的方式。

那一夜，赛菊离开原来的戏班走进吉祥越剧团时，潘香刚刚演完三王爷，卸完装，匆匆赶往医院，为婆婆临终送行。在某一条小路上，赛菊往这边走，潘香往那边走，两人擦肩而过。之前，她们彼此都知道有这么个人，但是从未谋面。而冥冥之中擦肩而过时，她们彼此都想过对方几秒钟。

赛菊想，听说有个老生很棒，就在这个戏班里。

潘香想，听说有个小生很棒，今晚要进我们戏班。

她们都有原先的同伴，到哪儿都住一间宿舍，后来，潘香剩一个人了，赛菊看她眼睛不好，就邀她一起三个人住，后来赛菊也剩一个人了，于是她俩到哪儿都住一间。潘香有一阵家里遇事，夜夜失眠，赛菊陪她说话，开导她，让潘香觉得，这个比自己小好多岁的妹妹，更像自己的姐姐，让自己懂事多了，也看开了。她们成了至交，她们的丈夫也成了至交，再后来，她们的母亲也成了至交。每年封箱时，两家人都要带上娘亲们出去旅游，去年是象山，今年还在商量中。

潘香的微信朋友圈里，出现最多的是赛菊的身影，对她的称呼是"我家美女""小赛""宝贝"，对赛菊和阿朱扮演的小生称"我家两个儿子"。

坐在海塘边的夜色深处，我问了赛菊最后一个问题：如今你做戏，是真心喜欢，还是谋生？

赛菊说，很少有人问我做戏的感受，我自己也很少想过。其实，甜酸苦辣都有，有人把你当上帝，有人把你当要饭的，不是职业的问题，是人的思想问题。我从小喜欢看戏，对演员很崇拜，以为别人也一样，可现在没这感觉了。戏迷太热情太好了还不清这个情，有人太轻视我们心里又有点不平，所以很矛盾。最实在的是，当作一份喜欢的职业吧，不管台下观众是多是少，喜欢不喜欢我，我都尽心尽力演好。演戏不仅演给人看，还演给自己的心看。

我没有问她是否知道旧时在越剧的故乡嵊县有"三子"之说，戏子、婊子和当兵吃粮的"粮子"都是"下三滥"，不入族谱、不进祠堂？是否知道在纷乱的战争年代，"越剧十姐妹"冒着生命危险联合公开义演越剧《山河恋》，受万人敬仰？是否知道开国大典上，袁雪芬作为全国所有地方剧种的唯一代表登上了天安门城楼，见证了一个人民政权的诞生？是否知道抗美援朝出国作战期间，上千名越剧界姐妹投入到捐献飞机的联合义演中？是否知道百年来田间地头那一出出蕴藏着深邃民间智慧的乡戏，是中华传统文化中多么珍贵的一股清流，滋养过多少代人的心魂？

百年越剧，岂止相公小姐、儿女情长。百年越剧人，"岂止桃李丰神容颜美，更有那湖海豪情令人敬"。

越剧来自民间，根在民间，归宿自然也在民间。像吉祥越剧团这样的民团，在台州有近百家，多数民团每年演出场次在三百场以上，台州已渐渐成为全国最大的越剧市场。越剧起源于嵊县，繁荣于上海，而在台州，人们惊喜地看到了中国越剧传承发展的希望。戏班人员一专多能，吃苦耐劳，既唱头肩，也跑龙套，还会"落地唱书"，深受百姓欢迎，虽在夹缝中求生存，却自有一份荣耀、一份尊严。

自重，便不怕人轻看。

酒酣了，夜深了，赛菊抱起一大袋青蟹、甜瓜、西瓜、丝瓜等往送我回家的车上塞，说带给我父母尝尝，此时的她完全像她自己常说的"乡下人"那样热情好客。后来，我在她的微信朋友圈看到了她不知何时拍的短视频："家中来贵客了"。十秒钟视频里，我一手拿一只螃蟹脚，边啃边跟她们说着家乡土话。那是二〇一七年农历六月十二的夜。

农历六月十二的夜色中，她异常俊美的侧影、安宁的气息让我又一次想起了一个人——我即将回杭州拜访的那位老人——岁月深处，曾经红遍玉环每个角落的越剧名伶——杨佩芳先生。

十四　曾经

杭州灵隐路九里松花苑，紧邻灵隐寺，是整个杭城最僻静优美的所在。

无数个季节在二楼的窗前轮回，八十六岁的杨佩芳先生坐在一张旧藤椅里，伏在一架旧缝纫机前做棉拖鞋。棕红色的短卷发，清瘦的脸颊，清亮的眼神，清朗的身子骨。

周遭寂静，只有鸟鸣声在动，缝纫机齿轮声在动，桌上一杯咖啡，袅袅的烟在动。

床背面和床对面的墙上，挂着她三十多岁时的剧照和影楼照，黑白两色，嘴唇微抿，却仿佛有袅娜的越音在房间里流动，还有她曾经对我说过的一句话："对待演戏就像对待生命一样。"

一九三一年杨佩芳出生于绍兴一个贫穷的六口之家，是最小的女儿，虚龄十岁便跟着姐姐去戏班流浪了，初衷是吃饭不要钱，还天天有戏看。她边帮姐姐洗衣服洗被子，边偷偷学化装、练功、做戏。一双特别明亮的眼睛，牢牢盯着戏台，每天两场戏，字字句句都记在心里。附近京剧团的人看到她路过扒在门口偷看，都会说，小鬼过来，我们教你。有一天，戏班少了一个演小兵的，班主问她，会跑龙套吗？她说，天天看戏，都记住了。第一次上台后，班主就说，以后带头兵你来做。

夏休过后，少了一个老旦演《孟丽君》中的老母亲。班主说，你上吧。她便穿上戏服，却不用穿裙子了，因为个子太小了。可是到戏台上一亮相、一展喉，虽然只是个小孩儿，但唱起来一板一眼，特别老练，台下喝彩声掌声雷动。

再后来，戏班少什么角色她就演什么。十七岁，她便成了头肩小生，跟着姐姐待过很多戏班，绍兴、温州、上海，四处漂泊。

扎实的文武功底、俊美的扮相，让她越来越红。尤其是主攻小生后，入戏感情丰富、戏路宽广，塑造了陆游、张生、焦仲卿、周仁、哪吒、红孩儿等几十个生动的艺术形象。

五十年代，她跟着姐姐到上海闯荡。别的演员都有 AB 角，她没有，生病发高烧，打了退烧针后照样上台。七天学一个新剧本、换一个戏，每天演两场，晚上演出完之后卸装回来十二点钟，洗个澡，到床上还得学剧本，第二天上午七点半起来继续排戏，到十一点半吃中饭，一吃好就化装，下午一点半演出。吃完晚饭休息一下，就接着演夜场，天天如此，夜夜满座，一年到头只有年内休息三天。年三十晚上开始就要演出夜场，初一初二初三早上下午晚上各一场。如此辛苦的演出持续了三年多的时间。从那时起，一杯咖啡跟了她一辈子，胃痛跟了她一辈子，孤独也跟了她一辈子。

有无数戏迷和爱慕她的人，但她没时间谈恋爱，也不敢谈恋爱，太爱这个舞台了，怕一结婚一生孩子，就得离开。

命运却在一九五七年给了这个爱戏如命的女子巨大的打击。当时浙江请求上海的越剧团支援浙江八个地区，她因身体不好答应去两个月时间。没想到到了温州玉环，日夜演出《孔雀东南飞》，连演一个多月，一千多个座位场场爆满，大街小巷、各村各落，无人不知杨佩芳，无人不谈杨佩芳，一群群戏迷跟着，戏班到哪里，他们跟到哪里看。玉环也给了她前所未有的荣誉和尊重，于是，她留了下来。

可是，太累了。她因水土不服、工作繁重，还要应付肃反运动，嗓子慢慢哑了，天天演出得不到及时治疗，有一天彻底哑了。

而这却成了罪状——嗓子哑是假装的，目的是搞垮剧团，自己好回上海。

有人跟她说，你性格太直，说话不会拐弯，又这么红，可能得罪了人也不知道。她无奈，所有的时间都拿来编剧、排练、演出，哪有精力搞人际关系？她不后悔。

批斗，吐血，生不如死。无数个夜晚，她一个人在海边游荡，无数次想跳进大海，让海浪荡涤那些强加于头上的污名。可是她不敢跳，她怕被说畏罪自杀，连累家里变成反革命家庭，叫他们怎么过日子？

一九五八年，她和另外两位花旦被开除出团。回家的路费是卖掉被子、衣服和家里拿来的凑齐的。她们先坐船到温州的朋友家落脚，那一晚，朋友请她看电影《铁窗烈火》，回来后，她喝了三大碗酒，像疯子一样撕心裂肺地号啕大哭，母亲和朋友都陪着她大哭。

当她终于回到家，却看到《新民晚报》《浙江日报》《绍兴日报》等五张报纸都刊登了她被开除的消息。她走投无路，又一次想一死了之。

最难的时候，幸好有玉环、温州、上海的朋友们安慰、帮忙，后来她被邀请去了福建。

然而，十年浩劫又一次让她生不如死，当时她是福建某剧团的主要演员，又是业务副团长，再次被批斗。她并不知道，遭难的不止她一人，而是越剧本身和无数艺术家们。曾动员她支援浙江越剧的前辈袁雪芬被关押了七年，批斗达五百多次。南京市越剧团团长、柳毅的扮演者竺水招在遭受了无尽的批斗和侮辱后，悲愤自杀。尹桂芳被流放到闽北一个小镇养猪场里当"猪倌"，早已去世二十年之久的筱丹桂，被掘坟扬尸。

杨佩芳的艺术生涯，如昙花般戛然落幕。

食杂公司营业员、发电厂收电费的，是她后来的身份。四十一岁结婚生子，夫妻两地分居，后离异。虽调回了温州市越剧团，但已无法独挑重担，做的基本是协助办剧团、带学生等幕后工作。尽管玉环是她的伤心地，多年后她仍尽释前嫌，应邀回去帮助剧团工作，直到退休。

二〇一七年大暑前一个下雨的午后，我走进了杭州灵隐路九里松花苑她和儿子一家的排屋。一楼高朗的客厅里，摆着很多她和儿子一家三口的照片，很温馨。

坐在二楼卧室的窗前，和保姆聊天，做棉拖鞋送人，是她一天里最重要的事。早上牛奶加麦片，中午一杯咖啡一点儿点心，晚上一碗煮得很硬的米饭、几个蔬菜，是她简单的一日三餐。她还有一个爱好是偶尔打打麻将，孝顺的儿子每周都会请几个小兄弟专门过来陪老太太打一次麻将，舒筋活血，她出牌的速度一点都不比年轻人慢。

她不听也不看越剧了，总觉得电视里不管越剧还是唱歌，都不是当年那个味道了。如同非洲丛林中，年老的猕猴王已无法守护本来属于它的猴群一样，每当她想起曾视如生命的越剧，便有一种深深的无力感。越剧不失传，是她最大的梦想。

我坐在她对面，吃着她难得亲手做的虾仁炒豌豆、番茄炒蛋，跟她讲吉祥越剧团的故事，讲玉环越剧传承中心里学戏的孩子们。她没有说好或不好，常常停住筷子问，真当的呀？清亮的眼神里满是惊喜。

这幢房子朝北某个房间的某个柜子里，珍藏着她从前的几套戏服，有小生的也有小旦的，还有皇帝的龙袍。有人曾出高价购买，她不卖，这是她最后的念想。

十五　沉香

二〇一七年大暑，玉环楚门山后浦15号，清晨六点，我在娘家小院的玻璃方桌前坐了下来，坐进了满院子的鸟鸣声和沉香袅袅的青烟里。

方桌上的电脑屏幕映出了我身后桂花树叶与天光的影子，落在我刚写下的"跟着戏班去流浪"七个仿宋字上。疏影婆娑里，一些声音、一些面孔清晰地来到了耳边和眼前。

"光绪三十二年，公元一九〇六年的清明节，在嵊州市甘霖乡的东王村，浙江省一个随处可见的小乡村里，几个说书艺人的一次粉墨登场，成为日后人们在谈论越剧历史时，公认的第一次登台演出。

"一百年前的那天清晨，天上飘过一阵牛毛细雨，东王村村口的那棵大樟树抽出了新芽。在说书艺人李世泉家隔壁的香火堂前，村里的几个年轻人挑来了四只结实的稻桶，用两扇门板搭成了一个简易的戏台，激动人心的消息四处传播，李世泉他们要演戏文了。父老乡亲们从四面八方拥来，把香火堂围了个水泄不通。好雨知时节，当春乃发生。

"自一九〇六年清明节东王村的那次演出之后，越剧从乡村草台到宁绍平原，从杭嘉湖水乡到十里洋场上海滩，从男班艺人到女子越剧，从遍地开花到走出国门……在经历了一个世纪的发展后，在字、声、情上显示了独特的艺术个性。越剧已经成为中国艺术百花园中的一朵奇葩，和在它起步之时已经名满天下的京剧，俨然已并驾齐驱……"（钟冶平十集纪录片《百年越剧》）

…………

绿影婆娑处，慢慢走过来一些人——尹桂芳、竺水招、竺小招、吴小楼、筱丹桂、徐玉兰、徐天红、范瑞娟、傅全香、张桂凤、袁雪芬、王文娟、金采风、戚雅仙、茅威涛、何赛飞、吴凤花……走过来阿朱、赛菊、潘香、俏俏、爱妃、双菲……我站起身，伸出手触摸她们，触摸到了清晨六点微凉的空气。

从时空隧道深处，隐隐传来一些熟悉的旋律——《梁山伯与祝英台》《碧玉簪》《盘夫索夫》《血手印》《情探》《追鱼》《打金枝》《祥林嫂》《西厢记》《红楼梦》《孔雀东南飞》《则天皇帝》《春香传》《沙漠王子》《北地王》《屈原》《陆游与唐婉》……若有若无地轻拂着我的耳膜，如眼前袅袅升起又忽而随着微风消逝的沉香。

是母亲为我点上的沉香，是沉香中的降真香，是唐宋以来"烧烟直上，感引鹤降。醮星辰，烧此香为第一，度功力极验""宅舍怪异烧之，辟邪"的降真香。

医学上，降真香含有丰富的黄酮类化合物，具有多种生物活性，能镇痛、止血、抗菌、消炎。越剧于我，在生理上心理上如同降真香，也是一味珍贵的良药。当我烦躁，当我疼痛，当我失眠，当我迷茫，我听的每一段越剧，都是药。

而发出那些美好声音、讲述那些美好故事的女人们，本身就是一炉沉香，她们是人与神灵、人与自然万物之间的灵媒，是物质世界、浑浊人间的"质本洁来还洁去，不教污淖陷渠沟"。

二〇一七年南方的大暑时节比往年热了许多，而每一天的云彩都美到逆天。再过几天，就是赛菊的生日了，三十一年前一起学戏的师姐妹们又会聚一聚，俏俏又会带着嘟嘟来老鹰窠小住，温岭江夏的娘姨又会带着大包小包赶来，烧饭奶奶又会托公交司机把粉圆带到大坝车站，而我又要回杭州了。

酷暑过后，我想与她们相约秋季，或者下一个秋季，或者某一个秋季，带上早已备好的礼物——一个纳米护肤喷雾器，继续跟着戏班去流浪。那时，我的想法会更少，对一些人一些事会更淡，我会更像"一家人"里真正的一员，帮烧饭奶奶烧火洗碗，帮潘香背唱词扶她上洗手间，帮赛菊她们叠戏服，帮俏俏看孩子教嘟嘟学说话写字，跟她们好好学一段戏……

　　清晨六点的晨光落在我额头上，被不断到来的时光渐渐覆盖。我在一段越剧的尾声里重新坐下来，静等心里的尘埃落定，在键盘上敲下了"一　路遇"。

肆

与茶

她的脸已经晒得通红，
双手戴着半截白色棉纱手套，
每一个指甲都被茶汁浸染成了黑色，
拇指和中指食指指肚的皮很厚，
指纹已经被一道道纵横交错的裂纹代替。
她的手指上仿佛长着眼睛。

一　午时，长埭村21号

11：00—12：59。

一大片空地，一大片如火如荼的绿，一只狸花猫沿着绿的边缘一瘸一拐朝我走来，冲我喵了两声，转身将自己变成一团影子，消失在一大片浓黑的茶树影里。与此同时，一团蓬勃的香气影子般掠过鼻尖，将我引向那个绿的旋涡。

绿，是阳光下铺天盖地的茶青。我要找的那个叫"黄建春"的男人，正猫着腰，半趴在一张巨大的晾满茶青的篾席上，一只手掌撑地，另一只手连同腰身抻出去很长，十指微屈呈莲花状，很快地抄起一把茶青又很轻地将它们抖落，拣出些杂质扔到篾席外，他专注的样子，像一只伏击猎物的豹。

我蹲下来，拈起一片茶青仔细看。一上一下两瓣嫩叶包裹着一粒茶芯，半透明的、油亮亮的嫩绿，清晰的网状叶脉，细密柔弱的锯齿，紧贴着叶背微微弯曲的银白色茸毛，像初生婴儿的唇和唇间的呢喃，轻轻转动，响起阳光般明亮的笑声。我将它衔进嘴里，用门牙像嗑瓜子一样轻轻嗑，再合上唇，幽香在前苦涩在后，慢慢爬上了鼻腔和脑门。

猫怎么了？脚伤了？我问。

哦，你来啦！猫怎么了？每天给它喂的，这些天没日没夜的，没顾得上它，会不会是被野狗咬了？

他直起腰，朝茶垄看了一眼，抬转头对我笑了一下，额头叠起三道很深的抬头纹，密集的汗珠像听到号令迅速集结汇流成河，落到两道浓眉上、凹陷的眼窝里，比他的眼神更亮。他的脸颊也有点凹，身材又瘦又高，穿着一件浅灰色的长袖棉毛衫，袖子撸到了上臂，一条膝盖处磨得发白的牛仔裤，一双鞋底和鞋帮交界处已磨得发白的皮鞋。

这是三月的最后一天，西湖之西、钱塘江之北的茶乡长埭村。这里地形奇特，外口大，越到里面越小，细细长长，像从前的农具"耒"。千亩茶园连绵起伏，散落着一户户茶农之家，也遗留着宋朝安营扎寨之所和烽火台遗迹，虽离杭州市中心仅十五公里，但车子从之江路经留泗路进入葛衙庄路后，像突然进入了一个世外桃源。离清明节还有五天，对于以西湖龙井茶为生的村民们来说，是争分夺秒的五天。明前龙井最是金贵，谷雨前采的雨前龙井，与明前龙井价格就有天壤之别了，而过了芒种采的茶就没人要了。辛劳一年，就指望这金子般的二十来天。

黄建春是我朋友求是茶园园主王如苗的邻居，比我大两岁，素昧平生。我没有告诉他此行的目的，因为我说不清楚。这个初春，猝不及防地永别了两位亲友，经历了一些莫名其妙的事，觉得特别疲倦、厌倦，总想找一个缝隙，把自己藏进去，比如当一天茶农。

要原生态的那种。我跟王如苗说。

黄建春直起腰，指了指身后一座被老樟树覆盖着的二层小楼，说，一楼是炒茶坊和我老娘的房间，二楼是采茶工住的，我有时也住。房间给你腾出来了，做点农家饭给你吃，山上的毛笋、椰鸡头都冒出来了。

炒茶坊只有十来个平米，两台炒茶机正翻炒着茶青，散发着这个春天最浓郁的香气。窗台上放着一个玻璃茶缸，茶水偏黄褐色，而非新茶的嫩绿、嫩黄色。

你喝陈茶？我问。

呵呵，新茶舍不得喝，陈茶舍不得扔。

西湖龙井越新越金贵，陈茶基本不能喝了。自从祖先与一片叶子在森林相遇，茶在波澜起伏的人类进程里扮演着风雅角色，西湖龙井在一千多年的历史演变中，也已从无名到有名，从老百姓的家常饮品到帝王将相的贡品，从中华名茶到世界名品，而对于黄建春，茶就是茶，是土地的馈赠，安身立命的根本。

他说，我没得空，我让女婿祝海波带你上山采茶，看，就在后山。

我远远望过去，望见了后山一大片一大片白花花绿油油的茶垄，也望见了茶垄与蓝天相接处，隐约可见两座坟墓的剪影。那时我不知道，茶园最高处，葬着他的父亲，还葬着他过世不久的小儿子。

绕过屋后的竹林、溪流和香樟树浓郁的花香，长得格外白净帅气的祝海波走在前面领我爬山，山不高，但很陡。我穿了最旧的衣裤、运动鞋，再戴上斗笠，扎上茶篓，捂得严严实实的像一个地道的采茶工。幸好没下雨，否则采茶工必须穿上又厚又重的雨衣雨裤，倒春寒时，得穿棉衣棉裤，而谷雨过后，南方气温骤升至三十几度，仍得裹着长袖长裤。

不是田埂，也没有台阶，而是碎石夹杂着黄泥土的土坡，我差点摔倒。祝海波说，你两只手揪着茶树枝慢慢往上爬。我只得把全身重量都放在双手上，荡秋千似的往上攀爬，像为了不让海水将自己轻微的身体从海床上冲走而拼命振动背鳍的海马，终于在一片相对平坦的茶垄间站稳了脚，同时听到了一个悦耳的声音——

海波，等一歇顺便把茶叶带点下去。

循着这个声音，我看到了一顶草帽，黑色微卷的发梢，黑色毛外套，一双蝴蝶般在茶尖上飞舞的手。

是祝海波的岳母、黄建春的妻子，也是家里采茶采得最好的人。天气不冷不热，但她的脸已经被晒得通红，双手戴着半截白色棉纱手套，每一个指甲都被茶汁浸染成了黑色，拇指和中指食指指肚的皮很厚，指纹已经被一道道纵横交错的裂纹代替。她的手指上仿佛长着眼睛，左手落在一片叶芽上时，余光已经瞟到右手要落到哪片叶芽，右手落下时，左手又有了着落。用的是食指和大拇指指尖的巧劲，升上拔起，只轻捻，不紧捏，不用指甲掐，指甲掐的茶炒出来根茎会发黑，茶叶成色就差。茶叶要刚刚张开雀嘴才可以采，太嫩了不行，太老了也不行。

看着汗水从她耳后的发间唰地流下来，我由衷地说，真辛苦。

她说，不苦，茶农不是苦死的，也不是老死的，而是急死的。

我很诧异，问，急死的？

她说，茶没长出来，急死了，茶长出来了来不及采又急死了，采了炒好了怕卖不出去，又急死了。

的确，茶农常说：茶叶是个时辰草，早采三天是个宝，迟采三天变成草。龙井茶的采摘有三大要求：一是早，二是嫩，三是勤。一到茶季，全家老少五六口人加上七八个采茶工像打仗一样，毛收入也只有十万不到，除去七八个采茶工的工资，也就是挣个辛苦钱。

她叹了口气，转身走到稍远一点的茶垄，似乎不想再说什么了。

我一时也不知道该说什么，便学着她刚才的样子，采起茶来。

头戴斗笠身穿花衣的采茶工们像一只只花蘑菇，散落在茶园里。说是茶园，其实是黄建春家相对集中的一片茶地。他的茶地总共只有六亩，却七零八落分散在山上山下二十几处，有的是祖上传下来的，有的是他一锄头一锄头开垦出来的，担心雇来的采茶工分不清误采了别人家的茶，黄建春在茶垄两端都扎上花布条。

于闲庭信步的人而言，初春的阳光和微风是享受，而对于直直地站在太阳底下劳作的人，却是煎熬。不到一个小时，斗笠便像焖锅压得脑袋发涨，口渴，手酸，小腿越来越胀，感觉全身重量都往小腿后侧两块肌肉上坠，在茶丛中穿行时，坚硬的茶枝不断穿过裤子戳到腿上。我脱口而出，会不会有蛇？！

她悦耳的声音从远处的茶垄传来：没有蛇，老天爷赏饭，茶树丛里从来没有蛇。

我掏出水杯咕噜噜灌了几大口，抬起胳膊擦了擦脑门上的汗，发现自己来到了茶园最高处，就在我的左手边，两座青色坟墓一高一低矗立在茶树丛里，坟前供着红色的仿真花，格外醒目。

我呆了呆，四处望望，"花蘑菇"一个都不见了。突然，一棵茶树后闪出了一个身影，一位四十岁左右的女子，白衬衣，牛仔裤，遮阳帽，不像采茶工，但腰间也扎着茶篓。

她笑，好像知道我是谁、想问什么，说，我是黄建春的朋友，平时和他一起在驾校当教练的，来帮他采茶的。

哦哦。我答应着，眼睛却不由自主地瞟向那两座坟墓。

她仿佛又懂了，压低声音说，那边是他老爸，这边是他小儿子，当年一出生便严重脑瘫，好不容易养大了，两年前还是没了。

她不再说话，也不再笑，低下头采茶。

小儿子的墓碑是以他姐姐也就是黄建春的女儿、祝海波的妻子晓莹之名立的。

我的眼前忽然浮现黄建春和他妻子的脸，心里泛起一阵说不出的难受。他将最亲的人葬在茶园，每天走上茶山定会看到他们，这于他是安慰，还是日日被提醒的痛呢？

午后寂静的时光里，滑过一声声鸟鸣，一朵朵云在天空默默无语，像充耳不闻人间的悲喜。正午的阳光从茶篓无数个细密的缝隙漏进来，成为一串串圆形白光，洒在刚被我采下的一朵朵芽尖上，像一竹篓的碧玉和珍珠，盘成了一条欧洲最美的豹纹鼠蛇。只是，这条蛇正慢慢失去意识，慢慢变得柔软，仿佛心甘情愿等待着新的生命轮回。

忽然，不远处一个声音低低喊了一声："哎哟！"

二 未时，她在茶山喊痛

13：00—14：59。

马达加斯加的卷尾猴有着独特的歃血为盟的方式：把手指

放进对方鼻孔，让对方碰触自己的眼球，以示在性命攸关的战斗中保持极度信赖。

惊蛰过后，春分之前，油菜花铺满江南大地时，闲了一个冬季的养蜂人载着蜂箱从家乡出发，带领蜜蜂们走过一个又一个村庄，在一朵又一朵花上停留。闲了一个冬季的采茶工，被村里的茶头带领着，浩浩荡荡从江西或安徽等地出发，坐十多个小时的火车抵达杭州，抵达一个个正在萌芽吐翠的茶园，一双双手犹如一只只蜜蜂，在每一朵刚刚萌发的茶芽尖上停留。

她们大多五六十岁，做了祖母或外祖母，大多不愁温饱，但一年一度二十天的采茶工收入，关乎她们的生活质量，可以补贴家用，零花，或攒足一根金项链、一对金耳环。拖着肿胀的双腿来到茶村后，她们被随机摊派到需要帮工的茶农家里，每天凌晨五点到傍晚五点，除了吃午饭，中间不休息，不敢多喝水，尽量不上厕所，晚上八点多就睡觉，睡通铺或地铺，如此，包吃包住一百二十元一天。

1 克绿茶 =112 颗芽头

1 斤绿茶 =500 克 ×112=56000 颗芽头

1 斤茶需要一双手采摘 56000 次

1 泡茶 3 克，需要一双手在枝头上采摘 336 次按照采摘嫩度的不同，一个嫩芽的，或一芽一叶的，或一芽二叶初展叶形如雀舌的，分为莲心、旗枪、雀舌，构成龙井茶的品质基础。采茶工是否用心，直接关系东家一家人一整年的生计。短短的二十天是一场战斗，他们"歃血为盟"，凭的仅仅是口头约定，还有良心。

每年清明前后，戴着斗笠、穿得花花绿绿的采茶工们，静静散落在云雾缭绕的茶园里采茶，像澳大利亚海岸上与潮汐赛跑的圆球股窗蟹一样，不断行进穿梭采食泥沙，这一幅幅江南初春最美的景色，常常会出现在人们的镜头里，镜头年年记录着这种美，却无法记录斗笠下通红的脸，湿透的头发，还有腿脚的酸痛。

哎哟，痛！

茶垄间又响起那个低低的声音，"痛"字尾音更低，更重。

哎呀，你整个腿都肿啦，快坐会儿坐会儿。另一个稍微尖一点的声音说。

喊"哎哟"的是安徽人王中玉，四十多岁，和其他七个采茶工一起被分配到黄建春家采茶，带头的是最年轻的运芳。

王中玉矮矮胖胖的，苹果脸，一说话露出两颗中间豁口的门牙，特别像韩红。她咧着嘴，拉起左腿裤子，整个小腿明显肿了，一摁一个手印。

她说，没事，火车坐久了，又接着采茶，老站着。

我说，很痛吧？你休息一下再采吧。

她摇头，把裤腿放下来，说，采茶不碍事，爬山难爬。人家出了工钱的，不好意思慢慢采。只要不生病，不吃药，能吃饭就行。她紧了紧茶篓，开始采起茶来，说，晚上睡觉醒来最痛了。

我说，那你喝点水。

她又摇头说，可不敢多喝水，没厕所，只能在茶垄边解决，虽然龙井茶采得早，天冷蛇还没出来，但也害怕的。有些东家会送点点心水果啥的，有些东家没有，有就吃没有就不吃，出门在外就是这样，不图吃喝。幸好没下雨，不然脚不好走，手湿不好采，东家会急死的呢！

我忽然想起，说，我行李里有万应止痛膏，很灵的，晚上给你们擦。

王中玉说，哦，你晚上也住这儿吗？你也是来采茶的啊？

我说是的。

她身边一位瘦高一点的大姐看看我，又斜过身子看看我茶篓里可怜的一点茶青，撇着嘴笑说，那你怎么不采啦？

她的神情好像是说，你怎么光聊天不采茶，怎么这么偷懒呢？我想，在她们的字典里，肯定没有"偷懒"二字。

被她一说，我的手不由自主动了起来，好在说话并不妨碍采茶，又问她们喝过自己采的新茶没有。

王中玉说，问老板要，他不给，他自己都舍不得喝呢。可老板答应我们，回去前，让我们采点老茶他帮我们炒了带回去。家乡人要问的，有没新茶啊？还会问，杭州好不好玩啊，西湖漂不漂亮啊？

好玩吗？漂亮吗？我笑问。

她又摇头，又笑，似乎忘记了腿痛，豁牙给她增添了少女般的天真，整个人有一种很厚实的美感。

后来，我在运芳的微信朋友圈里看到她们在杭州拍的照片，不是杭州城，也不是西湖，她们所有的合影都是在茶山拍的，背景是一垄一垄绵延不尽的茶树和寂静的群山，大多笑得很腼腆，王中玉笑得最开心，皱着鼻子，露着豁牙。

运芳在照片下写道："七仙女下凡。带了你们二十天，希望你们好好的这样开心下去。"

三 申时，烟说了些什么

15：00—16：59。

暮色四合的时候，黄建春在一张小矮凳上坐下，点起了一根烟。烟袅袅地从他指尖逸出来，原本最忙碌的时光，仿佛一下子变慢了。

只有鸟鸣声、茶青在炒茶机里翻滚的微弱的沙沙声。

他的手，是天生炒茶的手：五指合并，严丝合缝，从指根到指尖，有微微弯曲的弧度，与炒茶锅紧紧贴合，手工炒茶的"抖、带、挤、甩、挺、拓、扣、抓、压、磨"十大手法样样精通。茶农的日常是茶园开垦、茶苗培育、茶苗种植、施肥、除草、喷药、采茶、晒青、摇青、炒青、包揉、烘干、挑选、包装，茶季一到，黄建春忙不过来，只好放弃手炒，和大多数茶农一样改半机械化炒茶，两台炒茶机，一锅炒二两干茶，耗时六分钟左右，第二遍要用龙井辉锅机集中翻炒，耗时四十分钟。从午饭后到晚上十一点，争分夺秒，一天能出八斤新茶，其间，他要晾晒茶青，筛茶，加料，包装，全是他一个人。唯一的休憩，便是忙里偷闲点一根烟，喝几口茶。

即使如此，他炒茶也极为讲究，茶青薄摊晾晒到湿度恰到好处，去除青草味和苦涩味，也去掉了茶青里残余的大部分刚性。炒前用手挑过，用畚斗畚过，炒出来后再用手挑过。他还有窍门，第一步青锅的火候、第二步回潮的时间、第三步辉锅的火候，都把握得无比精确。刚炒出来的茶不好喝，要过一个星期，等退火了才好喝。

黄建春是村里炒茶炒得最好的人之一，他炒出来的茶叶，色绿、香郁、味甘、形美，尤其是色泽乌润，手感如同摸在丝绸上，无比光滑，拿到转塘茶叶市场卖，一般每斤比别人价格高一两百元。

此时，这个属马的男人抽了一口烟，思绪回到了十六岁。十六岁，兄弟俩跟着父亲开始采茶炒茶，可怜的一点茶地只能勉强糊口，后来娶了老婆生了孩子后更困难了，修造房子连十块钱都借不到，别人怕他们家太穷还不起，那一个个鄙夷的眼神，连同借钱这件事，让他的心像一个沙袋，二十年来承受着一只拳头的反复击打。

两兄弟便去石矿开挂车，将石头运到慈溪余姚，来回一天一夜，一到家又去采茶、去开荒。多年下来，黄建春终于积攒了六亩多、二十几块零零碎碎的茶地，前前后后造了五次才把房子造成。茶季过后，黄建春也不闲着，去驾校当教练，教练车一开回来，不吃饭也不休息，又去开荒。一个茶季，全家跟打仗一样，纯收入也才六万元左右。同样的龙井茶，会推销的人家，一年能卖三十万，也有不地道的茶农，家里没那么多茶树，就去外地进茶青，冒充西湖龙井卖。他不会作假，也不会推销，除了一些老客户要头几茬明前茶，其余的他会拿到茶叶市场卖，所以"没花头"的。

但即使没花头，也要老老实实，勤勤恳恳，做好茶，不倒自己的牌子，虽然他的茶连商标都没有。

第一锅新茶出来，叶底细嫩，如同花朵一般，他从来舍不得自己喝，喝的都是清明后采的老茶，卖相差的那种。不是喝不起，不是死要赚钱，是太辛苦了，只有他自己知道，在每一片茶叶上，他从未吝惜过自己的体力。

睡在山上的父亲说，这是老天的恩赐，传了一千二百多年，不能白白扔了。是啊，祖上传下来的茶园怎么能放弃呢？祖上传下来的手艺怎么能放弃呢？他不太懂茶文化的博大精深，好好做茶，心无杂念，随遇而安，是最心安理得的谋生方式。他用最无害的方式与茶同生共存，守护着中国根深蒂固的传统美德而不自知。

他喜欢这个二层小楼，巨大的老香樟树像一双大手覆盖着小楼，让他常想起父亲的大手。推开门就能看到后山的茶园，溪流潺潺，鸟儿啁啾，常有同村的女人们在溪边洗衣服把衣槌捶得很响，在空旷的山谷回荡，还能望得到山上的父亲和儿子。心里憋闷时，他会抽根烟，和他们说说话。

除了这座二层小楼，空地靠马路的那一边是他造的四层楼房。儿子去世后，妻子越来越消沉，两人积累多年的矛盾也越来越大。他知道她心里难受，劝不了她，最终分开过了，但她没地方去，他仍留她在家里，和女儿女婿一起住在四层楼里，他自己则搬到了靠山的两层楼。她会帮他采茶，但不会和他们一起吃晚饭，她常常会消失，不知道是和小姐妹出去玩了还是躲起来了。女儿很能干，在外面上班，女婿特别勤劳。他自己拼命干活，是憋着一股劲，趁自己吃得了苦，将来老了要花钱要出去旅游什么的不要向女儿女婿要钱，不给他们添负担，不给他们丢脸。

在遥远的西雅图，乌鸦的脑容量很大，能记住捕捉它的人脸，并互相交流，即使他戴着面具走过，乌鸦也会全体不安并逃跑。"恐惧"是推动它们成功的因素。而对于黄建春而言，他的恐惧是"穷怕了"。

山里的天黑得早，他抬头望了望向晚时分的路口。他七十六岁的老母亲，每天坐一个小时公共汽车到杭州城里的八字桥菜场摆摊卖茶，这时该回来了。

他将香烟掐灭，余烟袅袅不肯散去，仿佛一道舒展不开的眉，又仿佛想再说点什么。

四　酉时，那一年浇过的水

17：00—18：59。

蒸汽弥漫里，祝海波汗如雨下，他抬手推了推眼镜，将已剁好的鸭块装进大碗，又将鸭头细心地切成两半。他舞弄着厨具的样子，不像一位厨师，而像一位实验室里凝神做实验的博士，右肩上爬过一只小飞虫，他丝毫未觉。

五岁的儿子蹲在门前的空地上，从一个竹筲篱爬到另一个竹筲篱，学着外公黄建春的样子拣茶青，就像祝海波小时候父母教他做的一样。

祝海波的家离长埭村不远，也有茶地，但不多。从小，他对做茶没兴趣，母亲为了让他帮着采茶叶，只得奖励他最爱喝的冰可乐。而对于做菜，他却无师自通，如有神助，十三香龙虾、红烧鸭子最拿手，还把奶茶、杜果冰、牛肉酱等各种甜点冷饮调料做得极有特色，茶季最忙的二十天，他和母亲负责八个采茶工、五六个家人的中饭和晚饭，每餐两桌。茶季过后，除了和朋友们一起做做股票卖卖茶叶，他自己做外卖，自己烧，自己做，自己开车送，常常卖断货。

此时，五碗半米已经在电饭锅冒出了蒸腾的香气，和夕阳的余晖互相映衬着，使得这间小小的厨房显得明亮异常，再过一会儿，门外便会响起妻子晓莹下班回家的汽车喇叭声和儿子的欢呼声。

年少时，他俩隔茶山而住，一个在转塘一个在长埭，某年某月某天的某个时辰，他们被送进同一所学校就读茶叶专科，因茶结缘。毕业后，他先在河坊街当了两年长茶壶博士，后来和几个朋友一起做股票做茶叶，她则成了一家购物中心的咖啡店店长，早出晚归，祝海波便成了黄建春的得力帮手。

太苦了——对于所谓的浪漫的田园生活，祝海波脑海里只有这三个字形容。他皮肤特别白，也特别容易过敏，太阳一晒马上发红，晒两天就会起皮。最辛苦的不是采茶，而是施肥和浇水。岳父在前面撒农药肥料，他在后面用双手将肥料拨弄到茶树根上，一整天下来，两条手臂根本抬不起来，厚厚的牛仔裤连同大腿都被茶枝划破了，特别疼。

祝海波永远忘不了几年前的那场大旱。杭州整整一个多月没有下雨，连溪水都流干了。茶树根不深，又是小石子和黄泥土掺杂的羊羔土，平地茶还好，高山茶水分流失特别快，要不停地浇水，否则就会旱死。毒辣的日头下，酷热的半夜里，祝海波和晓莹跟在父亲身后，去溪里挖个小坑，眼巴巴等着水慢慢积满水坑，再舀到水车里，只要有一点点水，都要打回来，然后拉到茶地，将消防水管一节节接起来，铺到地里去浇水。浇一次地，至少需要三个人，一个人管水泵，一个人接水管，一个人浇水，晓莹母亲在家照顾连轮椅都没法坐只能每天抱着的小弟，海波母亲在家照顾他们出生不久的儿子，瘦弱的晓莹便也成了主力。头顶烈日，双手拎着沉重的水管在茶山上穿梭，脚都站不稳，一场水浇下来，地湿透了，人也快晒成干、累成泥了，用"艰辛"两个字形容都太轻松，只能用"痛苦"和"煎熬"来形容，多少次，海波想将水全都浇在自己身上，他不知道这样的煎熬还要多久。但他从来不说一句怨言，他们三个人谁也没有说过一句怨言。

有一道眼神，将他拥进了清冽的溪水里——是晓莹的眼神，那个时时默默注视他的眼神里，有感激，有敬佩，有内疚，有心疼，虽然她什么都没有说。

他知道，如果过几年岳父做不动了，他会更辛苦，可有什么办法呢？只能继续做，总不能让晓莹去做吧？自己辛苦点，将来儿子就有条件出国读书，回来做他喜欢做的事。

红烧鸭子的浓香溢满厨房时，祝海波听到了门外奶奶唤他儿子的声音。不知道今天八字桥的茶摊卖得好不好，除了一些老顾客，有谁知道，那个简陋的茶摊上，摆着最正宗的明前龙井茶，虽然只是用简陋的纸袋子包的。

夕阳最后的余晖里，祝海波将鱼圆汤盛上桌时，听到了一声汽车喇叭和儿子的一声欢呼，妻子回来了。

五　戌时，月下

19：00—20：59。

喝最后一口杨梅酒的时候，门外有人轻唤了一声"老黄"。

一轮圆月从山后升起，中间是耀眼的白光，周围是粉色的光晕和云。踏月而来的，是一位茶人——求是茶园园主王如苗。求是茶园依托浙江大学茶学系的优势资源，不仅生产销售，而且研发，享誉海内外。王如苗与我和黄建春年龄相仿，个子很高,样貌很像电视剧《琅琊榜》里的侯爷,说话轻柔,音调低缓,仿佛怕惊着了什么,不像茶商,倒像学者。因他的引荐,我得以到黄建春这里待一天,感受最原生态的茶农生活,他忙完了茶庄的事,吃过晚饭,带着美国留学生戴伦从山顶抄小路过来看看我们。

十年来,农历二月二过后的每一个清晨,对于王如苗而言,都像每一个万物复苏的初春。清晨五六点,他会一个人沿着求是茶园旁蜿蜒的小路走一段,先经过比邻的黄建春的茶垄,慢慢下坡,走向开阔处,展眼便是黛色的远山和一垄垄碧绿的茶树,低低萦绕着白色的云雾。

他在心里说:早安,长埭。早安,龙井茶。

一声声鸟鸣从经过一夜沉静的空气中穿行而过,叫声也被洗得更加清冽。一夜之间冒出来的芽尖,也像一张张雀嘴在鸣叫。太阳一跃而上,在他面前发射出万道金光,仿佛为他指明了一万条道路。他常常想,一定不止我一个人知道,一杯茶里,藏着多么美好的清晨。

兴起时,他独自吟诵:“春来芳草滋,又是采茶时。”“翠盈盈,悠香飘,茶垄漫山绕。”“钻进田间,扯下笠帽,春眠要趁早。”

此时，和他一起穿过小溪踏着月光而来的，是美国小伙戴伦，他正在广州就读茶文化硕士，明年将来杭攻读浙江大学茶文化博士。

古时，将采茶时节上门来寻茶、留宿或相帮的朋友，叫作"茶亲"，与黄建春一墙之隔的王如苗便是，此时，我也是，戴伦也是。我们三个人像古人一样，坐在炒茶坊前的空地上喝茶。普通的玻璃杯，几张顺手拉过来的骨牌凳和矮竹椅。吃了一肚子红烧鸭子、野笋野菜和杨梅酒的我，用最舒服的姿势坐到一张矮竹椅上，感觉一左一右都是我多年的兄弟，围着我们的，还有十几个竹篮、竹篓、竹筛、竹簸箕，还有老茶树们，以及一只脚受了伤的猫。

皓月当空，人在草木间，空气里有三种茶香——一种是炒茶的干香，一种是明前茶茶汤的润香，还有一种是茶树呼出的气息，在月光里暗暗浮动。

我恍若觉得，此时月下喝茶的，不止三人，而是对影成六人，九人，无数人……是第一次与茶相遇的猎人或者神农，是留下划时代茶学专著《茶经》的茶圣陆羽，是首创"佛茶一家"的茶祖吴理真，是第一次写下"茶人"二字的晚唐诗人皮日休、陆龟蒙，是手书"茶禅一味"的宋代圆悟克勤禅师，是吟出"从来佳茗似佳人"等千古名句的苏轼，还有宋徽宗赵佶，还有将狮峰山下十八棵茶树封为"御茶"的乾隆……一片树叶，与人类的第一次结盟后，用它小小的身躯占领了地球上三百万公顷的土地，一杯弱水，由实物蜕化为灵物，在历史时空里腾云驾雾，既左右着人类文明的进程，又让无数素昧平生的平凡人像家人一样坐在同一轮圆月下寻得清净自在，就像此刻的我、王如苗、来自大洋彼岸的戴伦。

我们聊天时，黄建春仍在炒茶，时时过来为我们续上热水，热水进入慢慢凉了的茶，像他偶然插进来的几句话。

海上"吉卜赛人"巴瑶族人可以在十五米深的海底行走五分钟，用标枪猎鱼，随时可能窒息而死，但他们到陆地上待久了，反而会头晕，听不清，他们的身体已经属于海洋。做了半辈子茶人，王如苗的身体与心也已经属于茶，他离不开茶，更离不开和他一样爱茶的友人。喝过多少茶，送走多少茶，不计其数，留下来的最宝贵的，就是那些气味相投的茶友，这些茶友是五湖四海甚至从未谋面的朋友，也是一墙之隔一见如故的黄建春，是他的亲弟弟著名的茶文化专家王岳飞，甚至他五岁的孙子也常常邀请幼儿园小朋友来家里喝茶，像模像样地学爷爷给大家斟茶。

半个月前，下午三点，早春头一批西湖龙井刚炒好出锅，门外响起一个熟悉的声音：新茶好喝了吗？

进来的是一位山东大汉——王如苗兄弟俩多年的朋友——济南开茶庄的缪显国，居然独自一人开了八小时的车来到求是茶园，事先并没有告知任何人。

王如苗心里诧异，却不动声色，笑问缘由。答曰，只为品鉴早春第一泡西湖龙井。

王如苗问，你怎么知道今年第一泡龙井正好今天下午有？

他笑，昨天看到你朋友圈说今天开采了。

两人在茶座前一一坐定。那个下午的第一口西湖龙井，王如苗尝出了与往年不同的滋味，和胃一起慢慢热起来的，还有眼眶，还有心。

月光下，我听见王如苗对黄建春说，你是机械手，炒的茶叶比机器炒出来的还好看，镇上又在比赛炒茶王，你还是不肯去？

我听祝海波说过，如果评上炒茶王，身价便高了，还会去外地表演，可谓名利双收。

黄建春嘿嘿笑说，我不去的。我自己家的茶都忙不过来呢。

同样的茶青，手工炒制的价格高好几倍。黄建春空有一手好手艺，却没时间手工炒制自家的茶，只能用机器炒出来，低价卖掉。

黄建春说，明年我来帮你炒吧。

王如苗说，一言为定。

月光下，我听见戴伦问我，苏老师，明天早晨我想跟你一起采茶，好吗？

我说，好。

六　亥时，老茶

21：00—22：59。

月亮升到顶空时，月光落到黄建春身上仿佛多了些重量，使得他的手势和脚步都渐渐沉重，像独自一人拖着一整个夜的黑。

"沙——沙沙"筛子旋转，茶叶飞起来，在月光下悬停一秒，或十分之一秒，落下，瀑布般闪亮，沙沙沙地落回筛子，一些分量轻一些的碎叶，便经他手腕的巧劲，飞离了筛子，落到了地上。

我拿起一把竹帚扫地，将一天畚出来的碎茶、杂物扫到一起。村里人都睡了，采茶工都睡了，他的家人想必也都睡了，我也想到楼上去收拾一下早点睡，明天五点就要起来呢。

他说，你去休息吧，我还要两个小时。他从裤兜里掏出房间的钥匙递给我，说，你下楼时，房门一定要锁好哦。这句话，他下午也说过。他说房间里放着几包最好的新茶。其实，即使门开着，靠山，没有院墙，也不会有谁来偷茶叶，但他似乎总不放心。他的不放心，不是对人，仿佛是对什么事不放心。

夜越深，他越是一副心神不定的样子。他说，明天一早我要去市场卖茶，这十几斤茶不是最好的，不知道卖不卖得出价格，听说今天茶市价格又降了好多。

春寒料峭，他穿上了黑色薄棉外套，炒茶机旁一盘花生米剩了十几颗，是他的夜宵。我倒完垃圾，站在空地上远远看着他。他是我见过的最勤快的人，除了吃饭，抽几口烟，我没有见他有过片刻的休息。而他的劳作看不出有多快乐，双唇紧抿，眼神因劳累而有点呆滞。我想起他妻子说的"茶农是急死的"。

我的身后是一丛丛老茶树，在月光里站成了一块块沉默的石头。老茶树是祖上传下来的，年岁久了，乏力了，产量太低，味道较之新品种更为苦涩、浓烈，有人特别喜欢，但卖不出价格，几乎被茶农们放弃了，便任它自由生长，也不修剪，越长越高，越长越瘦，无人问津，野猫随意出入。

我听见他在自言自语，明早的价格又不知要降多少，也不知道还收不收。

如果价格太低，付采茶工的钱都不够，宁肯不采了。如果不采了，意味着要给采茶工安排别的出路，比如采点老茶带回去，或将采茶工转雇给需要的其他人家，整个计划就要调整，像打仗一样。

如果这一拨茶叶茶商不收，还意味着，属于黄建春家的黄金茶季过早地结束了。

我摘了一片老茶，嚼了嚼，很苦，便吐了。

远远看过去，他站在月光和灯光的交界处，微微弯着腰，用畚箕畚着茶，那么瘦，像一棵老茶树。

七　子时，圆月带我们进入四月

23：00—00：59。

楼梯上响起轻轻的脚步声，我才知晓莹奶奶这么晚了还没睡。

她轻轻推开房门，问，明早你吃什么？你喜欢吃什么？

像农村大多数奶奶，晓莹奶奶很健硕，向晚时分，她从城里回来出现在通往二层小楼的路口时，我一眼就认出了她，叫了她一声海波奶奶。她显然吃了一惊，随即笑了，说，来玩啊？好好好来玩。

整整三十年，每天清晨七点，除了雨雪天，她的身影会准时出现在前往杭州八字桥的公共汽车上。她在菜场的小摊上摆开十几包茶叶，静静等老顾客来买。三十年人来人往，菜场几度易容，她依然在，茶摊依然在。她不用带中午饭，也不用买，卖菜的邻居们会烧给她吃，如果不是雨雪天，她没去，就会有人打电话来确认她安好才放心。

茶季时，她每天四点多起床，去村口买馒头油条，回来给采茶工烧早饭，然后，拎着茶叶坐上前往八字桥的公交车。

晚上九点多时，她和晓莹一起帮我套好紫红花的枕套被套，应该是黄建春平日里换洗的。阁楼的天花板和墙壁都是原木的，挂了一幅兰花图，靠山和靠着空地的窗子都挂着紫红色绸布窗帘，电视机柜上摆着他和外孙游玩的照片。奶奶大概忽然想起，又上楼来反反复复问我明天早上吃什么。我说采茶工吃年糕泡饭，我也吃年糕泡饭。她说那不行，又问我干的是吃包子还是拌面，湿的是馄饨还是豆浆，又问豆浆要咸的还是甜的。她并不问我是谁，来做什么，只当我是客，是来来往往的茶亲。

她说，你放心，地板床铺被子都干净的，我儿子特别勤快，衣服自己洗，地板每天拖。

她又说，唉，我儿子太辛苦了，太瘦了，他什么事都自己做，不声不响地做。

她盯着脚下的地板看，目光似乎能穿透地板，看得到地板下面炒茶坊的儿子仍在深夜里忙碌的身影。她迟疑了一下似乎想再说点什么，终于没有说，转身下楼。夜已深，圆月带我们走进四月，也将带走明前茶季最金贵的每一个时辰。

八 丑时，一身茶毛

1：00—2：59。

我在月光送给静物们的影子中躺下来。整个卧室散发着木头和茶叶混合的香味，随着头在枕上转动，依稀闻到阳光、溪流、茶山、竹筎篱、茶青混合的香味，还能隐约看到一些极纤细的茶茸毛在窗口漏进来的月光里隐隐浮动。

月光下浮现了一个人，一个满身茶毛的茶人。

离此大约八百米的山那边，桐坞村唐家桥，是我的大学师弟石碧鹏的三和萃茶园。一个春天的午后，他端着一小屉刚出锅的明前茶，站在明媚极了的阳光下，露出兔子般的大门牙憨笑着等我，他的头发上，眉毛和睫毛上，藏青色的棉布上衣和牛仔裤上，黑亮的脸上手上甚至嘴唇上，全部蒙着一层白乎乎的茶茸毛，不像一个浙江农业大学的高才生、一个拥有几百亩茶园的老总，他整个人像一棵阳光下散发着蓬勃气味的茶树，也散发着地道茶农的味道。

十几年了，他和工人们一道采茶、制茶，每一道刚炒出来的茶，他都要试喝。在封闭式的茶车间一待一整天，便沾了一身的茶茸毛。他自称茶农，并给自己加了一个定义——一个快乐的茶农。

三和萃的名字是他自己取的，象征一叶茶由两瓣叶、一个芯组成，三者合一凝聚天地精华，也象征"天地人"三和。当年，他毅然辞职当茶农，也有过犹豫，也走过很艰难的一段路。他的选择，是很多人想做而不敢做的，比如我。

除了此地，他还有一个茶场在新昌，出大佛龙井，另一个在宁波，因此，杭州的茶季快要过去时，他便要赶到别处，再多辛苦一个月，也因此，他为自己争取到了更多物质上的自由，进而赢得更自由的时间和空间。除了最忙的茶季和十月份的销售小高潮，他有很多的时间和朋友们喝喝茶聊聊天，种种蔬菜瓜果，去想去的远方。

二楼的茶座后，挂着三个字"茶学堂"，而非"宁静致远"之类。日日夜夜，与茶厮守，茶不只是妻儿之外最亲的亲人，还是他人生的老师。茶和生活一样，入口是苦的，涩的，回味却是甘甜的，虽然做得很累，但很爽，是自己一直想要的生活，他确定。在浙大工作的儿子一年难得来一两次，年轻人并不爱喝龙井茶，更爱喝咖啡和碳酸饮料，但他相信，随着年岁的增长，儿子会喜欢上茶的。他确定。

他用沾满茶茸毛的双手为我端上一杯茶，是春节后开采的第一拨嫩芽，手工炒制。浅浅抿了一口，是我喝过的最好的龙井茶，我确定。

龙井茶的余香或错觉里，我进入梦乡。

九　寅时，仿佛梦见了

3：00—4：59。

我梦见我在一个梦境里外飘浮，如同立体的圆月亮在海平面上下浮沉。我在梦里捕捉着"它"——有时，它是一枚嫩叶，有时，它是一粒葵花子大小的绿光，有时，它是玻璃杯里千万个跳舞精灵；它是解毒的良药，亦是喂给敌人的毒；是刀剑，亦是丝绸之路上的生命之饮；是禅院里的一缕青烟，亦是殿堂上的最高礼仪；是僧侣行囊中无上的佛法，亦是凡间最美的烟火；是诗人的酒，是酒的友，是他乡明月，是游子的根，路的尽头……

它在几近沸腾的温度里一次次涅槃，让万千生命在永恒的不完美中感受短暂的完美；比心脏更柔软的舌尖，为漫长的生命苦旅完成了一次次短暂的释放，哪怕只有一盏茶的时光。

而那个制茶的人，那个手掌上沾染着泥土温度的人，在我的梦里转身，面目清晰，眉宇紧锁，他从未想过要释放他的艰辛和坚韧，累到极点时，也只是轻轻地、轻轻地叹了一口气。

十　卯时，起得比鸟还早

5：00—6：59。

梦被一声鸟鸣啄破，隔壁房间采茶工们洗漱和聊天的声音鱼贯而入。打开房门，黎明前最后的月光四处逃散，月亮放弃挣扎，正向着山坳沦陷。

她们轮流洗漱、穿戴，其中有一个喊，草纸没了！

我拿起这边卫生间的草纸给她递进去。昨晚九点多，我想问问小腿肿痛的王中玉擦了万应止痛膏有没有好一点，一推门便听到了此起彼伏的呼噜声，黑暗中，只有运芳还在看手机，光映照着她年轻的脸。

此时看到我，王中玉笑着说，擦了你的药，腿好多了！她，还有她，也擦了，肩膀痛也好多了。

运芳问我药哪里买的。我说是以前在香港买的，忽然想网上也许有，便找，果然有，便把网址发给了她。

运芳说，头几天采茶时天还很冷，五点多茶树上都结着霜，手指伸出去采着就冻僵了，伸都伸不直，特别疼。

她们晾在阳台栏杆上的衣裤沉甸甸地往下坠，晨雾和露水将它们打得更湿了。从阳台望下去，见奶奶正从厨房里出来，显然已经烧好早饭，抬头问我怎么这么早起来。

我说，我要和黄大哥一起去茶市卖茶。

路灯未熄灭时，运芳她们出发了，不知谁说了个笑话，她们嘻嘻哈哈的笑声迅速占领了被晨雾露珠管制着的田野。

十一　辰时，卷闸门下心酸汹涌

7：00—8：59。

卷闸门从地上徐徐升起，离地才一尺多高，人山人海便像浪头一样，忽然齐刷刷低下头、弯下腰、扭转过身子，从正在升起的卷闸门下迫不及待地挤塞进去，然后奋力冲向集市内的一家家茶商。

我远远看着这惊心动魄的一幕，生怕卷闸门失灵砸下，眼前闪现一部纪录片里的镜头——初春，南美洲某部落，中年男子迪度将藤条牢牢把自己与树干捆在一起，爬到四十米高的树上，用一把斧子凿开树洞，用烟熏走蜂群，掏取蜂蜜，稍有不慎，便会付出生命代价。妻子和孩子们等在树下，紧张地仰头观望，妻子的眼角流过一滴不易察觉的泪。终于，斧头沾上了金黄色的蜂蜜，他从树顶顺下一篮蜂蜜，孩子们直接掰下来送进嘴里，露出幸福的笑容。当迪度终于安全落地，我在电视机前松了一大口气。

茶叶市场离长埭村不远，六点钟开门。黄建春开着破旧的小面包车，带着我和十一斤茶叶到达时，才五点半，门口便聚集起了人山人海。碰到几个同村茶农，聊了几句，我跟在他身后两米，没有完全听清，但话语里的忐忑显而易见。

今早不知道能卖到三百一斤不。

唉，昨天又跌了毛多。

三百？据我所知，经过包装的明前西湖龙井往往价格过千，甚至更高。

他们的话连同忐忑不安的心情一路落入我耳里。我停下脚步，决定不再跟着他。当着我的面，也许他会不好意思还价，如果卖不出去，他会更加焦虑。卖茶对于他，仿佛是一次赌博，茶好不好就摆在那里，但运气好不好就只有天知道了。远远看过去，他并未往人最多的地方去，而是假装轻松地站在一个路旁，高高瘦瘦的个子，矗立在摩肩接踵的人群里，格外醒目。

黄建春说过，那些看起来比他的茶叶好看很多的，其实很多是外地茶。比他的好看，却比他的便宜，有什么办法呢？

卷闸门洞开，人群蜂拥而入，我远远看着，心里阵阵发酸。我暗暗打定主意，万一他的茶卖不出去，我按他想卖的价格全包，就说本来就要买来送朋友的。

收购商们很"牛"，他们一律套着一件很旧的蓝布褂，上面沾着一层茶毛，"一摸、二看、三嗅、四尝"如行云流水，很神气，说一不二。他们将手伸进茶里摩挲几下，或放到茶盘上看几眼，便判定要或者不要，有时，他们会用手掌舀起一点茶，哈一口热气，使得茶叶温度上升散发香气，迅速放到鼻下一闻，果断报出一个价格，或果断地说，不要。

茶农便嗫嚅着想争取高一点的价，或央求他收下算了，收购商二话不说，转头不理，后面排着队的茶农便迅速捧上自己的茶，有的脸上会同时堆起笑，有的一如既往的凝重。

我远远看到黄建春拎着茶，走过一摊，又走过一摊，装茶叶的黄色塑料袋在他又高又瘦的身子两旁晃荡，格外刺眼。

漫长的半个多小时后，当我再次找到他时，正如他自己所料，品相好的好不容易才卖了二百七十元一斤共一千多元钱，另外一包老一点的，没人要。

有个老板说八十一斤给他好了，那我还不如自己吃！还不如送给采茶工！还有一个茶商大概新来的，怀疑我这个是外地茶，说没把握，干脆就不收了。有的茶农不要好，买外地茶来冒充龙井茶，害我们也跟着遭殃！

他的声音里，透着委屈，甚至愤怒。

我不知道怎么安慰他。回到面包车上，我说，正好我要买茶送朋友，这些茶我都要了，好吗？

那不行的。他很坚决地说。其实我也知道，他一定猜到我的用意了，如果我要了，他会很没有成就感。他最知道自己做的每一粒茶里浸着多少汗水，也自信自己的手艺，每一片茶都视若珍宝。

他说，你不是想尝尝老茶吗？我另外再给你。我得赶紧回去跟她们说，不值钱了，不要采了，采点老茶回来就可以了。

他的话音落在清晨七点的晨雾里，和晨雾一样缥缈，落寞。

这个清晨，唯一看到他笑，是茶市回来路过一个小摊，他停下破旧的小面包车，下车去买了个肉饼，咬了一口说真好吃，笑得像个孩子。然后，他带着我一一巡视了他七零八落分散在方圆两公里范围内的二十多块茶地，又将远处山脚下新开垦的黄泥土茶园指给我看，在初升的阳光里笑得像个孩子。

他仿佛已经平复了心情，说，今天采完就不采了，免得把茶采伤了。

我很高兴。他像一根始终绷着的弦，此刻终于放松，换成了一种节制——一个茶人对大自然的礼节。如同印第安人用毒藤条放在溪流入口处捕鱼，只要每个人能分得两三条十厘米长的小鱼，他们就停手，说，够了。

太阳渐渐升高了。

十二　巳时，风吹过他金色的发

9：00—10：59。

一个金发碧眼的"九零后"美国小伙，白色 T 恤衫，淡咖啡色短裤，腰间挎着茶篓，站在龙坞一望无际的茶园里，专心采着茶，一点都没有违和感，如同他常常在贵州、云南的大山深处，和茶农们一起采茶制茶一样。

微风拂过戴伦金色的头发，也拂过他与中国茶一起度过的十年光阴。

第一次喝中国茶，是在北京学中文时，同寝室的伊斯坦布尔同学给他泡了一杯中国茶，当双唇触到茶汤，一股热流在齿间流转，咽下，他突然发现，茶可以如此浓烈又如此清新，仿佛简陋的寝室瞬间亮了起来，脑袋很轻，不是喝了酒的浑浊，而是真真切切的澄澈。同学又带他去广州喝工夫茶，地道的茶艺表演让他看傻了眼。整整一条街，戴伦从第一个茶庄起，一个个坐过去，一个个喝过去，喝了几十杯，直到"茶醉"。

醉茶，让戴伦体会到了天堂的味道。茶里面有氨基酸和咖啡因，如果持续不断地喝，喝过量，会让人产生醉酒的感觉，但与醉酒不同。茶仿佛跟他的身体达成了某种默契，脑子会特别兴奋，身体则无比的轻盈，仿佛所有的神经都长出了触须，能触摸到世间平常触摸不到的美好，一个个奇思妙想如同泉涌，还能发现自己的潜能和极限。比如同样看远山，看到的不是普通的绿，而是各种层次、带着光环的绿，又像一张加了滤镜后的照片，瞬间变得特别有意境。第一天会睡不着，第二天睡两个小时，第三天会睡很久，起来后，一种感恩之情会油然而生，感恩生活，感恩人生，感恩一切细微的美好的事物。他彻底爱上中国茶，到广州本来待几天，结果待了三个月，再后来干脆留了下来。

你是写作的人，一定要去体会一下茶醉的滋味。他说。

其时，我们一人一顶草帽、一个茶篓，站在黄建春家的老茶树丛里采茶。他采茶的样子比我地道，普通话比黄建春说得好。

学了十年中文的戴伦，想把真正的中国茶传播得更广。做自己喜欢做的事，才能做得好，始终是他的理念。曾经，他迷上了一张明信片上的科罗拉多大峡谷，便把家搬到了那边，他的父母去看他，觉得不错，把他们的家也跟着搬了过去。茶，就是他的科罗拉多大峡谷，他不知道自己能做到什么程度，但他不急。在西藏的夺底沟，一位采药人上山前要把自己的眼睛浸到溪水里，让溪水洗亮一些，能发现深藏在地下的虫草。这五年，就是他"洗眼睛"的五年。五年后，无论做什么，一定与茶有关。

能成为举国之饮的茶，其天性本就是融合——人与自然，东方与西方，生命与生命。

十点半时，脸颊热辣辣的，脑袋晕乎乎的，我的手、戴伦的手、采茶工的手和阳光下飞舞着的黄色蝴蝶已傻傻分不清楚。戴伦把短袖都撸到了肩膀上，皮肤整片整片发红。我口渴得要命，脚心、脚后跟都痛，奇怪的是早饭比平时吃得多多了，但肚子早就饿了。

我问王中玉她们饿不饿，她们说，饿啊，那也得采。

一个高个子大姐不知道从哪里掏出一个很大的梨递给我，说，你吃吧。

我不接，这个被她身体焐热的梨，一定是她万不得已时充饥解渴的，自己都舍不得吃。

她说，吃吧，你送我们止痛膏，没什么好谢你的呢！

举手之劳，她们记着。

老茶树的嫩芽少，她们采茶的动作明显慢了，有时甚至无从下手，而别人家的新茶树正冒着一粒粒茶尖，却没有人采。王中玉说，老板家的地不好，我们尽量帮他多采一点吧。

东家的不易，她们也记着。

又过了半小时，我实在受不了了，跟戴伦说我们回去吧，也宣告我茶农体验生活以失败告终。对田园生活的浪漫臆想，在现实面前显得多么矫情，好在，我仍有收获。

四方桌陆续摆上了一个个农家菜，是祝海波母亲做的梅菜扣肉、炸春卷、油焖笋、炸花生、野蕨菜、肉圆汤等，我几乎没有听到她说过什么话，她永远只吃摆在自己面前的一点隔夜菜，而且很快就吃完离开。

我直接吃米饭，黄建春陪戴伦喝杨梅酒，两人聊得眉飞色舞，突然黄建春大叫一声"哎呀呀忘了"，便奔向门外，他喝酒吃饭仍不得安生，隔一会儿就得跑出去给竹箅篱上的茶青翻身。回来时，他摊开双手苦笑道，这下好了，绿茶晒成红茶了。

我们都笑，听得屋外采茶工们也回来吃中饭了。

又累又困，我胡乱扒了几口饭菜，唯一的念头是赶紧回家，回到那个我常常想逃离的城市，美美地睡上一大觉，这种急迫，与二十四小时前我开车奔赴这里一样，真是出乎我自己意料。

黄建春说，你要买的三两老茶留给你，八百一斤，别人二百四十，给你二百。我说不行的，便给他微信转了三百元。半路上他的电话追了过来，说退了我一百元红包，一定要我收回，不然朋友没得做了。

他并没有执意送我茶叶，但也绝不多收钱。在他心里，每一叶他手里出去的茶，于他都是孩子般金贵，即便别人不这么认为。

忽然想起忘了和戴伦说再见。我想，我们一定会再见。

十三　午时，我和我们

11：00—12：59。

一望无际，空无一人，这是谷雨过后、立夏之前的茶园，正进入休养和孕育，如同撒哈拉沙漠上干枯了一个世纪的复活草，在等待着一场雨，它等待的不是自己的复活，而是再次枯萎前的奇迹——它的种子被雨滴敲落，落到地上短短几个小时就冒出嫩芽，开始新的一轮生命。

谷雨过后、立夏之前的某一个午时，我又一次走进三和萃茶园，和石碧鹏以及留守的几位工友在朝南的食堂落座，端起了杨梅酒。一对云南老夫妻，常年住在茶园帮忙，两位中年男子，一个杭州人和一个转塘人，既是资深技术人员也是好友，茶园开始建的时候就来了，说，石总人好，他们就长留下来了。

一年的茶事进入了尾声，茶包装好了，入库了，茶枝修剪完了，心也放回肚子里了。之前的种种担心，总算过去了一大半。最担心的是倒春寒，有可能会绝收，虽然买了保险，但必须零摄氏度以下才有补偿，而零上一两度时新茶也会被冻坏，为了保温，从前可以搭棚子、用烟熏，现在怕污染环境不能用了。另一半的担心自然是茶叶卖不完。龙井茶和别的茶不一样，像水果一样不易保存，放进冰库也不行，所以浙江没有特别大的茶商。

云南人的脸色渐渐接近大碗里杨梅酒的颜色，用我们听不太懂的云南话叽叽咕咕说了一大堆，大意是，他家在云南深山老林里，有一种石榴比碗还大，特别甜，但放不久，运不出去。龙井茶也是一样，可惜啊。

大家却笑，并未受这话的影响，又喝酒。我想，同样一句话，假如不是在这充满喜悦的丰收季节来说，滋味一定是不同的吧？

石碧鹏带着我一前一后踏进午后的茶园，天空阔远，耳边是初夏的微风吹过山岗和我们脚踩枯枝的沙沙声。一垄垄的茶树之间，比初春时空阔了许多，枝叶被剪去了大半，留出了二三十公分的间隔，剪下的枝叶就留在茶树下，烂在茶园里，如此循环往复，滋养着茶园新的春天。谷雨后，先剪一次，七月份、十月份再剪两次。如同茶树需要休养，石碧鹏说他也要出去好好玩玩，好好歇歇了。

我们站在一棵巨大的桂花树下道别。桂花树叶呈现反差很大的两种颜色，墨绿色的是旧叶子，闪闪发亮的是新叶子，两种颜色在阳光下好像父子在对话。石碧鹏说，到了秋天，桂花开的时候，我们采下来做桂花茶，你来。

我还想去看看茶季过后的黄建春，打电话问他在干什么。电话里传来嘈杂的声音，他说在千岛湖装修房子呢！本来他和师傅两个人干，他负责铺管子、铺地砖，两三天就弄好了，可是师傅病了，他就一个人干，要多待几天。房子半租半买，准备养老用，等弄好了，他先带老娘到千岛湖好好玩玩。

他在电话里呵呵笑，是一个月前我从未感觉到的"松快"。他说，我们家里人也都记挂你呢，你什么时候再到我们家玩，茶园剪枝剪好了，剪了两三天，都累晕了，就偷懒，掘了好多毛笋,很开心。

我脑海里浮现他开心的样子,他不用忙茶园的时候,一定还会忙别的,比如当教练,比如做泥水,还做菜,洗衣服,拖地。我能想象的他唯一的休闲,就是他曾经说过的,到大浴场里舒舒服服搓个澡、泡个脚,喝点老酒。

他说了好几个"很开心",我于是也觉得很开心。

伍

牧蜂图

羽琼抱着咿呀学语的松松，
呆坐在地上的铺盖堆里，
暗夜将一些支离破碎的光亮射进货舱，
照见她左下眼睑正中悬停的一颗泪。

"就算生活给我无尽的苦痛折磨，我还是觉得幸福更多。"

缘　起

他抬头看了我一眼。

十二年前一个初春的午后，杭州转塘，堵车。车速很慢，有一些影子从我视线里悠然而过。

是一些蜂箱，散落在路边的乱草里，一个看起来又脏又旧又神秘的养蜂人，脸藏在帽纱里，边走边低头吮吸着右手食指，像是指头有残留的蜜，又像是被蜜蜂蜇出了血。彼时阳光通透，他却像在夜色里潜行。

突然，他抬头看了我一眼。对视的瞬间，我心里升起一个念头：我要跟他去养蜂，逐花而居，躲开这滚滚车流、滚滚红尘。

仿佛命里注定，多年以后，在一个改稿会上，我读到了一段令人动容的文字，作者是一位七旬诗人，曾经在天山养过蜂，在天南海北漂泊过多年。他和我同坐一排，中间隔了很多人。我将身子后仰，目光越过一道道脊背像越过一道道山梁找寻他，心里升起一个念头：我要去天山看看他看过的月亮，走一走养蜂人走过的路。

二〇一九年暮春，我出发了，带着他的诗集、一个血压计和一堆药。我想，视线之外，一定存在某种不羁不俗的生活，可以紧握梦之马的缰绳，将内心最响亮的声音刻进生命的年轮。

从杭州到新疆，乌鲁木齐、奇台县、江布拉克、碧流河、伊宁、伊犁河谷、果子沟、赛里木湖……蜜蜂薄翼如舟，载我漂在四十年来养蜂人的足迹连成的地图上，漂在雪山草原湖泊河流之上，漂在无边花海之上，漂在脑海里反复响起的一部外国电影主题曲里，是吉卜赛人的流浪之歌。

二〇一九年立秋，台风将至，窗外汹涌的乌云映入了电脑屏幕，我在汹涌的乌云上敲下本文的第一个字时，想起了一句话。

"人们对密布的乌云视而不见。"

上篇：江布拉克往事

一

三十九年后，东海边慈溪城一个临街的院落里，诗人沈建基手捧旧相册，和我讲起了当年扒火车的情景。我的耳蜗里回旋着东海的潮汐声，却清晰可辨三十九年前天山脚下火车提速的轰鸣声，还有轰鸣声中他狂乱的呼吸声和心跳声。

黑色敞皮火车裹挟着寒风和沙砾，试图一把拎起他并掀翻他。他一手紧抓竹壳热水瓶和铝饭盒，一手极力伸向正呼啸向前的火车，伸向火车上一张张被煤灰弄得像熊猫一样的脸。小他十二岁的妻子叶羽琼、一岁的女儿松松、小他十八岁的小弟，还有两个徒弟，都向他拼命呼喊着，极力抻长双手试图将他拽上火车。

他追赶火车，像小兽追赶巨兽，追赶抛弃它的母亲。心脏快要从胸膛蹦出来的刹那，他够上了火车皮某个突起的部分，一扯，一跃，飞身翻上了火车，差点撞到那一张张乌漆麻黑的脸，那些脸正绽放出一排排雪白的牙。羽琼抱着咿呀学语的松松，呆坐在地上的铺盖堆里，暗夜将一些支离破碎的光亮射进货舱，照见她左下眼睑正中悬停的一颗泪。这是她第一次跟着他穿越千山万水到新疆养蜂。发现他在看她，她一低头，泪珠落入了幽暗中。松松大着舌头说不清话，蜂箱装车时，她的舌头被一只受惊的蜜蜂蜇出了血，还肿着。

天空宛如一只巨大的黑鹰俯冲而下，覆盖在广袤无垠的原野上，天地连接处，一条雪亮的白线，宛如一只正打开银色羽翼腾空而起的飞鸟。从浙江到福建到山东到内蒙古再到新疆，辗转千万里，天山终于近在眼前了！

"老虎、狗、神仙"，是二十世纪八十年代初养蜂人的生活写照。带着所有蜂箱、所有家当、所有人手追花逐蜜、转场运输，是靠天吃饭，也是行军打仗，带着五个组二十几号人的沈建基就是总司令，必须得像猛虎下山，而吃喝拉撒有时却连狗都不如。

每一次转场，撤帐收拾、关钉蜂门、搬运叠装、绑绳固索、装车卸车，都必须分秒必争。火车不等人，不管你装完了没有，也不管你去上厕所了还是去买饭菜了，说走就走。途中不会随便停车，只有到了编组站，才会停两三个小时或更长时间。火车多为装煤和石子的敞皮车，没有列车员和食物，没有厕所，常常是在车上憋大半天，趁火车临时停靠，大家迫不及待地下车找厕所、找饭馆，有时好不容易找到了，火车早就开走了。幸而他有一手养蜂二十多年被逼出的扒车"绝技"，才有惊无险。如果真掉队了，只能找火车站帮忙搭快车去追他们。

寒风从缝隙直灌进车皮，地上的破棉被一角被风吹得呼啦啦响。沈建基将一小勺蜂蜜水喂到松松嘴里，眼前浮现了一张老人的脸。

他见过很多在火车站失联的养蜂人，但没有见过那么凄惨的一张脸。那是一个特别寒冷的冬天，火车经过一个戈壁风口，夜黑得像掉进了锅底，突然，满戈壁的石头像狼群一样咆哮起来，紧接着，暴雪裹着石头，石头裹着沙粒，贴着地面向着火车正面袭来，整个车身剧烈摇晃，像惊涛骇浪中的船，像一个无助的孩子窝在戈壁滩瑟瑟发抖。据说风暴倾翻火车是常有的事，养蜂人在车上被冻死也不稀罕。一个养蜂人说，有一年他们去西藏养蜂，一个女的才四十多岁，身体不好，因为高原反应吃不下饭，就在火车上活活冻死了，辛苦了一辈子挣的蜂箱什么的全都给了徒弟。

一个叫"红柳"的火车小站门口，一块破旧的小黑板前，一位老人眯缝着眼睛，灼灼的目光搜寻着什么。他整个人像一顶被废弃的破帐篷，破衣烂衫，两只鞋子都露出了一个大口子，脸上已看不出皮肤本来的颜色，胡子上结着冰碴，鼻子和下巴上全是血，干了的和新鲜的血。老人掉队了，也想施展多年练就的扒车绝技，但火车已经提速，太快了，年迈的他被呼啸而过的狂风掀翻在雪地里，他爬起来本能地循着家人远去的呼喊声沿着铁路追，跑不动了，就走，一直走，顶着暴风雪走，不知道走了多久，终于走到了这个小车站。

突然，老人的胡子剧烈地抖动起来，带血的冰碴纷纷掉落，泪水夺眶而出。小黑板上有一行歪歪扭扭的粉笔字：

某某某：爷爷，我们在前面某某处等你。

五月末的天山脚下，一个晨起放羊的哈萨克少年发现油菜地里出现了一群神秘的黑衣人，他们穿着笨重的棉衣棉裤，头戴面纱，面目模糊，看上去惊魂未定、疲惫不堪，如同另一个时空穿越而来。

历经长途运输的蜜蜂们也惊魂未定、疲惫不堪，亟须休整，恢复元气，再上天山采草场百花，奇台县农六师一〇九团农场的油菜花地，便成了沈建基们暂时的家。帐篷依水而居，日子总算有了点"神仙"的意思了。

清晨，掀起帐篷门帘，只见远处的天山雪峰像一群雪白的马，栖息在大树般的玫瑰色朝霞下。羊群散落在晨曦中，云朵般安详。草原如同一场即将开席的盛宴，每一朵花每一棵草都在昂首期待着什么，草香和花香浓稠得像能把整个人托浮起来。蜜蜂倾巢出动，千万双小小的羽翅将空气搅成一个个小小旋涡，试图将初春快速解冻。羽琼趴在他挖的地灶前，把火生得呼呼地响，灶口便蹿出一条条红狐狸妖娆的尾巴。

午后，不用摇蜜的时候，沈建基就在帐篷里看书，微风从帐篷底下吹进来，木板床下的青草随风摇曳，让他想起油菜花地尽头的无边麦浪，想起东海之滨的家，想起两年前逝去的前妻和幼儿，想起自己浪迹天南地北的前半生。外面传来徒弟们哇哇哇的叫声，他们正脱了棉袄，在阳光下洗澡，天山清冽的雪水让年轻的皮肤泛起阵阵红浪。

夕阳要到九点才落下，黄昏时分，孩子们最喜欢跑去看农场职工挖野地里的田鼠洞，不出意外，一个洞能找出二十公斤以上的麦子。孩子们追着田鼠跑，田鼠们有灵性，洞一被挖，准备了大半年的口粮没了，熬不过漫长的冬天了，它们就会纷纷跑到水渠边碰死。

常有哈萨克或维吾尔牧人过来，打个招呼，说几句听不懂的话，常有扛着铁锹的兵团农场职工来闲聊几句，或叫他们去看露天电影，或参加当地人的婚礼。一个哈萨克小伙子见羽琼长得美，虽语言不通，老是打手势笑着邀请她跳舞，她飞红脸，飞也似的逃了回来。

有时，沈建基也去奇台县城办换证进山的手续，买点东西，完了找个小旅馆住下，到小饭馆叫二两小酒，就着夕阳的余晖慢慢喝，然后在渐渐冷清的陌生的街上慢慢溜达，一直走到脚下的夕阳变成了月光。街角转弯处的小店里传出熟悉的电影歌曲，小贩在叫卖，孩子们在奔跑，几个维吾尔族姑娘轻轻飘过，那么嘈杂，又那么安宁。他真想躺下来、住下来，永远不再漂泊，多好。

回头，又看到远处天山绵延不绝的雪线。雪线让他想起最多的，是母亲的白发。

二

三十九年后，沈建基依然觉得，那一晚山林里的月色，是他此生见过的最美的月色。

一切安静下来后，他将蜂箱上的马灯点亮，翻开一本书时，听见山林中传过来仿佛玻璃在滑动的哗哗声。

一轮巨大的金月亮，孤悬在博格达雪峰上，向雪山、幽谷、草场洒下了亿万道银色光芒，群山中了蛊惑般肃然拱卫，天地变成了一个人间异域。如同一声悠扬的小提琴声之于雄浑的交响乐，一涧月光从云杉林深处缓缓淌出，如他刚刚摇的蜜，如从炉火中刚脱胎的琉璃。溪流遇到一块巨石，飞溅起细碎的冰屑般的光芒。他坐到巨石上，将整个身体沁入光芒，亦被光芒沁入，他不知道自己是月光，还是月光是他自己，如同梦里庄周不知是鱼是蝶，或鱼蝶就是庄周，栩栩然，蘧蘧然。月光让风和云都停了下来，让鹰回到了巢里，让他这几天来惊魂未定的心渐渐安定了下来。

从山下的油菜花地，转场到山上百花绽放的牧场，要走盘山马车道，经过一个个悬崖。满载着蜂箱和人马的五辆大汽车，从马车道鱼贯而上，步步惊心。车子经过悬崖拐弯处，沈建基一动不动紧盯着司机手里的方向盘，坐在车身最右侧的羽琼紧紧将松松抱在怀里，一声不吭。没有一个人吭声。

有什么突然攫住了他的手，一阵剧痛。是羽琼抓紧了他，指甲嵌入了他的皮肉却浑然不觉，她的眼睛和嘴巴都张得大大的，发出了无声的"啊"。

沈建基顺着她的目光侧身去看，只见前面那辆汽车有两个轮子一半悬空着开过了悬崖。

"跑惯了，出不了事。"当地雇来的司机若无其事地说。

事实并非他说的那么轻松，曾经有马队驮着蜂箱上山，马失前蹄，车翻了，受惊的蜜蜂疯狂乱窜，一头大马竟然被惊慌失措的蜜蜂活活蜇死。翻车要人命，蜜蜂受惊也会要人命。

沈建基几乎每天被蜜蜂蜇，最多一次被蜇了百余下。那年夏天在内蒙古采木樨花，蜂箱放在黄河滩边的大堤上，上游突降暴雨，洪水滚滚而来，眼看要将大堤淹没。本来，搬运蜂箱必须在夜晚等蜜蜂回巢，来不及了，四个蜂箱叠在一起有一百八十斤，不及固定便一担一担赶紧往大坝高处挑。有一个蜂箱摔下来了，天热，蜜蜂脾气暴躁，一下子劈头盖脸蜇上来，他躺倒在地上昏死了过去。一共被蜇了一百多个包，幸而他长期被蜇对蜂毒有了抵抗力，换了其他人，可能已经死了。

悬崖是"拦路虎"，到达天山腹地的牧场时，又来了一个"拦路虎"。一进谷口，只见一骑白马飞驰而来，马上一位哈萨克壮汉呜里哇啦打着手势，冲到跟前，拦住车头不让进场，语气很是凶狠。他看起来四十多岁，头顶瓜皮小花帽，大胡子，棕蓝色眼睛，像一头胡狼。待沈建基掏出盖着鲜红大印的介绍信晃了晃，他却立即换了个人似的，将马一勒，让到路边，还欠身摊开手掌做欢迎状。

　　来的是看守草场的哈萨克人呼朗白，与他十五岁的女儿古尔丹住在一个白毡房里。沈建基将自己的帐篷安在离呼朗白毡房一百米处，与这一对有趣的父女成了邻居。每天早晨，当露珠挂满草尖，呼朗白的白毡房上便会升起淡蓝色的炊烟，响起古尔丹咯咯咯的笑声，笑声从百米外一直如银铃般一路洒到帐篷前，洒到沈建基的小弟身边。

　　壮壮的古尔丹、脸上有着两坨高原红的古尔丹、永远在嬉笑的古尔丹，整天围着他们转，瞪着眼睛听他们说话，并不懂。天黑了，古尔丹一手拿着自制的奶酪，一手拿一支手电筒钻进帐篷内乱晃一通，最后总是将手电筒对准小弟的脸，盯着他左看右看，嘿嘿嘿傻笑。

　　大家问，你是不是喜欢他？

　　她听懂了，用夹生的普通话大声说，就是喜欢！

　　羽琼在帐篷里洗澡时，沈建基要在帐篷外看着。有个徒弟故意逗古尔丹，说，沈建基的帐篷里在放电影。古尔丹便要冲进去看，沈建基自然拦着不让。她便偷偷溜到帐篷后面掀开一角偷看。过了一会儿，她跑出来，涨红了脸，瞪大着眼睛，说不出话。据说，他们一生只洗三次澡，出生、婚嫁、入殓，在她的生命经验里，她从未见过人洗澡。

　　两匹马依偎在河边饮水，古尔丹呆呆看了一会儿，突然非要教小弟骑驴。驴一见小弟挨近，便撅屁股扬蹄子又踢又咬。古尔丹呵斥着勒住驴头，总算让他爬上了驴背。驴生气了，故意向着艾蒿似的草丛里钻，草有毒，人的皮肤一触碰便会又痛又痒还起红疙瘩。小弟哇哇乱叫，大家哈哈大笑，古尔丹涨红着脸，直跺脚，大家笑得更响了，一群蜜蜂被吓得轰一声散了。

　　小弟不仅有果酱般的"艳遇"，还有烈酒般的"奇遇"。有回沈建基让他下山去供销社联系装蜜的铁桶，太阳下山了，他没回来，吃晚饭了，他没回来，月亮出来了，他还没回来。迷路了？摔下悬崖了？沈建基彻夜无眠，终于熬到天蒙蒙亮，喊起徒弟们，正准备下山寻人，只见玫瑰色的晨曦衬出山坡上一个摇摇晃晃的人影，那个熟悉的身影似乎累得要命，每抬一脚身子都在摇晃。沈建基的眼眶湿了，冲上去摇着小弟的肩膀问他怎么回事。小弟说，回来的半道上，天暗下来了，忘了谷口的分岔路，走着走着就迷路了，七拐八拐拐进了一条山沟，只见不远处燃着一堆熊熊的篝火，有人围着篝火在唱歌跳舞，空气里弥漫着烤羊肉浓郁的香味，他循着火光走过去，被一群哈萨克青年男女一把拽进了人群里，拉着他又唱又跳，又吃又喝。他从来不会歌舞，也不会喝酒，却像中了魔一样，在一群陌生人面前完全放开了自己，酒醉了，歌醉了，舞也醉了，他觉得自己是和从月亮上下来的仙人们一起狂欢，直至瘫倒在一个毡房里。不知过了多久，他睁眼看见狂欢的人们东倒西歪还在沉睡，急忙悄悄爬起来，就着微亮的晨曦，循着模糊的记忆，找到了谷口，终于看到了古尔丹家淡蓝色的炊烟，两顶熟悉的破帐篷。

沈建基坐在金月亮下，心有余悸地回想着这些天来的种种状况，不由笑了。哗哗的溪流声里，响起了一阵嗒嗒嗒嗒的马蹄声，不远处的云杉深处，闪出了一骑枣红马，马背上一个像是喝醉了歪斜着身子的哈萨克汉子，在月光下一晃一晃晃到他面前。哈萨克汉子翻下马，对着他一阵呜里哇啦，见他摇头，便用鞭鞘指着孤悬在雪峰之上的月亮，又是一阵呜哇呜哇，然后，晃着身子翻上枣红马。嗒嗒嗒嗒的马蹄声渐渐远去，隐入了更幽深的山林，遁入了月光的更深处。

沈建基想，他一定是在说：他是从月亮里来的，顺着涧水，月亮就是他的家。

他转头看向金月亮，看到了月光下天山延绵不绝的雪线，仿佛又看见了母亲的白发。

三

叶羽琼记忆里最美的月光，她自己并没有看到，而是她想象的。月光不属于她，属于两个为她穿越沙漠打鱼的男人。多年来，那一夜的月光出现在她反复的想象里，如她酿了多年却始终舍不得开启的一坛美酒。

嫁给沈建基是一个意外。按福建老家人的话，是被他"骗婚"的。第一次见他，她不知道他比她大十二岁，不知道他是被迫浪迹天涯的"狗崽子"。更不知道他相濡以沫的前妻和幼儿过世两年多了，留下稍大点的一双小儿女，也远寄浙江与老母相依为命。这个人前目光坦诚、说话幽默的壮年男子，人后常独对冷锅剩灶。一想起往年养蜂归来前妻迎向他的惊喜的眼眸，她每天清晨坐在土楼窗前梳妆的样子，他便会潸然泪下。

真相大白后，家里人强烈反对。羽琼的四叔公对羽琼全家打包票说，看他头相走相、言行举止，又爱看书，应是终身可托。

那一晚，福建老家临溪的土楼下，羽琼隔窗看见月光下一个孤单的身影，一直站在对岸的白石古桥上，久久没有离去。多年后她才知，那一晚，他对着溪水暗暗发誓:若有幸得娶羽琼，穷死也不能再像前妻那样让她受苦了。

在婚后很长一段时间里，家里还留着前妻和夭儿用过的物品。许是睹物思人，夜深人静时，她从他肩膀微微的颤动里感觉到他背对着她在抽泣。她将手递过去，手指触到了冰凉的泪水。她什么都不说，轻轻搂过他的头，抚摩着他黑暗中的脸，静静等帐篷外的风声渐渐平息，听他的呼吸渐渐恢复平静。

渐渐地，家里的旧东西一样一样都不见了。是她故意丢的。他从来不问，越来越多的笑容回到了他脸上。

追花逐蜜的日子，她也渐渐习惯，不得不习惯。有时整个帐篷被风沙掀掉，有时挑水要下到深沟里两口子一起才抬得动，只能洗脸不能洗澡。刮大风打不上蜜，下雨下雪打不上蜜，蜜少了发愁，蜜多了开心，却能把人累晕在地上，一整天没空吃饭只能拿蜂蜜兑水加盐当饭吃。十天半个月下山采购一次蔬菜，只能采些野菜填补，等等，她都习以为常。和心爱的人在一起，把难受当享受，便不觉得苦了。

他就着帐篷里的马灯读书时，她和松松头并着头，躺在小小的木板床上，床下野花盛开，野草嗞嗞生长。他的书基本是借来的，翻得很烂，苏联小说、诗集、赤脚医生指南、养蜂技术，等等，还有一张旧地图，他在上面研究各地花开的时间，谋划一个个春天一年年的征途，联系供销社、发电报、写信。他是整个养蜂队伍的主心骨，在她眼里，就是千军万马的统帅。

松松没有玩具，羽琼用旧衣服做了一个布娃娃给她玩，又用木头做了一个小推车给她玩。忙的时候，只能留松松一个人在帐篷里玩，她玩剪刀，玩飞针走线，让大人们瞠目结舌。松松喝马奶羊奶长大，头发和睫毛都是卷曲的，眼睛又黑又大又水灵，大家都叫她"哈萨克"。松松便大喊，我不是哈萨克我不是哈萨克！

初秋雨雪多了起来，一时晴空万里，一时乌云漫天，一时大雪纷飞，瞬间又艳阳高照。羽琼怀孕了，强烈的妊娠反应跟天气一样难以捉摸，吃什么吐什么，就想吃鱼，吃家乡的鱼。

"等着，我去给你找鱼。"

不知从哪儿，他借了一辆破自行车出发了。

沈建基骑着破自行车，穿过一片金黄色的麦田，再穿过一整个沙漠，再穿过和麦田一样金黄色的胡杨林，去找他的养蜂朋友老赵帮忙。从早晨天刚亮出门，到夕阳西下了，才赶到老赵的家。老赵立刻拉上他就往沙漠深处的海子跑。海子已经结冰了，他们用力凿开冰层，将网下到了水里。

黎明时分，月亮渐渐西沉，照见茫茫沙漠中镜子般雪亮的海子。两个男人将渔网一把一把捞起来，捞起了无数细碎的月光。

有！鱼！

他们捞起了一网鱼，像捞起了一网银色的月光。

多年以后，羽琼仍然记得那无比漫长的一夜。明知路远，他不可能当天回来，心里依然忐忑。羽琼记忆里的老赵好像是蒙古人，也带了一批人养蜂。第一次见面，好像是在内蒙古，又好像是在博乐，他路过沈建基的帐篷，说，你这个蜜蜂不对。

羽琼和丈夫对视一眼，心里一惊。外行人看不出来，这个陌生的同龄人看出来了。蜜蜂一蓬一蓬在帐篷上飞，看起来生气勃勃，其实是饿了，安静不下来。天气不好，蜜打得少，手头紧，没钱买糖喂它们，只能以最低标准维持它们的生命。

他对沈建基说，糖，我给你。

沈建基又惊又喜，说，那怎么好意思呢？这样吧，我把余下的蜂蜡都给你吧，一点心意……

老赵没等他说完，怒了，大声道，我怎么能拿你的东西呢？帮你就是帮你，不需要感谢。要是这里实在打不上蜜，跟我去那边的向日葵地吧。

素昧平生，除了天生的厚道，还有养蜂人之间的惺惺相惜吧。羽琼生松松的时候，老赵派徒弟送来土鸡炖土豆，很久没有吃过荤腥的羽琼总算吃了一顿饱饭。老赵他们一年杀一次猪，他让徒弟隔一阵就送一块腌肉来，大米不够，就送馒头，有一次还送过来半只摔下悬崖的羊羔。羽琼炖了羊肉汤，蘸着馒头整整吃了一个星期，松松一定要自己吃，不用喂，吃得满身都是羊肉汤。

天亮了，沈建基还未回来。羽琼腆着肚子爬上山岗，向远处望过去，无边无际的金黄色的麦田正在等待收割，整个天地间空无一人。吃中饭时，她想象着他骑着破自行车，自行车后载着鱼，一个人穿过沙漠，穿过和麦田一样金黄色的胡杨林。吃晚饭时，她想象他已来到帐篷外，正一手撩起门帘，一手拖着一袋鱼。不，没有鱼也没关系，只要他平安！

终于，那个灰头土脸的人，和比之前更加破烂的自行车出现在她眼前，还有一大袋散发着腥味的死鱼。

鱼不大，却异常鲜美。多年后，她的舌尖依然会泛起鱼的鲜甜，泪眼模糊中会浮现那个遥远的冰冻的海子上两张被寒风吹得通红的脸，滴下的清鼻涕，红肿的双手，呼哧呼哧喘出的白气，在晨光的映照下，宛如……宛如他的誓言，他写的那些诗，她看不懂，却觉得特别美。

四

几年后，叶羽琼打开院门，看到夜色中几张熟悉的年轻的面孔，吃惊地叫出了声。老赵的几个徒弟趁着夜色，像他们当年戴着面纱神秘地出现在天山脚下一样，悄悄站到了东海边慈溪城沈建基的院子里。他们把其中最小的徒弟留了下来，又趁着夜色匆匆离去。

小徒弟左手包着纱布，纱布上透出血迹，伤并不严重，但他惊恐的眼神始终躲闪不定，吃下一碗羽琼亲手做的海鲜面后，脸上才渐渐泛起红润，但始终目光低垂。

他们在当地跟人打架了，双方都受了伤，但对方仗着老子，对他们穷追猛打，扬言一定要让他们坐牢。老赵让他们跑到宁波来找沈建基，并未交代任何话。

沈建基说，小孩子打架正常，万一坐牢了就难有什么好前途了。不要怕，就在我家待着吧。

他心想，我就不信他们能找来，找来也不怕！

老赵没来电话，仿佛远隔几千公里，听得到他心里的话。

小徒弟这一待就是整整一年。

来自天南海北的养蜂人之间虽互不熟悉，但如同蜜蜂之间有着某种天然默契，会互相帮衬，为生存，也为尊严。

有一次，沈建基在江苏追着紫云英走，疲累极了，在火车上饿了很久没吃东西，好不容易火车临时停靠，一家人赶紧跑到饭馆填肚子。太饿了，他便多买了几罐饭，最后剩了三罐没动过，当时粮票金贵，就想退。店小二抬眼看看这一帮破衣烂衫、脸上乌漆麻黑的人，摇了摇头，蹦出两个字：不退。

突然，旁边一桌有人一拍筷子，嚷道：为什么不让退？是不是看不起我们养蜂人？

是一群陌生的养蜂人，也在店里吃饭。

多年后，心脏放了四个支架的老赵，坐在东海边慈溪城沈建基的院子里，与老友久别重逢把酒言欢。醉意朦胧里，他听见了东海潮汐涌动的声音，听见沈建基在说，在外面养蜂二十年，流离失所，百转千回，却没有一个兄弟坑我，只有帮我的。

羽琼笑了，说，是啊，还有老张、老林、老邬，对对，还有那个王琦。

五

二〇一九年六月，新疆奇台县一〇九团农场退休职工王琦将一个苹果大的钢球轻轻放在江布拉克草原的"怪坡"上。钢球慢慢向着高处滚动，而不是向着下坡滚落。他嘿嘿嘿笑起来，露出一口雪白的假牙，难以置信地摇摇头，对我说，当年我和沈建基养蜂的半截沟，怎么还有个怪坡呢？

远处的天山雪线，近处起起伏伏的麦田间两棵孤零零的大树，香喷喷的阳光，都和四十年前一模一样。不一样的，是多了几个游客。他记得怪坡正对面，就是特别恐怖的刀条岭，他们只去那儿放过一季蜂，三天两头遭遇电闪雷鸣，打死牛羊，打翻帐篷，再也不敢去了。

那一年，沈建基四十五岁，他四十四岁。一个难兄，一个难弟。

一场接着一场大雪，像蚕一样啃噬着牧场，一寸寸向前推进，雪线一公里一公里向着帐篷和蜂箱逼近，不久后，大雪就会吞没整座天山，该是撤离的时候了。

这是沈建基第二次来天山，和王琦一家的帐篷在怪坡上紧挨着住了一个月，打理蜜蜂、打水、聊天、吃肉、喝酒，都在一起。可是，连日雨雪，几乎没有打到蜜，沈建基连回老家的路费都没有了。傍晚时分，沈建基催促蜜蜂回巢，回不了巢的蜜蜂会躲在树叶下过夜，第二天还找不到家，就会冻死。沈建基想，如果回不了家，我们躲在哪里过冬？会不会冻死？

夜风凛冽，一钩残月护佑着山道上缓缓而行的几辆笨重马车。一边是深不见底的悬崖，一边是黝黑巨大的山影，回头看时，曾鲜花遍野的草场一片空寂，只有呼朗白的毡房里隐约透着一豆微弱的灯火，在幽暗中越来越远。

一〇九团农场粮站仓库的墙外，多了两顶帐篷，勉强作为沈建基他们的家。

十二月的夜，气温已低至零下三十几度，冻入骨髓。盖了两层被子，压上所有的衣服，还是冷。羽琼捡来砖头，在外面地灶上烧烫了，用破布包起来塞到被窝里取暖。早晨起来，最下面的垫被总是冻得硬邦邦的。

老鼠也怕冷，成群结队钻进帐篷，钻到两层被子中间取暖，把羽琼吓得够呛。松松正是断奶的时候，她闹，老鼠闹，外面风雪连天。王琦和老婆送旧棉被来，实在看不过去，执意把羽琼和松松接到家里，和他们一家四口一起挤挤，沈建基和小弟徒弟仍然住在帐篷里看管蜂箱。

好在，南方的春天快到了。沈建基四处筹钱打算南下，饲喂蜜蜂和长途运输都要一大笔资金，但人生地不熟，谈何容易。王琦也没打上蜜，他咬咬牙，将所有的积蓄三百五十块钱交到了沈建基手里，送他回家。这一别，就是三十年。三十年后，王琦跟着汽配店老板兼诗人沈建基走在杭州湾大桥上，第一次看到了梦想中的大海。

二〇一九年暮春，天山脚下，微风拂过麦浪，麦浪递送着一波一波金色的阳光，空气里飘着干草和干牛羊粪的淡淡气息。古稀之年依然健硕健谈的王琦穿着迷彩服，像个将军一样走在村头，他走到哪里，身前身后都欢呼雀跃着八只小狗。他一年养十二箱蜜蜂，六头用来繁殖的母牛，还有四十只羊。

不管做骑马要饭的"讨口子"，还是坐汽车的"高级讨饭者"，我都吃得香饭睡得好觉。他说。

等空儿了，我要带老伴去泰国看看大象。他说。

六

最后的时刻来临了。多年以后，沈建基确定，乌鲁木齐火车西站的那个寒夜，是他与养蜂生涯最后的告别。那一夜，刻在记忆里的，是一刀一刀的冷与痛，是春蚕吐完最后一根丝后的精疲力竭。

国家不统一收购蜂蜜了，辛苦打下的蜂蜜一下子降到五毛钱一斤，意味着要倒贴钱买铁桶装蜜运输，羽琼怀着身孕，唯一的出路是往四川走，或者视情继续养蜂，或者连蜂蜜蜂箱一起全部卖掉，回浙江老家。

　　　夜色欠了欠身子

　　　一半星子散落草地

　　　一半星子散落水中

　　　比五月辽远的是南风

　　　比风辽远的是岁月

　　　疲惫的鹰在天空盘旋

　　　风来了

　　　飞，还是不飞

　　是和谋生手段告别吗？不仅仅是，养蜂对于他，是十六岁时的绝处逢生。

　　是与朝夕相伴的蜜蜂告别吗？不仅仅是，还是和百花，和大地山川，和内心深处的星辰大海告别。是和那个泥淖里摸爬滚打、心从不甘堕入泥淖的真正的自己告别。

　　大雪覆盖了一切，四野冰凌闪烁，漫天星光亦如冰凌，发出冷硬的似乎能刺痛人的光。乌鲁木齐火车西站小候车室里的煤炉子上，水壶昼夜噗噗冒着热气，铁轨上，火车皮黝黑巨大的影子，像一头巨兽一步步向他们逼近。灰头土脸、表情复杂的养蜂人哆嗦着迎了上去，脸上有启程的喜悦，离别的伤感，对前途的隐忧。

寒风如同利刃在空气中摩擦，发出巨大的呜呜声，刀锉般刮着这些脸，割着装载蜂箱行李的手，侵入他们的身体，肆意扫荡一番，掠走所有的热气，将寒气驻扎进他们的骨髓。四肢麻木的人们挪动着笨拙的身体，机械地搬运着，平日两个小时能装完的车，恐怕天亮也装不完了。

沈建基站在车皮高处，已然受寒的肚子一阵绞痛，像有一个黑洞吸走了所有的力气。他从兜里倒出一把痢特灵，像吃炒黄豆般往嘴里一吞，大声喊道：

你们分成三拨，你你你去把蜂箱搬到车皮边，你你你负责往车上扛，你你你上来叠装，十分钟轮换一次！来！大家喊起来，一二三！

一、二、三——一、二、三——

铁轨在星空下静静泛着幽光，号子被寒风撕碎，沿着铁轨散向四面八方。

沈建基想，也许，这是我此生最后一次装车了。

霞光将远处的雪山和天空慢慢涂成玫瑰色，吻向火车皮上男人们的黑眼圈，眼睫毛上的冰凌，胡子上的霜花。腆着大肚子的羽琼和松松从车尾的帐篷里探出灰扑扑的脑袋，像两只刚出洞的鼹鼠。她们看见满载着蜂箱的高高的火车皮像一只披着白色冰凌的大棕熊，看见几只白色鸟儿掠过玫瑰色的天空飞往南方，飞往他们万里之遥的家乡。

二〇一九年杨梅成熟时节，东海边慈溪城的院子里，诗人沈建基给我翻看着仅有的几张当年在新疆的老照片：他和羽琼的结婚照，羽琼第一次骑马，羽琼的养蜂证。我转交了王琦带给他们的红玉镯，给他们看王琦气场强大地走在雪山脚下八只小狗前呼后拥的照片。羽琼叹气说，唉，他也这么老了。

那一年，一只苍鹰看见火车载着沈建基一行离开了乌鲁木齐。火车穿过一个个寒夜，最后抵达重庆火车站。他将所有行头"一脚踹"给了一个曾在医药公司工作的老人，从朝天门码头登船，沿长江一路返回故乡。二十世纪八十年代初的东海岸边春潮涌动，慈溪城里那个爬满青藤的小院，白发母亲正倚门而望，身边是他一双多年未见的小儿女。

次年油菜花开时节，羽琼生下了一个未足月的男婴，取名"昀"，日光的意思。

下篇：从碧流河到伊犁河谷

一

歌声如一只苍鹰，贴着草坡盘旋，贴着水波洄渡，贴着红柳树梢蜿蜒而上，贴上雪山尖和云的耳垂，又从天际俯冲而下。上午九点，新疆奇台县碧流河乡南沟村，被一声声苍凉的歌声唤醒了。

它听见歌声，从棕黑色的小孔里，探出它两根细弱的触须，微微晃动着，随着小孔越来越大，探出了它两只黑亮的眼睛和下颚，下颚沿着小孔的边缘转着圈啃咬，小孔渐渐变大，挤出了它半个湿漉漉的身子，依次又探出了三对脚。最后，它轻轻一挣，整个圆滚滚的身子从棕褐色的"湖泊"里爬了上"岸"，双翅和胎毛仍紧贴在身上。当薄薄的、透明的、有着山脉般经络的翅膀轻轻打开，暮春上午九点的阳光骤然喷薄而出，照见这只刚刚出生的蜜蜂，开始它短暂的、追花逐蜜的生命旅程。

这是二〇一九年暮春，"九零后"青年郭靖听见蜜蜂嗡嗡嗡的轰鸣里，又响起了爷爷的歌声。他笑了，与刚刚出世的蜜蜂对视了一眼，说，去吧。

　　离他十几步远的山坡上，六十八岁的爷爷一手托着一屉蜂脾一手捏着一根香，在"补"蜜蜂——找出蜂王，将一群蜜蜂赶到另一个蜂箱里。位于新疆中部的碧流河乡土地丰饶，宜牧宜农，爷爷奶奶既养牛羊，也种庄稼。十年前，郭靖在城里读初中，放假回乡下帮爷爷干活，在去农田的路上，看到一棵大树上停了一大团蜜蜂，不知哪里的养蜂人家的蜂王跑了。年轻时养过蜂的爷爷脱下棉毛衫，挖了两个洞套在头上露出眼睛，爬到树上，找到了蜂王，徒手把蜜蜂们弄了下来，开着拖拉机突突突就回家了，把蜜蜂们放进了搁置多年的旧蜂箱里。

　　蜜蜂们显然刚采过蜜，肚子鼓鼓的，脚上抱着一团团花粉，眼睛骨碌骨碌转。蜂王则像一条大蚕蛹，傻傻笨笨的样子。

　　每天，郭靖傻傻地盯着蜜蜂看，看到它们采蜜回来圆滚滚的样子，就特别高兴。半箱蜜蜂第一次才打了一斤蜜，他第一次感到蜂蜜居然这么香甜，还有一点点涩涩的味道。爷爷见他入迷，便决定养蜂，越养越多，直到现在的三百箱约十五万只蜜蜂。

　　郭靖的世界里，始终萦绕着两个声音，十五万只蜜蜂热气腾腾的嗡嗡声，爷爷苍凉的歌声。爷爷话很少，碰到陌生人几乎不说话，爷爷爱一个人唱歌，一天到晚唱，高兴时唱，不高兴时也唱，养蜂的时候边干活边唱，声音特别大，特别的投入，贴着草原沿着流水传得很远很远。他唱新疆的牧歌，唱民歌，唱红歌，最喜欢唱《小白杨》，他的声音沙哑，所有的歌流过他的嘴唇、牙齿、舌尖、舌根、声带，像经过了一层层冰水和沙石的淘洗，变得沉郁而粗粝，却像他的额头，歌声一起，便会闪耀一种圣洁的光。

蜜蜂胆小，容易受惊吓，爷爷的蜜蜂们却听得懂他的歌声，喜欢他的歌声。郭靖回城读书的日子里，碧流河畔广袤的草原上，会萦绕着一个老人苍凉的歌声，偶尔响起一两声马的嘶鸣。蜜蜂们以嗡嗡声回应老人的歌声，仿佛一群孩子，仿佛他最钟爱的孙子在与他对话，听他讲述湮没在雪峰和云杉林深处的秘密。

爷爷的歌声，蜜蜂的嗡嗡声，贴着低低的河水，贴着低低的草地，却会将郭靖带至一个高远的世界，那个世界密度很小，他的魂魄可以轻易穿行，飞得很远，很高，轻轻一够，就能触摸到蓝天，触摸到一只鹰，一整条银河，或者宇宙的某一个秘密。

二

离碧流河八百公里的伊犁河谷薰衣草园，周小通躺在薰衣草径之间，看到一只蜂娃子停到了他左眼角边的薰衣草花瓣上，它的翅膀以他的肉眼不可捕捉的速度振动着，渐渐停了下来，透明的翅脉和蜂翼之间，隐约可见远处的雪山和他身后漫无边际的薰衣草花海。假如没有雪山遮挡，薰衣草会一直开到天上，淡淡的紫色，冷色调的神秘芳香，将整个伊犁河谷裹进一个梦。

他五十一岁的人生，如他脚上的鞋，穿过无数花径草径，行过无数沙路石子路泥泞路悬崖路坎坷路，最后的落脚点，总是那两个红色的帐篷，他自己亲手焊的帐篷，他离开故乡温州永嘉、在新疆漂泊了三十年的家。此刻，二〇一九年暮春，他们栖息在伊犁察布查尔县的锡伯古城脚下，薰衣草园的几棵杨树下，杨树下还停着他的别克车。几百个黑棕色的蜂箱，散落在薰衣草之间，像一个个小碉堡。

穿着迷彩服、皮肤黝黑、高瘦的大徒弟，从蜂箱里取出一屉爬满蜜蜂的蜂脾。小徒弟是个头发卷曲、个头很大的维吾尔族小伙子，光着膀子，仰头窝在一张塑料椅里，脚下来来回回奔走着五只老母鸡，他身后的帐篷顶上，停着三只肥胖的鸽子，咕咕咕咕叫着。

帐篷装了半透明的纱门帘，所有的家具都是旧蜂箱改装的，装着衣服和生活用品，包括柴米油盐酱醋茶。没有灯，没有电视。

地是泥地，野草从床底冒上来。前几日下雨了，雨水从外面灌进来，鞋子们之间便盛开着一朵朵黄色和粉色的花。帐篷后的菜地里，用一块破布围起来就是厕所。

他们是薰衣草园里唯一的养蜂人。周小通五十一岁，妻子周荷英五十岁。

一岁半，他没了母亲，十六岁，没了父亲；十八岁，跟着叔叔和哥哥千里迢迢来到新疆养蜂。第一站，是赛里木湖不远的博乐。第一次，他得知养蜂也会有生命危险。

那是一个六月的清晨，博尔塔拉州的哈拉托洛克林场突然响起一个女人的惊叫。在帐篷与蜂箱之间的长草丛里，奔出一个惊慌失措、跌跌撞撞的女人，是他的表舅妈。她两手捧着自己的右腿，一边跳着一边不时回头看，嘴里叫："蛇！蛇！"

几家人呼啦啦奔向她，拦住一辆刚好经过的运木板的林场货车，将她抬了上去。车走了一个多小时才到医院，幸好送得及时，幸好蛇隔着裤子咬蛇毒侵入不深，得以逃过一劫。后来，他们养了一大群鸭和鹅，据说蛇最怕鹅。

两年后，个子长高了些、身材长壮了些的周小通向叔叔借了十五箱蜜蜂，开始了一个人的养蜂生涯。

下雨了，雨丝像万根针尖，对着他一个人倾泻而下，每一根针尖都将自己的孤独扎进他更深的孤独。漫山遍野的鲜花，成群结队的牛羊，都有伴，只有他是一个人。牛羊草木跟他说话，他听不懂，牧民跟他说话，他也听不懂。打出一桶蜜时，他蘸了一滴蜜放进嘴里，嘴里和心里同时翻涌起甜蜜和苦涩。他将沾满蜂蜜的双手高高举起，蜂蜜在阳光下闪烁着异常温柔的光芒。他对自己说，以后，这就是你自己的生活了，你一个人自己的生活了。

另一双手来到了他生命里。在温州老乡的帐篷里，他遇见了跟着舅舅和哥哥到新疆养蜂的荷英，一见钟情。荷英父母嫌他太穷，倒是她的两个舅舅看中他的人品，帮他们做了主。十几个人跑到离养蜂场不远的镇上办了婚礼，整个婚礼中，他一直紧紧抓着她的手，近三十年来，他们的一张张合影里，两双手越来越粗大，两双手始终紧紧相握。

周小通躺在薰衣草丛里闻花香，不仅是闻花香，主要是"看"草。一个人去很远的地方躺在草丛里看草，是他的"秘技"。他看草和别人看草不一样，花好不好，蜜多不多，得先看草长得怎么样。草一冒头，他就看得出来哪一种草少，哪一种草多，就能知道今年的草原哪种花多，开得好不好，蜜多不多。看透了，他就一骨碌爬起身，拍拍手，走向远处的毡房，他要去和牧民商量，让他们允许他将蜜蜂带过来。

草无边无际，他的双脚穿过草，形成一条孤独的小径，又迅速闭合，唰唰唰的声音只有自己听得到，心里的忐忑也只有自己知道。他迎着炊烟，走向牧草上的毡房，迎向陌生的牧民，默默祈祷一切顺利。

三

一个人守在人迹罕至的花海上，如同一只蚂蚁行走在数学领域中的莫比乌斯带上，宇宙般无穷无尽。这是属于郭靖的孤独。他常常想，爷爷是不是太孤独了，才那么爱唱歌。

十八岁那年，爷爷奶奶在山脚打蜜，留下郭靖一个人住在山上的毡房里管蜂箱。两匹马依偎着躺在草地上，雪亮的棕色的背脊交叉成两座山峰的样子，长睫毛下是温柔对视的眼神。每一个时辰，大地和天空都变幻着各种不同的色彩。远处的雪山蜿蜒着，眼前的宽沟蜿蜒着，野花从草坡一直延伸到水里，水轻轻流过，形成一条一条蜿蜒的花径。对于这些美，他已经木然，但很高兴，所有的花在他眼里，都是蜜。

没有电，没有手机信号，没有人，什么都没有，天一亮就起身放蜂或摇蜜，天一黑就回毡房睡觉，有时骑摩托车去山下吃爷爷做的拉条子。毡房挨着宽沟的河流，河流汩汩作响，穿过无边的寂静，天地仿佛只剩下他一个人。睡不着的时候，他走出毡房，伸手摸摸天上的星星，星星密密麻麻，像快要落下的雨。

每天，他侧耳聆听着一个声音，他一直盼望着的一个声音——先是云杉深处有飞鸟惊起，紧接着传来几声牛或者羊的叫声，然后，一个低沉的、持续的嗡嗡嗡的吼声由远而近。

郭靖的心被那个声音拎起来，嘴角也被那个声音拎起来。他扔掉手里的草茎一骨碌从地上坐起来，眼睛里绽放出惊喜。他的目光紧紧盯着声音的来处，身体却佯装满不在乎的样子，懒懒地慢慢站起身。

来的是一辆摩托车，载着一个或两个当地人，有时运气好，会有几个到附近旅游的外来客。那些陌生人叽叽喳喳评点着蜂蜜的好差，有的会买，有的不会，但无论买不买他都特别高兴，只要听见摩托车的声响，只要看到人，只要有人坐下来聊几句，他都高兴。

也会有一些意想不到的声音。

春夜，郭靖被一阵轰隆隆的声音惊醒，睁眼见整个毡房都在摇晃。他第一反应是地震了，爬起来就往外冲，回头一看，不由大笑起来。两头不知从哪里来的牛，在毡房外蹭痒痒，差点把毡房都蹭倒了。

夏夜天气闷热，他将毡房门帘掀起一半睡。半夜梦见自己在游泳，醒来一摸脸上冰凉冰凉的都是水，跳起来一看，不知何时，刮起了大风，下起了冰雹，把毡房顶砸出了一个大洞。他手忙脚乱地赶紧把毡房重新扎好，快累瘫了，也不管身上全都湿透了，倒头就睡，是他上山以来睡得最香的一次。

没有人比他更爱蜜蜂，但他差点死在蜜蜂手里。

起初并没有在意，被蜜蜂蜇是每天都有的事，但蜜蜂蜇进了他脖子上的一根血管，引起中毒，背部起了好多黄豆大的疙瘩，气喘不上来，晕厥了过去。爷爷和父亲吓坏了，骑上摩托车，带着他火速赶到乡里的医院。

医生大骂爷爷，说，现在才送来，治不了了！还不赶紧送到县城去！

就在爷爷重新将他抱上摩托车时，他突然大出了一口气，醒了过来，气一下子顺了，更神奇的是，身上的疙瘩一下子消失了。他睁着懵懂的眼睛，看见了熙熙攘攘的人群，不知自己身在何处，不知为何从不流一滴眼泪的爷爷，满脸沟壑般的皱纹里填满了泪水。

四

八百公里之外的周小通，也遭遇过惊恐时刻。在江苏养蜂的时候，小儿子带在身边，突然鼻子出血不止，他用自行车驮着他狂奔了十几公里，不是平路，是山路，再是沙子路，再是石头路，终于到了公社医院，鼻血终于止住时，他瘫倒在急诊室门外。如果自行车掉链子，儿子会不会失血过度，他不敢想。

妻子生三个孩子，都是肚子很大了还在干活，等快要生了，就跑到就近的公社里去生。一路颠簸，不是不怕，是没有办法。

每当他回想走过的那些路，都心有余悸，满怀愧疚。

当年，他们从霍城到博乐，到阿勒泰，到昭苏。最惊险的是从西海草原经过果子沟，以前还没有果子沟大桥，是沙子路，特别难走，从博乐回一次伊犁的家，要骑五个小时的摩托车。他在前开，荷英坐后边，中间夹着七岁的儿子。途经的赛里木湖美如仙境，山路却惊险万分，眼睛在天堂，身体在地狱，他不敢分神。偶尔，不赶路时，他会停下来，会想世界上怎么会有这么美的湖泊，那么安静，那么清澈，天鹅和水鸟静静浮在水中的云朵之间，云朵之间伫立着荷英静静的倒影。她见到湖，像又见到家乡的大海。他真想给她拍张照啊，但没钱买相机。

　　三个帐篷里长大的孩子，有着吉卜赛人般的童年，要读书了，只能一个个托付给新疆人家寄养，到了寒暑假才能和他们在一起。去江苏采蜜时，只好将三岁的女儿托给当地人带。后来，无论何时说起，女儿的泪水都会在眼眶里打转，说，我好可怜啊。

　　周小通小学毕业，荷英一个字都不认识，却把三个孩子培养成了大学生，两个已经大学毕业在宁波和深圳工作，还有一个在考研究生。他们所有的衣食住行，所有的学费，所有的一切，都是蜂娃子给他们的。

　　蜜蜂是他挚爱的"蜂娃子"，也是他的"小闺蜜"，全家的衣食父母。蜂王一般有三年的寿命，蜜蜂一般是四十天的寿命，他说它们是采蜜累死的。虽然这是它们的宿命，但他尽可能善待。蜜源不一样，蜜蜂的性格也不一样，采山花的蜜蜂，脾气会暴躁一点，而陆地上的薰衣草蜜蜂，脾气就会温和一点，不太会蜇人。摇蜜的时候，将蜂脾从蜂箱里抽出来，放到摇蜜桶里，左右摇十下，不能太快，否则蜂娃子会被甩出去，一般七天摇一次，多了它们会饿，会疯狂补蜜，会累死。

　　他不喜欢回老家，经济发达地区的人们问的和说的，大多和赚钱有关，他不喜欢，荷英也不喜欢，置身故乡的热闹，他会陷入另一种难以言说的孤独。和蜜蜂在一起，和大地河流在一起，和"甜蜜的事业"在一起，他从不孤单。

五

爷爷剪蜂王的翅膀时，停住了歌声，他将蜂王轻轻放回蜂巢，免得蜜蜂太多了，它会闹分家，自己跑掉。再过十多天，就要带着它们上天山采山花蜜了，山花多是党参之类的药材，产的蜜特别好。

郭靖知道，养蜂是爷爷的最爱，比起唱歌呢？不能比，两样都是最爱，不能分开。爷爷有一张棱角分明的脸，一头花白的、硬戳戳的短发，一身年轻人般硬朗的肌肉。爷爷说，年纪大了，养蜂就是养身治病，不舒服了，接触接触蜜蜂就好了，天天闻着蜂箱里的气味，一年都不会感冒了。

十五万只蜜蜂管着他，五千只羊一百头牛管着他，教他天亮就起，天黑就睡，饿了就吃，教他不抽烟，不喝酒，教他唱歌给它们听。

有朋自远方来，他就生一堆篝火，宰一只羊，烤全羊给他们吃；有陌生人来混熟了，他也生一堆篝火，宰一只羊，烤全羊他们吃。他自己不喝酒，不说话，他自己唱歌，歌声顺着火苗传上星空，传到比火光照得更远的远方，也传到永远静默的地下。

平房里，响起了奶奶的笑声。奶奶特别爱笑，笑声里带着浓重的鼻音，她比爷爷小一岁，两人在同一个村里面长大，青梅竹马。此时，睡在里屋的奶奶九十三岁的娘家妈妈刚醒来，看见女儿正轻手轻脚地擦拭着沿窗摆的十多盆鲜花盆，花很精神，整整齐齐列队在刚刚出来的太阳光下。从花瓣间望出去，屋前种的蔬菜绿油油的，发着光。

娘家妈妈对女儿说，外头那么多花，你还在房里养花？

女儿说，看不够看不够，一时半会都得看。

你啥时去城里住啊？

这里美，哪里都不想去。

六

黄昏时分，周小通简陋的帐篷里响起笃笃笃的切菜声，饭菜香和薰衣草香一样浓郁，却泾渭分明，各香各的。

荷英将帐篷外的土灶烧得旺旺的，烟囱和锅里都冒着烟。大盘鸡，红烧肉，炒野菜，拉条子，还有一盘油炸花生米给三个男人下酒，维吾尔族徒弟自告奋勇给她打下手。一道夕阳透过纱门帘，照在她的耳垂上，两只仿钻耳钉闪闪发亮，是周小通送的生日礼物。一只早归的蜜蜂趴在纱门帘上角，也像在等饭吃。

在他们家，吃饭是头等大事。别的养蜂人家吃饭没饭点，他们家永远按时吃饭，不管多忙，先吃好饭，即使困难时吃饭要借钱也如此。她养鸡养鸽子，采龙葵、野芹菜、蒲公英等，把饭菜做得像模像样。她最喜欢吃的是温州米线，没有条件吃，就不想了。以前想老家，后来也不想了。

狐狸特别多，会来偷鸡。一天半夜三点，他听到帐篷外有动静，跳起来就冲出去，看到一只老狐狸正叼着鸡跑，他鞋子都来不及穿，追了出去，气势汹汹的样子把狐狸吓得赶紧把鸡吐出来逃命。

除了会"看"草，还要会"看"蜂。他们有六百箱蜂，是县里最大的一个蜂群。蜂娃子有六七种病，得知道如何分辨、如何防治，这一切，他做起来得心应手。蜂蜜加工厂收购蜂蜜，只要是他的产品，随时都要，不用他催，每次都及时打款从来不欠，唯一的原因，是放心他的蜂蜜。

问，你老公有什么优点？

答，最大的优点是勤劳。

问，你老婆有什么优点？

答，全是优点，哈哈哈。

帐篷里有一张唯一的照片，两双粗糙的手叠在一起，两个头并在一起，在一个并不好看的瀑布下。她的身体和头都侧向丈夫，挨得太近了，丈夫的影子挡住了她的脸，昏暗的光线里，她的笑发着光。

他们商量好了，干到退休年龄就不干了，像公家单位里那些人一样，男的六十岁，女的五十五岁。

总有人羡慕他们的生活，包括我。周小通和郭靖，都是我在新疆寻访沈建基养蜂往事时遇到的养蜂人。相隔四十年光阴，养蜂人的生活方式有了巨大变化，有车了，有房了，有网了。但也没有多大变化，依然风餐露宿，依然担惊受怕，依然隐居在人们视线不及的地方。或许正因如此，才构成某种意义。

寓言里说，蜂蜜太香太甜，一群苍蝇尝到了，久久不肯离去，结果脚被蜂蜜粘住了，活不了了。

周小通端起一杯啤酒，说，不贪心，就会开心。

七

蜜蜂爱干净，一整个冬天会忍着不拉屎。有一次郭靖跟着爷爷转场到库尔勒养蜂，车一到，蜂箱一打开，所有的蜜蜂都飞出来拉屎，车上但凡白色的地方全都是它们拉的小黑点。郭靖每次想起来都笑。

在政府机关里上班的郭靖自己也纳闷，为什么这么爱蜜蜂，累了烦了，看到蜜蜂圆滚滚的样子就开心。他坚信，蜜蜂是有灵性的，下雨了刮风了都会躲起来，不让人操心。蜜蜂头脑简单，勤劳，顾家，就知道一门心思干活，特别爱干净，有专门的蜜蜂打扫蜂巢，所以蜂巢蜜可以说是世界上最干净的食物。

像它们那样活着，像爷爷奶奶那样活着，多么简单，多么快乐。喂完牛羊，他静静看它们吃，蜜蜂采蜜回来，他静静看它们爬进爬出圆滚滚的样子，看傻呆呆的蜂王除了吃就是生，所有的小蜜蜂都是它生的。他不喜欢打游戏看电影，就喜欢养动物。

他大学学的就是动物科学，上学时，老师只教理论知识，知道他养过蜜蜂，就让他讲十五分钟的课，可他一讲就讲了整整两节课。

他讲，春天不能太早把纱窗打开，与蜂门形成对流，会把蜜蜂冻伤，常有工蜂将蜂蛹拖出来，那就是被冻死的。而且温度低，蜜蜂吃的蜜也多，成本高。

他讲，全球变暖，蚊子肆虐，蜜蜂却在减少。蚊子本来需要几周才能完成的繁殖，现在一两天就能完成，身体里的病原虫也随之繁殖得更快，每年导致非洲无数儿童死亡或残疾。在肯尼亚，一位怀孕的母亲抱着得了"小头症"的孩子，苦笑着说，让他多活一个月也好。而当医生告诉她肚里的胎儿一切正常，她喜极而泣。

他讲，万物共享一个世界，人的活动扰乱了一切。垃圾，水坑，高温，城市地下网络，让经历过冰河期的蚊子疯狂繁殖，而对付它们的每年亿万公斤的杀虫剂，于人致癌，于蜜蜂和蝴蝶致命。

他讲，如今，养蜂的人越来越少了，蜜蜂越来越少了。

他想回到碧流河养蜂，长辈们坚决不让。爷爷说，我们辛辛苦苦一辈子，就是为了供你上学，你小学四年级我们就送你到县城里住校，一家人盼望着你读书出来，不要再做养蜂养牛这么辛苦的事！

家里唯一支持他的，是新婚妻子海燕。

他有时候会想，生命意识，蜜蜂有吗？牛羊有吗？地鼠和狐狸有吗？它们快乐吗？可以肯定的是，处于食物链顶端的人类，快乐更少一点。

他将家里的蜂蜜和牛羊带到网上，也卖给同事和朋友们，朋友的朋友们，别人的蜂蜜卖一两百块一公斤，他都卖八十块一公斤。过年了，他在微信里说：

1. 没有结婚细毛羊娃子五十六元一公斤。

2. 土巴卢牛娃子连骨五十元一公斤。

3. 大母羊四十七元一公斤。

4. 我只做不喂糖不加工不浓缩的山花蜜！我家的蜂蜜放心吃！

天山牧场的百花快要盛开时，爷爷召唤着他所有的蜜蜂们整装待发。郭靖对爷爷说，我答应您，在城里再待三年。三年后，我还想回来，就让我回来，好吗？

爷爷没有点头，也没有摇头，也没有说什么。他转过身，走向草丛深处的蜂箱，唱起了一首郭靖从未听过的歌。千万只蜜蜂群起呼应，直升机般嗡嗡嗡响彻四野，千万朵鲜花群起呼应，绽开一个个小小战鼓，"千军万马"托举着那个苍凉的歌声直上云端。郭靖的眼里渐渐噙满泪水，对着爷爷的背影，在心里说：爷爷，您不会是最后一代养蜂人。

八

小暑，夜里八点，昭苏草原腹地下起了第一场大雪。周小通拖着麻木的双腿，蹚过落满雨雪的草茎，草茎上的雨雪纷纷扑向他，钻进原本就已经湿透的裤管。

他走进帐篷，没脱鞋，没脱衣裤，裹着棉衣倒头就睡。太累了。从薰衣草园转场到昭苏的草原腹地，三百多公里，从早晨七点开始装车，一直装到晚上十一点，两辆大货车连夜出发，整整走了八小时。陌生又熟悉的悬崖绝壁，飞沙走石，幸好只有五六公里，车子蜗牛般爬，到中午终于抵达。他和徒弟将帐篷和蜂箱安放在一家牧民的冬窝子附近，他们已经是五六年的老朋友了。附近有山泉水，有一个信号塔，能上网。

他爱蜜蜂，爱养蜂，也爱这片待了三十多年的土地，当地的民风民情早已习惯，他乡早已变成故乡。这里的牧民们对生活要求不高，吃饱穿暖就够了，也不会攀比。无论走到哪里，去到哪一家，他们都会盛情地邀他们吃饭，捧出最好的奶茶。

但他知道，他们终究是要叶落归根的。那么，几百箱蜂，我将托付给谁？谁是我的接班人？养蜂的人越来越少了，国家虽有补贴，他一次都没有申请过，就凭自己老老实实干，就像很多真正的蜂农，大多没文化，一年到头在外追花夺蜜，不懂得如何去办理补贴。其实，较之补贴，他们更希望政府把横行市场的假蜜抓一抓，把花地开放给养蜂人，就知足了。

大多数人不知道，原蜜其实没有很浓的香味，但很甜，有点涩，有点辣喉咙，就像周小通们的生活。

荷英身体不舒服，到医院配药去了。雨过天晴后，她会独自开车上山，陪他穿越一整个新的花季，花季里的每一场风雨、每一场雪。

尾　声

两瓶蜂蜜，穿越千山万水，同时抵达江南杭州，来到我的面前。颜色深一点的山花蜜来自碧流河乡，颜色浅的薰衣草蜜来自伊犁河谷。快递包裹散发着百花和风尘混合的复杂气息，也分别留着周小通和郭靖的指纹。

我是一只深海的贝，龟缩在硬壳之中，常想探出触手，去刺探另一种具有强烈陌生感的人生，眺望生命的另一种可能性，比如去草原养蜂，去戏班演戏，冬酿时节赤足蹚过酒作坊地面的积水，像祖先一样出海打鱼。然而，"刺"只能掀起帐篷的一角，里面的生活层层叠叠影影绰绰，内核藏在最深一层，被生命的自由、生活的秩序这一永恒的悖论遮蔽。最终回到我眼前的，仍是一个个问号。

去新疆前，我的左脚背被蚊子咬了三个包，三个月过去了，其中一个仍然未愈，肿起了很硬的一个包。婆婆说一定要去医院处理一下，以防它变质。我没想到蚊子这么毒。

不能怪蚊子。数百万年来，蚊子在整个生态系统中恪守职责，它是豆娘等昆虫的食物，而大多数农作物和牧草有了蜜蜂蝴蝶豆娘等昆虫传授花粉，才得以繁衍不息。蜜蜂，养蜂人，以最低的姿态活在芸芸众生视线之外，却架构着非凡的意义。

如果，养蜂后继无人，如果，周小通们、郭靖们成了最后一代养蜂人，蜜蜂或许真的会消失。蜜蜂消失了，地球会如何？

"人们对密布的乌云视而不见。"

人们对密布的乌云不会视而不见。

陆　冬酿

做酒人伊海伯、灵江叔在木蒸桶底部
摊上一块白纱布，
倒入浸好的糯米，盖上竹斗笠。
锅炉蒸汽从木蒸桶下汹涌而上，
将糯米＝炊＝熟，黏度恰到好处。

一

这是山里村的时间，戊戌年冬至凌晨五点。

如同四十六亿年来的每一天，太阳和地球无意突破洛希极限①，依然相安无事，因此，东海上的玉环岛，和往日一样，太阳会如约翻过黑夜的墙，跃上墙头般的海平面。

日出之前，一个精灵悄然潜入了山里村的每一个缝隙。它比光潜得更深，走得更远，光无法渗透的每个皱褶，它逐一渗透。村庄被岁月啃噬的每道伤疤，它逐一抵达。

一个灰扑扑的酿酒坊窝在庙垟塘山坳一棵巨大的香樟树下，无孔不入的精灵——糯米饭蒸腾的热气正源源不断地从酿

_____

① 两个天体保持平稳运行的最小距离。

酒坊里涌出来。

山崖下传来隐约的涛声，酿酒坊里响起两个男人的声音。

老师头伊海伯说，要雪白的糯米，一粒坏米都不要。

总管灵江叔说，对，雪白的糯米，宁可贵点。

糯米从泉水里捞出来的样子，像冬日屋檐上的青苔被春雨唤醒。倒进木蒸桶时的样子，则像江南临近年关的一场小雪，薄薄的，瘦瘦的，亚光的。

那一眼泉，在一道山坡下，亘古不断。山下的楚门镇旱了，南门河底开裂，这眼泉也不会断流。浸米，洗米，炊饭，淋饭，用的都是这眼泉。

半小时后，糯米饭从木蒸桶里倒出来时的样子，变成了江南的另一场雪，停在南门河堤上，雪白，松软，一层叠着一层，像雪花瓣一片挨着一片，每一个镂空处，都住着一朵晶莹的晨曦。

糯米饭的暖香，来自谷穗，谷穗来自土地和阳光，它是光的孩子。初升的太阳向山里村洒下一缕缕晨曦的刹那，它与母体重逢。

炊饭，拉开了山里村冬酿的序幕。

做酒人伊海伯、灵江叔在木蒸桶底部摊上一块白纱布，倒入浸好的糯米，盖上竹斗笠。

锅炉蒸汽从木蒸桶下汹涌而上，将糯米"炊"熟，黏度恰到好处。

七个男人的身影穿梭在蒸腾的热气中。蒸汽升到屋顶，凝结，雨一样滴落到他们头发上，悬停在眉睫上，顺着脸上的沟沟壑壑往下淌。像蒸汽雨一样淌下来的，是七个男人的汗水。

七个海岛汉子，在热气蒸腾里挥汗如雨，最大的七十岁，最小的四十九岁。

二

沿着糯米饭堆蜿蜒的雪线，现在进入婴儿沧桑的时间。我一岁。

盛夏七点钟的阳光照在一张旧木床上，照见尘埃在光线里浮沉，水母般忽明忽暗，也照见一个女婴的落生。如同一颗种子，被飞鸟衔来，又随意丢弃，我落生在东海边的玉环岛。

从老屋的每一个缝隙里，渗进来深蓝色和暗绿色的呼吸，提前让这个取名为"沧桑"的女婴感受大海的味道，泥土的味道，树的味道，雨水的味道，星辰的味道，早晨和黄昏不同的味道——万物生命之初的至纯之味。

女婴闻到一股奇香，睁开了湿漉漉的眼睛。

一碗姜酒鸡蛋面，端到了母亲面前。浓郁的酒香，随着袅袅热气瞬间弥漫。属羊的母亲端着面，垂下了湿漉漉的眼睫，落下两颗泪。春天，当她挺着大肚子，穿过温州平阳街头武斗的漫天硝烟，穿过乐清湾海峡，穿过家乡熙熙攘攘的十字街，穿过东门街的一部分，终于回到娘家小院时，厚厚的云层中垂下一束阳光，落在一只刚刚封上黄泥的酿酒缸上。

外祖父压低嗓音说，我酿了一缸黄酒，给你月子里吃。

对于母亲，这缸酒不是酒，是乱世中娘家接住她的怀抱。

姜酒鸡蛋面的香味，像一群被释放的孩子，争先恐后爬出窗，跃过树，跳上屋檐，雀跃在楚门镇的一道道屋脊上，久久游荡在十字街头。

物资匮乏的年代，连空气都稀薄，香气在楚门街的空气里瞬间激起一层一层涟漪，邻居孩子们被香气牵着鼻子，嗅到了它的来处。

酒香出卖了外公的秘密。一个邻居举报外祖父，说他做酒卖酒，偷税漏税。

那个年代，私自酿酒卖是非法的。玉环酿酒可溯至清嘉庆年间，时有专营酒坊和农村家酿。酒坊一般为前店后坊，批零兼营，以生产黄酒为主，白酒次之。据《浙江特产》一九四九年九月号记载，民国三十六年（1947）玉环土酒产量为二千三百四十一担。一九五一年九月后实行统购专卖，禁止家庭私酿，六十年代末仍是如此。

母亲急了，问，镇里有人来找阿爸的麻烦吗？

外祖母呵呵笑，说，没有，镇里人明白着呢。

那一坛琥珀色的黄酒，变成了母亲的姜酒面、糯米酒饭、炒米饭、核桃调蛋，变成汩汩的乳汁，母亲的心头血，注入了女婴最初的生命里。

自三千多年前的商周时代起，中国尤其是南方大地上经年弥漫着蒸腾的饭香和酒香，中国独有的黄酒，与啤酒、葡萄酒并称世界三大古酒。先人独创酒曲复式发酵法，南方以糯米、北方以黍米、粟为原料，酿成含有二十一种氨基酸的低度酒，维生素、有机酸、高级脂肪酸、芳香酯等主要成分，与各种微量元素，与酵母菌、曲霉菌、乳酸菌等微生物相互融合，成为最适合黄种人体质的保健养生佳酿，产妇少量食用最是补血驱寒。

日日夜夜，女婴嚅动着唇，本能地寻找那一缕异香。找到它，便找到了乳汁，找到了母亲，找到了安宁。

先人们相信，用酒喂大的海岛孩子，往后余生，不畏惊涛骇浪，亦无惧岁月苍凉。

两年后一个冬日的午后，弟弟快降生了，身为师范学校教师的父亲从温州平阳城东的家里走到城南的学校宿舍时，差点被一阵浓郁的酒香扑倒！

父亲为母亲酿了一坛红曲米酒月子里吃，搁在床底下，酒发酵了，坛子太小了，玫瑰色的米酒溢出来流了一地。

世上怎么会有这么好看的颜色，这么香甜的水呢？姐姐带着两岁的我，常偷偷舀一勺米酒喝。然后，她将我捆在背上，飞奔到晒谷场和小伙伴们跳橡皮筋。

脸上红扑扑笑嘻嘻的姐姐，轻轻一跳，就够到了云朵，星星，感觉自己腾云驾雾的，像仙女一样。

脸上红扑扑笑嘻嘻的我，趴在姐姐背上，两只羊角小辫随着她的跳跃一颠一颠的，流着口水进入了梦乡。

三

山崖下涌上来淡淡的海腥味，现在进入姨公的时间。我四岁。

姨公将筷子头蘸一蘸白酒，伸到我嘴边，让我吮一下。

讨海人黑红色的脸上，堆着海浪般沟沟壑壑的褶皱，骨节粗大的手放下筷子，捏起一只白底蓝花瓷酒盅嘬了一口，咝的一响，眉头瞬间舒展。然后，他捏起一只腌沙蟹，放进嘴里有滋有味地嚼起来。

年过半百无一子半女的姨公喂我喝白酒，把我当成他从未有过的儿子。姨婆看我的眼神，像看她想象过无数次的女儿。

姨公说，玉皇大帝叫神仙到人间看看，谁过得最苦。神仙看见喝酒的人皱着眉头那么痛苦，就说，给他好鱼好肉过酒吧。神仙又看见喝番薯丝粥度日的人，喝得稀里哗啦很痛快，就说，给他点咸菜过饭吧。

人世间，多少不公平啊。姨公说。

小屋门前的黑沙滩，如一匹无限光亮的黑缎子，讨海人姨公姨婆住在楚门靠海的外塘村讨海晒盐为生，父母将我临时寄养在那里。姨婆拿了蒲扇，抱我坐在竹篱前看星星看月亮，它们很少同时出现。酒意和海浪单调的哗哗声轻轻摇来我的睡意，我睁着大眼不肯入睡。

姨婆要将我抱回屋，我说，天上的月亮好孤单啊，我要陪着它。

姨公喂我的一口口酒，没有在我年幼的脑海里留下任何记忆。遥远的星辰，摇曳的油灯，墙上长长短短的物什的影子，姨公姨婆忽长忽短的身影，静夜里万籁的轰鸣声，构成了千万种稀奇古怪的想象，成为我一个人的、最初的童话。

姨婆后来说起，我那时经常哭，用平阳话喊着，我要回家！

父母调回玉环后，姨公常佝偻着背，挑一副装满盐或文旦的担子，穿过楚门十字街，坐到母亲的裁缝小店里。

母亲便停下手里的活，买回一斤酒，一包油炸虾，让他坐在店里慢慢喝。东门街人来人往，琥珀色的酒液映照着天光，呈现一道道黑沙滩般光亮的波纹。

太婆斜倚在老藤椅上，绾一头蚕丝般的白发，穿一身素净对襟小袄，双手或搭在铜制小手炉上，或静静捻着佛珠，或捧着线装的《醒世恒言》《红楼梦》《万花楼》看，或静静看东门街人来人往，静静听母亲裁缝机的嗒嗒声。黄昏降临时，太婆慢慢爬上楼梯，在太太婆留下的佛龛前，神情肃穆地点上油灯，燃上三支香，为家人祈求平安。

太婆说，古者仪狄作酒醪，禹尝之而美，遂疏仪狄。杜康作秫酒。

姨公没有说话，他听不懂。

太婆说，你恨一个人，让他喝酒。你爱一个人，也让他喝酒。

姨公笑笑。

太婆自言自语说，人活一辈子，也就是喝了几盏酒，赚了身边这么些个人啊。

姨公还是没有说话。他和姨婆的身边有谁呢，他们身后有谁呢？

十年后一个夏日，超强台风即将登陆。下午三时，狂风大作，天完全黑了，黑压压的云层射下一道道诡异的白亮，特别恐怖。父亲不知关在哪里出中考试卷题，母亲和我用一块门板去顶一扇未装玻璃的窗户，突然看见田埂上摇摇晃晃走来一个熟悉的身影，挑着两个大箩筐，走几步就被狂风吹到田埂下，又跌跌撞撞爬起来，箩筐被风拉扯着的惯性也拉扯着她，像老鹰抓小鸡一样，要将她甩到天外。

是姨婆。外塘眼看要被海水吞没，她逃到我家躲台风。泪眼模糊中，我想起，姨公已经不在了，她一个人了。

四

这是山里村的时间，戊戌年冬至上午九点。

灵江叔将铁锹插进糯米饭，用力抬起，翻倒进大木桶。铁锹收回，在一旁的小水桶里蜻蜓点水似的浸一下，以免糯米太黏，又插进糯米饭里。一桶饭一百四五十斤，一锹约十一斤，一桶饭约十二锹。如此反复，使的是巧劲，腰、右胳膊、右手腕用劲最大。深蓝色的工作服上，汗水印子从脖子后面往四周扩散。他沉浸在一串行云流水般的动作里，没有听到有人说话，或许有，他耳朵有点聋，听不清。

个子最高的师傅全于，用带把的小水桶从大水桶里舀起泉水，淋在糯米饭上，要五桶半冷水。然后从温水桶里舀起温水再淋四遍。必须是五桶半冷水，温度是否刚刚好，关键在那个半桶。他个子高，拎起水桶像拎白菜一样看起来挺省力，喧嚣的蒸汽声里，却听得见他的气喘吁吁。

米好水好，还要手艺好，最要紧的是曲，曲是酒的魂。

在日本被称为"酒神"的酿酒专家坂口谨一郎曾说，中国发明了酒曲，影响之大，堪与中国四大发明相媲美。

人类用谷物酿酒分两大类，一类是利用谷物发芽时产生的酶将原料本身糖化成糖分，再用酵母菌将糖分转变成酒精；另一类是用发霉的谷物制成酒曲，用酒曲中所含的酶制剂将谷物原料糖化发酵成酒。酒曲酿酒是中国酿酒的精华所在，最早的文字记载始于周朝的"若作酒醴，尔惟曲蘖"。

上午九点钟的阳光照进酿酒坊，落在十几只巨大的褐色发酵缸上，泛起黑亮的光，落在稻草盖子上，泛起毛茸茸的金光。四十九岁的平头壮汉永青上身黑色背心下身青色牛仔裤，脚上黑色套鞋，右手臂上文着一条老虎刺青，他在巨大的发酵缸边威风凛凛拌酒母的样子，像一个电影画面——他伸出粗壮的手臂，像搂一个小女孩一样一把将糯米饭搂进怀里……并没有，他将绛色的酒曲撒到糯米饭上，然后一把一把将糯米饭搂近自己，用两个手掌连同手腕不停翻炒、抖撒，将结团的饭团揉松，否则酒母渗不透饭会馊掉。然后，他将糯米饭从缸底一直沿着缸身搭好，用竹刷子刷平，湿漉漉的糯米饭服服帖帖地，像一群被他哄睡了的孩子。然后，他在缸底掏出一个小碗大的窝，轻轻盖上稻草盖子。他抬起头，闻到了糯米饭香里夹杂着另一些香味，有麦曲香，酒香，还有樟树的香。

一小束极细微的阳光，穿透稻草盖某一个极细微的缝隙，潜入了酒缸内部，看见了一眼泉的胚胎。那眼泉，此刻如日出般静谧，即将如日升般盛大，日落般浪漫；那眼泉，源于远古时代树洞中变质的花果，遗落在山野的粮食，或动物的乳汁，以最清冽、最奇妙、最醇厚、最残酷、最美好的形式，随着时光之河滚滚向前。

贾湖文化的酒作坊遗址、余姚河姆渡的爵、三星堆的觚、邱城的鬶等考古证明，黄酒是史前产物。学者洪光住先生所著《中国酿酒科技发展史》说："我国以谷物酿造黄酒的起源，大约始于新石器时代初期，到了夏朝已有较大的发展，但是真正蓬勃发展的时代，应当是始于发明酒曲、块曲之时，即大约始于春秋战国、秦汉时期。"

最为古老的黄酒实物于一九七四年惊现河北省中山县战国时代晚期中山王墓。铜壶子母咬合的紧密壶盖，使酒液得以保存，打开铜壶时可闻到明显的酒香，酒液因铜盐而呈浅蓝色，经化验，为黄酒的原形。

更为神奇的是二〇〇三年，西安文物专家在发掘清理一座西汉早期墓葬时意外发现了存放在青铜器中的五十一斤古黄酒，仍香醇可饮。

多少年了，那眼泉始终汩汩鸣响在人类历史的肌肤、血液、心脏、灵魂里，每一根毛细血管、每一个细胞里，见证甚至参与过多少风云变幻、恩怨情仇，抚平过多少坎坷，亲吻过多少伤痕……人们贪恋它，怨恨它，却离不开它。

五

穿透酿缸稻草盖的那一小束光，带我们进入祖父的时间。我七岁。

楚门镇南门河边，小叔叔和小姑姑两家挨着住。有一晚，小姑父喝酒到深夜回家走错了门，掏出钥匙捅小叔叔家的门，捅不进，自言自语道，怎么开不开呢？

小叔叔在楼上听到动静，吓得不轻，蹑手蹑脚下楼，摘下墙上一把宝剑，贴在门后听，心想，这个小偷胆子真大，偷东西还敢说话？

门一打开，哇哇！两人都吓得一声大叫。

我问小叔叔，为什么你拿的是宝剑，而不是菜刀或者棍子呢？

小叔叔答不上来。我想，这个下意识的动作，必然源于祖父的浪漫基因。

穿着长袍的七十岁的祖父打开一方干净的手帕，包上一只红彤彤的大蟹脚钳，装进裤兜里，慢悠悠穿过楚门南门街，走到十字街的西北角，踱进了楚门最大的烟糖公司杂货店，坐到了高高的柜台前。营业员小婶婶便浅浅一笑，转身去酒缸前舀上一碗酒，放在祖父面前。

祖父倚在高高的柜台前，掏出蟹脚钳开始喝酒。十字街人来人往，影影幢幢，酒意慢慢上头，往事潮水般涌来——

四十岁的祖父守在漩门湾，等待渔船载回活蹦乱跳的小海鲜，装满他的箩筐，再挑回楚门镇小南门的家里。他坐在梨花木椅上，点起烟斗，像司令一样指挥着雇来的小工和妻儿将鱼虾蟹按大小分类，次日凌晨挑到菜市场贩给卖菜的，一家老小的生计，八个儿女的学费，都在那一担一担的小海鲜里。

月圆之夜，高高瘦瘦的祖父换上长袍，梳着大背头，捋着八字胡，变成了一位风流倜傥的绅士。他踱到南门河边，那里早已停着一条雇的船，等青灯古、赖乌丁等一帮"狐朋狗友"一一上船，吹拉弹唱，开怀畅饮。

祖父爱酒，一日三餐都喝一点黄酒，但不多喝，古人说酒是"狂药"，会坏事。他目睹小堂弟喝醉了酒，跟一个开酒馆的玩"跌三胡"把戏。一开始，他赢了人家整个酒馆。继续喝，继续玩，先把酒馆输了回去，又把祖上留下来的、镇上最大的两间酱油店也输掉了。

七十岁的祖父坐在十字街头慢慢喝酒，耳蜗里回响起一阵阵枪声。

第一阵枪声过后，苏家叔伯兄弟们跑过来愁眉苦脸围了一屋，说来抓壮丁了。祖父倾囊而出，找了几个外乡乞丐，顶替兄弟们当了壮丁。

第二阵枪声响在正月十三，楚门镇解放没多久，藏匿在批山岛的国民党残兵败将反攻回来，闯到一个小酒馆门前要酒喝。当时，我年轻的、做过地下工作的大伯为躲避追捕，化装成酒馆小伙计，正被吓得瑟瑟发抖的店小二按在后院柴房里死活不让出去。一个兵匪头子砸了半天门见没反应，拔出手枪，啪啪啪几声，把隔壁糕饼店的铅皮屋檐打了三个洞，正骂骂咧咧着，远处突然响起一阵密集的枪声，有人跑过来喊，漩门湾那边，共产党三五支队打回来了！

一帮兵匪拔腿乱窜。年幼的父亲光着双脚追往漩门湾疯看热闹，祖父追上他把他摁在一块岩石后，看到一群黑压压的青壮小伙们正在写血书，誓师大会后，几条小船在惊涛骇浪里向对岸发起冲锋，枪炮声隆隆作响，不一会儿，四周突然静了下来，说，胜利了。

多年以后，祖父挨了批斗回来，面对被他连累入不了共青团的孙女委屈的眼神，他不知道自己错在哪里……帽子终于被摘掉时，他突然发现自己老了，除了喝酒，什么都无滋无味了。

吃了早饭酒，他坐在后院的水井边拉胡琴。木结构的两层楼上，他年轻美貌的女儿们足不出户地坐在花棚前绣花，小指甲长长的，透明的，小指尖撩起丝线，在阳光下一弹，穿进雪白的画了蓝线花印的布中，"嘭、嘭"轻微地、有节奏地响着。

吃了中饭酒，他将两桶肥料或水挑到山上，伺候他仅有的一小块庄稼地，他躺在阳光下的草坡上，眯着眼慢慢摸出烟叶，山风和烟拂过他日渐老去却依然清癯的脸。

吃了夜饭酒，他将双脚泡进热水桶里，戴上只露两只眼睛的棉线帽做鬼脸给孙子孙女看。低矮的屋檐下，传来小叔叔的提琴声。他另外三个儿子两个当了老师，一个在云南当地质科学家。

十字街人来人往，酒碗渐渐浅了，空了，年轻的陌生的面孔越来越多了。祖父轻轻咳嗽着，食指在柜台面上顺着树的年轮，画着一个一个圈，想，酒终究还是甜的。

有一天，祖父轻轻咳嗽着，觉得今天喝的老酒比往日甜。他从长袍里掏出折得整整齐齐的手帕，擦了擦嘴角，看到一缕血丝正慢慢渗进手帕紧致的纹路里。他想，我的戏，要落幕了。

二十年后一个冬日的傍晚，天色阴沉，杭州笕桥机场停机坪上起了一阵大风，我焦急万分地等待着刚飞完航班的罗局长为我签一张候补票。小叔叔的好友阿平辗转找到我，要赶飞到路桥，去玉环。他说，你小叔叔被人诬告了，带进去了，我得去救他。

彼时，小叔叔小婶婶的好友阿雯已坐了十多个小时的长途汽车翻山越岭抵达玉环，这个酒量并不好的杭州小女子，凭着一身豪气，把自己喝翻，让一个说得上话的人由衷感动，答应帮忙。最后，亲友们和赶来的阿平一起，把小叔叔救了出来。

和小叔叔有关的酒局，笑声一浪高过一浪。海岛人喝酒，不管红的白的啤的，都论箱。尤其一到正月，每天睁开眼，就是一场接着一场的酒局，直喝到半夜眼睛都睁不开为止。朋友阿华喝多了，夜里回家，直接把车开到了海里，浮在海面上喊救命。

酒到底有什么魅力，上至三皇五帝，下至贩夫走卒，人见人喜？

酒到底有什么魔力，结千古仇怨是它，化三尺寒冰是它，安邦是它，亡国也是它，成是它，败亦是它？

从医学角度分析，乙醇是一种神经成瘾物质，对人体中枢神经系统具有较强的亲和力，医学上称为中枢神经抑制剂。血液中的酒精浓度达到 0.06% 左右时，首先抑制的是大脑皮质，使人松弛、轻快、愉悦、冲动。到 0.1% 时，就会出现醉酒状态，抑制加深，感觉迟钝，记忆、判断受损，自控能力下降。长期饮酒会改变大脑皮质的功能，出现上瘾现象。中医认为，酒精性阳、热、燥、烈。少饮怡情，养胃。多饮伤肝伤神，暴饮伤命。

医生对阿华说，你血压高，想长寿就戒酒吧。

阿华说，不能喝酒，不开心，我活那么久干什么呢？

楚门镇南门河边，大雪纷飞夜，小叔叔和朋友阿果喝酒。曾蒙受冤屈背井离乡的阿果闷头喝下一杯陈年花雕，问，当年他们打你了吗？

小叔叔说，倒是没有，但多少难熬啊。

阿果说，他们打我，不让我睡觉，让我编受贿的时间地点，我编不出来，又打。

他的近视眼镜片后，涌起一片泪光。

小叔叔给他满上酒，说，不说了，喝酒喝酒。我爹说过，吃过苦，才品得出酒是甜的。

六

阳光洒在瓦当间的青苔上，沿着嫩黄的茸毛，现在进入父亲的时间。我十二岁。

这一场喜酒，父亲等了五年。

父亲想让三个孩子离开逼仄的老屋，在有花有树的园子里，喝着山泉水、吹着海风长大。

父亲想让三个孩子夏夜一抬头就能看到一整条银河冉冉升起。

从温州平阳调回老家任教后，父亲在楚门镇东南面金鸡岭下只有几十户人家的山后浦村买了一块地基。全镇最高的三层楼房造好了，院子围好了，房梁起好了，喜酒开席了。

父亲端起酒碗，先敬天敬地，再敬相帮的父老乡亲。父亲酒量不好，却一碗接一碗喝。又高又瘦的书生大声说笑着，大碗喝着酒吃着肉，是我们从未见过的父亲，三姐弟面面相觑。

父亲悄悄说，这一场酒我等了多少年啊！刚才已经垫了两大碗米饭哈哈哈！

晴朗的夏秋之夜，五口之家聚在三楼朝南的阳台上，吹拉弹唱，朗诵，对联。后山黑幽幽的，银亮的小路像一头浓发的分际线，夜虫的鸣叫和金鸡岭泉水的汩汩声清晰可闻。东南角，一整条银河正冉冉升起。

父亲说，我要挖一口井。

村里老人说过，山后浦靠山，翻过山是东海，地下都是岩石，不知道要打多深才会有水，要有水，也是海水。

父亲不信，他将一口白瓷碗扣在泥地里，说，要是第二天碗壁有露水，就说明地下有水。

玉环岛缺淡水，人们甚至期盼刮台风带来珍贵的雨。金鸡岭半山腰的泉水从岩石里汩汩地涌出一朵朵水花，很甜。楚门南门河一干裂，山后浦的水井也干了，人们就挑着大桶小桶跑到金鸡岭排队接水。早晨，父亲开门去学校上课，门口常停着一桶水，是对门的根才爹娘从山上挑来的。父亲想打一口井，为自家，也为乡邻。

那一晚，父亲辗转反侧，后半夜总算迷糊过去，梦见一条青色巨龙从小院腾空而起，天上乌云滚滚，大雨如注。

父亲一醒来，就听见院子里母亲欣喜的喊声：快来快来！有水！

扣在地上一夜的白瓷碗壁上，挂满一颗颗白亮的珍珠，映出了小院如水的春色。母亲喝醉了一般坐在地上呵呵笑。

最好的打井师傅来了，叼着烟，嘿嘿笑，摇摇头。

父亲说，打，一定有水！

师傅说，难。

三米打下去，便有两支筷子粗细的水喷射出来，水井里一下子被水雾笼罩了。

师傅大惊，说，怪，这水怎的这么好？！

父亲让师傅不要浇水泥，弄几块石头围一下好了，否则把水流截断了，村里大井里就没水了。

那一晚，父亲端起酒敬打井师傅。又高又瘦的父亲，大声说笑着，大碗喝着酒，吃着肉，打井师傅仍是摇着头，啧啧称奇。

娘家小院的那口井，夏天冰凉入骨，冬天热气腾腾。

一眼井，是五口之家和满院花草鱼虫的吃喝用度。

一眼井，是父母亲背井离乡后的叶落归根。

一眼井，对于一个孩子，意味着什么呢?

年少的我趴在井口，听井水汩汩作响。我听见了外祖母家中春蚕吃桑叶的沙沙声，听见雨落在不远处的稻田里，蛙声震天，听见桂花树的根使劲伸进井里喝水的嘶嘶声，听见从井底传来东海的呼吸，海鸥鸣叫，海浪滔滔。

还有一些更远更陌生更新奇的声音，比大海更遥远，比星空更神秘。我想，终有一天，我也会背井离乡，亲眼看看我听到的所有的四面八方。

七

这是山里村的时间，戊戌年冬至上午十点。

米是骨头，水是血液，曲是魂魄。醪是酒的胎儿。

六十九岁的伊海伯困得厉害，窝在大樟树下暖暖的阳光里打了个盹。半夜，他要一次次爬起来听酒，听曲的轻歌曼舞，听曲的浅吟低唱，听曲的作威作福。

月亮挂在大樟树上，几乎每晚都会看见小屋通往酿酒坊的斜坡上，摇摇晃晃走来它熟悉的守夜人，酿酒坊唯一的守夜人。他敞着棉大衣，趿拉着棉拖鞋，红通通的脸，睡眼惺忪，两百步的路，他的鼻子一直使劲吸溜着。

他吸溜着所经之处的每一丝香气。从小屋到酿酒坊一百多米的斜坡上，他依次闻到了冬菊花的香，大樟树干燥的树皮香，冰冷，清冽，孤独，和春天开花时浓郁的樟树花香截然不同，和白天酿酒坊蒸腾的糯米饭香气也截然不同，他都喜欢。走近酿酒坊，则有一股熟悉的香气，如多年来他深爱的女人，牵着他的手迎他回家。

迈进家门的一瞬，他的耳朵雷达般炸开。

他蹲下身子，将耳朵贴紧发酵缸，一个缸一个缸地听，捕捉着每一个细微的声音——醪液发酵声，是那种"节节声"——像初春小雨打在文旦树叶上，很细很急。像雪正在太阳下迅速融化。像他小时候夜里到屋外撒尿，从笼子里逃出来的青蟹在灶台下吐沫。

醪是娘肚子里还不会说话的胎儿，嘤嘤嘤嘤哭着笑着，告诉它自己饿了，困了。

胎儿说，缸料厚了，温度高了，难受！

他就赶紧打开稻草盖子，耙几下，把气排出去。一共二十几个缸，耙个把钟头，等胎儿们安静了，他就回小屋睡一会儿。虽然每天酒喝得迷迷糊糊，脑子里却有一根筋吊着，会准时醒来，一两点起来一次，两三点起来一次，哄它们睡。有时候，胎儿们"补吃多了"，闹得太猛，"发高烧"，直接泛出酒缸，水舀都来不及舀，他就得每一个钟头都爬起来，一夜四五遍，等酒缸里"潜实"了，他才安下心，天也亮了。

发酵期间的搅拌冷却，俗称"开耙"，是整个酿酒工艺中的关键，调节发酵醪的温度，补充新鲜空气，以利于酵母生长繁殖。人们尊称开耙师傅为"头脑"，即酿酒的首要人物，要断米质、制酒药、做麦曲、淋饭等，一听、二嗅、三尝、四摸，负责酿酒的一切技术把关。没有一位开耙头脑能保证其一生中所酿的每一坛酒都是好酒，伊海伯却几乎从未闪失。

伊海伯是玉环岛第八代做酒人，三角眼人，祖辈从清朝开始做黄酒卖黄酒，最擅长做双缸酒，也就是第二遍加饭时，本该加水，他们加五坛老酒，味道更醇厚香甜，最适合女人和不太会喝酒的人喝，补的。从前从三角眼到楚门镇，要渡水，一家人摇着橹，船里满载黄酒过来卖给楚门人。后来，大伯和父亲先后成了楚门酒厂的掌门人，再后来，酒厂合并了，改做啤酒了。

少年伊海继承了一手酿黄酒手艺。上辈人说，黄酒的历史比白酒长多了，白酒在元代才兴起。黄酒里的山东即墨酒、福建红曲酒、客家娘酒、房县黄酒、福建沉缸酒等早已名闻天下，最有名的绍兴黄酒，按制作工艺的糖度分元红、加饭、善酿、香雪，人们更喜欢叫它们花雕、女儿红、状元红，其实女儿红状元红也属于花雕酒。早年间，江浙人家生了孩子，会酿几坛酒埋在院子里，等孩子长大成人后挖出来喝。女儿出嫁时喝的叫女儿红，儿子金榜题名时喝的叫状元红。

少年伊海也继承了好酒量，十四岁时一天吃过十二斤黄酒，现在还是一天五斤黄酒，当水喝，白酒一天可以吃一斤多，没酒吃不行。从醒来到睡下，到半夜起床，他都要喝酒，一天吃十几次。喝多了趴桌子上睡，醒来又喝，但从不糊涂。他喝什么酒都觉得不好喝，就喝自己做的酒。

有一次他去宜兴，酒馆里的黄酒卖三十五元一瓶，他品来品去，觉得酒瓶是好看的，但才七两半，舌头都没打湿，农民们哪里吃得起？回来就拉着哥们说，我们自己做酒。

白酒辣，红酒酸，他都不喝，只喝自己酿的黄酒。心里，对遥远的仿佛另一个世界的白酒红酒酿造人充满敬意，惺惺相惜。他听说，外国人把谷物酿的酒蒸馏，叫威士忌，把葡萄酒蒸馏出的叫白兰地。赤霞珠是葡萄酒王国中的国王，拉菲则是皇后。拉菲庄园中的种植葡萄基本不用化肥，两三棵葡萄树才能生产一瓶七百五十毫升的酒。拉菲酒的个性温婉内敛，花香果香醇厚柔顺，和他做的黄酒很像。于是，他觉得，在全世界，他都是有知音的。他暗暗跟他们较着劲，不能"倒牌子"。

"我一世人贪酒，这辈子，老酒和饭一起戒了。"

酒是他最爱，花也是。

八

沿着酿缸里似有似无的"节节声"，现在来到母亲的时间。我十五岁。

卡车一寸一寸行进在天台会墅岭最高处的盘山公路上。天黑了，雪停了，狂风呼啸着将一尺厚的积雪吹成延绵不绝的一排排刀锋。横亘在玉环通往省城要道上的会墅岭，是十二小时车程里最险要的一段。

四十岁的母亲坐在卡车后座，紧紧抱着一包绍兴糕点，惊恐的目光在前座的大师傅和小师傅间来回跳跃。

车轮外是万丈深渊。

大师傅挺高身子，伸长脖子，紧紧抓着方向盘。小师傅一手紧抓着一块大石头，一手把着虚掩的车门，时刻准备着，万一车子打滑，他就跳下去用石头塞住轮胎。

母亲开办服装厂后，常常一个人到绍兴进货，包一辆卡车载着布匹回家，不料这次遇上暴风雪，一包从绍兴买的准备带给孩子们吃的糕点，成了三个人的救命稻草。

一寸一寸挪，一秒一秒挨。惊心动魄的每一秒，她不敢去想，假如车子坠落悬崖，孩子们怎么办？

夜里九点，卡车终于慢慢"溜"到了山脚下，直奔一家刚要打烊的小饭馆。

大师傅边擦着额头上的汗，边让店小二快上老酒。哗哗哗倒了三碗黄酒，大师傅先端一碗一口气喝了，小师傅也端起碗一口气喝了。两人把目光看向母亲。

素昧平生的三个人，已是过命的交情。

母亲什么也没说，端起碗一饮而尽。酒到了胃里，变成泪涌上母亲羊羔般温柔的眼。泪眼蒙眬中，她看见一百多公里风雪路的尽头，山后浦 15 号那个开满鲜花的小院，一个男人和三个孩子正望眼欲穿。

凌晨五点，卡车到了楚门车站，卸了货，母亲央几个拉板车的人把布匹拉到山后浦。穿过风雪，拐过村口的小桥时，母亲看到了自家二楼一盏彻夜未熄的灯，整个人一下子软了下来。

母亲发烧整整七天，人瘦得脱了形，才挣脱了鬼门关。母亲并没有和三个孩子讲过那一个雪夜的惊心动魄，却反复说着她从卡车大师傅那里听来的笑话：

说，从前，有个老婆特别笨，老公从外地回来跟她说，有一种被子很暖和，四四方方跟我们家天井一样，你也缝一条吧。老婆说好。夜里，老公一脚伸到了被子的大窟窿里，骂，咋回事，好好的被子让你剪了一个大洞。老婆答，你笨死了，咋把脚伸到水井里去啦。

说，老公出门前让老婆烧半条带鱼回来吃。老婆说好。老公回家一看，只见半条带鱼煮在锅里，尾巴却挂在锅外。老公骂，这是干啥？老婆说，你不是让我烧半条带鱼吗？

母亲笑点低，总是边说边笑，还没说完，眼泪已糊满她粉红色的眼眶。

母亲恢复元气了，又开始跑——沿着巨大的裁缝桌子，用蓝色印油将花样印到一层层布上，绣花，做被套，一天跑下来的路，从镇里到县城都跑到了。

她跑的路、下的力、担的惊、受的怕，变成了儿女们一场接着一场的喜酒：姐姐读大学了，我读大学了，弟弟读大学了。姐姐出嫁了，钢琴陪嫁，小镇之前没有过的。我出嫁了，空调陪嫁，也是小镇之前没有过的。弟弟娶妻了，楼房翻建一新……然后，桂花树开枝散叶，孙女外孙女们一个接一个远赴英国美国读研攻博了，工作了。孩子们带他们去了很多地方，以前想都不敢想的科罗拉多大峡谷、夏威夷、瑞士……

多年后，我第一次听母亲轻描淡写地说起雪夜的故事，心里暗暗落泪时，想起一个纪录片：非洲刚果雨林里，一条巨大的岩蟒爬到岩石上晒太阳，直到体温升到她无法忍受时，她才爬回巢穴，将那些巨大的蛇卵缠绕在身上，将温度传给那些幼小的生命，直到它们出生。不正常的温度让她忍受了巨大压力，需要三年才能恢复体力。

而一百条小岩蟒里只有一条能侥幸存活到成年。

九

沿着月光羽翼般的波纹，现在进入少女沧桑的时间。我十八岁。

月光照进"鸡窝"，穿过蚕茧般的蚊帐，照在三个小女人满月般光洁的脸上。小女人们窝在草席上，一首接一首朗诵诗歌。

二十三岁的谷音最爱李清照的词，十八岁的我最爱白朗宁夫人的十四行诗。

舍下我走吧，可是我觉得，从此，我就一直徘徊在你的身影里……劫运教天悬地殊隔离了我们，却留下了你那颗心，在我的心房里搏动着双重声响。正像是酒，总尝得出原来的葡萄，我的起居和梦寐里，都有你的份……

十六岁的琼环不肯朗诵，被挠了痒痒般呵呵呵笑。

"鸡窝"般大小的出租屋里，靠墙一张床，靠窗一张小桌，自封"鸡窝协会会长"的谷音是我姐姐的老同学，也是玉环县正名声鹊起的第一位女律师。我家新房造好后，她冒着大雨从老家芳杜村扛来一棵半人高的桂花树，栽在娘家小院的水井旁。琼环是我姐姐的小姑子。我到县城参加高考，寄宿"鸡窝"，高考结束了，赖着不走，三个臭味相投的小女人天天黏在一起。

小桌上一片狼藉，半瓶十全大补酒，一个用来当酒杯的搪瓷茶杯，一盘卤鸡爪剩了两个，三碗煤油炉煮的清水挂面都剩了大半碗。

"鸡窝"的门外是一堵矮墙，看不到一丝绿色和一片蓝天，偶尔，月光会漏过屋檐和矮墙之间的缝隙，照进"鸡窝"，照见那本黑白两色的《白朗宁夫人十四行诗》，书页里有十来幅剪纸一样的黑白插画。

先来我最爱的苏轼。

"近别不改容，远别涕沾胸。咫尺不相见，实与千里同。"

她说："休对故人思故国，且将新火试新茶。诗酒趁年华。"

我说，我喜欢他那句"竹杖芒鞋轻胜马，谁怕？一蓑烟雨任平生。""诗酒趁年华"应该接在这里，你听，一蓑烟雨任平生，诗酒趁年华！

她便笑我醉了。

我们读《诗经》里的酒，数《诗经》里写到酒的诗篇到底有四十几首。

"陟彼高冈，我马玄黄，我姑酌彼兕觥，维以不永伤。"

"君子有酒，嘉宾式燕以乐。"

我们读屈原的酒。《离骚》是圆周率一般的存在，我只会背一句"帝高阳之苗裔兮，朕皇考曰伯庸"之后就背不下去了。我说屈原会不会是外星人，如果不是，那《九歌》《天问》一定是他酒醉后写的，否则怎会如此瑰丽磅礴？怎会有一连串的终极拷问？

谷音说，屈原太憋屈，不如曹操潇洒，"对酒当歌，人生几何？譬如朝露，去日苦多。慨当以慷，忧思难忘。何以解忧？惟有杜康"。

她念白居易的"绿蚁新醅酒，红泥小火炉"。

我对聂夷中的"我愿东海水，尽向杯中流"。

她念"渭城朝雨浥轻尘，客舍青青柳色新。劝君更尽一杯酒，西出阳关无故人"。

我念"葡萄美酒夜光杯，欲饮琵琶马上催。醉卧沙场君莫笑，古来征战几人回"。

她念"寄言酤中客，日没烛当秉"。

我念"昨夜松边醉倒，问松我醉何如"。

"醉吟先生"白居易的，"醉翁"欧阳修的，杜甫的，李商隐的，陆游的，辛弃疾的，等等。

自然绕不开李白"斗酒诗百篇"。

"花间一壶酒，独酌无相亲。举杯邀明月，对影成三人。"

"我歌月徘徊，我舞影零乱。醒时同交欢，醉后各分散。"

"天若不爱酒，酒星不在天。地若不爱酒，地应无酒泉。天地既爱酒，爱酒不愧天。"

"人生得意须尽欢，莫使金樽空对月。天生我材必有用，千金散尽还复来。"

"五花马，千金裘，呼儿将出换美酒，与尔同销万古愁。"

我问她，这一首可听过——"三百六十日，日日醉如泥。虽为李白妇，何异太常妻？"

她用鼻子哼了一声，我将来可不要嫁给李白这样的醉鬼，天天守空房。

谷音最爱的李清照，自然是她反复吟诵的。她说，你知道李清照醉过几次吗？

我说不知道，感觉很多次。

她说，有诗词为证的酒有大小十六次，醉酒程度不一，酒的滋味也不同。

出阁前，李清照醉了三回。"常记溪亭日暮，沉醉不知归路。""昨夜雨疏风骤，浓睡不消残酒。试问卷帘人，却道海棠依旧。知否？知否？应是绿肥红瘦。""莫许杯深琥珀浓，未成沉醉意先融。"每一杯酒，少女般甜美。

嫁人后，南渡后，李清照微醉过两回，大醉过五回。醉得最厉害的，是两次。"东篱把酒黄昏后，有暗香盈袖。莫道不销魂，帘卷西风，人比黄花瘦。""生怕离怀别苦，多少事、欲说还休。新来瘦，非干病酒，不是悲秋。"一杯比一杯苦涩。

丧夫、亡国后，李清照醉了六回。"酒醒时往事愁肠。那堪永夜，明月空床。闻砧声捣，蛩声细，漏声长。""寻寻觅觅，冷冷清清，凄凄惨惨戚戚。乍暖还寒时候，最难将息。三杯两盏淡酒，怎敌他、晚来风急？"每一杯，都是难以下咽的苦酒。

历史时空中，酒走着走着，从稚嫩的少年长成了壮年，走着走着，遇见了一个个有趣的灵魂，一场场化学反应，一场场旷世情缘。酒给人类艺术史涂上的，不是浓墨重彩，而是绝色。

三个小女人在月光下默默无言，思绪破蚊帐而出，随月光飞得很远，月光照不到的暗处，是随着酒香流逝的芳华，是她们看不到尽头的人生。

"鸡窝"里也会响起放肆的大笑声。三人轮番朗读鲁迅先生的《魏晋风度及文章与药及酒之关系》，笑作一团。

鲁迅先生的这篇演讲，最初发表于一九二七年，对当局暴政极尽讽刺。那段"五石散"和魏晋风度的描述，让人读来忍俊不禁。

他说，五石散是一种毒药，但有钱人觉得吃了对身体有益，由何晏带头吃起来了。吃了这个药，"全身发烧，发烧之后又发冷。普通发冷宜多穿衣，吃热的东西。但吃药后的发冷刚刚要相反：衣少，冷食，以冷水浇身。倘穿衣多而食热物，那就非死不可"。

他对晋人为什么宽衣穿屐做了一番有趣的研究："吃了散之后，衣服要脱掉，用冷水浇身；吃冷东西；饮热酒……因为皮肉发烧之故，不能穿窄衣。为预防皮肤被衣服擦伤，就非穿宽大的衣服不可。现在有许多人以为晋人轻裘缓带，宽衣，在当时是人们高逸的表现，其实不知他们是吃药的缘故。一班名人都吃药，穿的衣都宽大，于是不吃药的也跟着名人，把衣服宽大起来了！

还有，吃药之后，因皮肤易于磨破，穿鞋也不方便，故不穿鞋袜而穿屐。所以我们看晋人的画像和那时的文章，见他衣服宽大，不鞋而屐，以为他一定是很舒服，很飘逸的了，其实他心里都是很苦的。更因皮肤易破，不能穿新的而宜于穿旧的，衣服便不能常洗。因不洗，便多虱。所以在文章上，虱子的地位很高，'扪虱而谈'，当时竟传为美事。"

鲁迅先生笔锋一转，转到名闻遐迩的"竹林七贤"："名士服药，竹林名士饮酒。竹林的代表是嵇康和阮籍……嵇阮二人的脾气都很大……阮年轻时，对于访他的人有加以青眼和白眼的分别。白眼大概是全然看不见眸子的，恐怕要练习很久才能够。青眼我会装，白眼我却装不好。"

读到此，不装一下"青眼"和"白眼"对不起鲁迅先生，于是，三个女子的阵阵爆笑声飞出"鸡窝"，惊醒了熟睡的房东大娘，蹿上低矮的屋檐，回荡在玉环岛寂静的夜空。

日光和月光轮番盛满"鸡窝"，如同诗歌、泪水、笑声盛满"鸡窝"，那时候，我们迷恋诗歌里的一切，相信眼见的一切美好，也相信爱情。

"春日宴，绿酒一杯歌一遍。再拜陈三愿：一愿郎君千岁，二愿妾身常健，三愿如同梁上燕，岁岁长相见。"

如我们所愿，玉环著名律师谷音遇到了一段令她神魂颠倒的爱情。如我们所担心，那段婚姻留给她的是千疮百孔和巨额债务。多年后，已过天命之年的她遇到了一段新的爱情，我们在娘家小院她种的桂花树下端起酒杯，将十全大补酒一饮而尽，身穿旗袍容光焕发的谷音说，来来来，作诗啦——没有啥事大不了，开开心心最重要！诗酒趁年华！

这个典型的海岛女人，拿得起放得下，并依然相信爱情。

深夜，大雨如注，院门外响起汽车喇叭声，她说，他来接我了。

夏夜十点，两个模样文静的女大学生趿拉着凉拖鞋，推推搡搡溜出了杭州大学 6 幢 309 女生宿舍，大摇大摆晃出校门，穿过天目山路，晃进了杭大路上一家小餐馆。

小餐馆最受穷学生们欢迎的是酱爆螺蛳，宿舍聚餐每人点一盘。我和海燕两个吃小海鲜长大的台州女孩，对这份湖鲜上了瘾。

一人一杯冰啤酒，一盘炒螺蛳。小菜馆里已无其他客人，老板娘坐一旁择着菜，偶尔抬头看我们一眼，又看我们一眼。

一瓶啤酒还没喝完，两个女孩已醉意朦胧。

海燕把脸凑到我鼻子底下，抬起又圆又大的眼睛，我清晰地看到了她一根根直直的、浓密的睫毛。

她说，我终于明白了，你眼睫毛为什么这么翘。

我说为什么。

她说，你今天午睡时，我看了半天，你睡觉时眼睛闭得很紧，硬是把睫毛挤弯了，这我可学不来，哼。

一旁的老板娘扑哧一声笑了出来。

四个春夏秋冬，一瓶瓶冰啤酒，一盘盘炒螺蛳，见证了两个"死党"注定绵延一生的情分。

我晃着脑袋对海燕说，你上辈子是欠我什么了吧对我这么好？

食堂买菜秩序乱，我买不到好菜，她帮我挤。

我懒，早饭起不来吃，她买好包子逼我吃。

我腿烫伤了，她用自行车驮着我去校医院打针换药，替我打水买饭。

我们一到月底饭菜票就合在一起省着用。

我们穷游过西湖的每一个角落。

我们闹别扭憋不过一天。

我最喜欢的一张照片，是她拍的：雪后的灌木丛前，十九岁的我穿一身母亲做的墨绿色呢衣呢裙，围一条米色羊毛围巾，长发及腰，侧头望着某个远处。

照片里的样子，也是他第一眼见到我的样子。四年后，四月的第一天，春雨绵绵，伴娘海燕将盛装的我送进了他的家门。

春日宴，绿酒一杯歌一遍。

十

这是山里村的时间，戊戌年冬至上午十点半。

伊海伯爬上五米高的酿罐，打开铁皮盖，看到烟雾袅袅的酒的前身，仿佛他身后烟波浩渺的东海。

酒婴儿吐着一缕缕袅袅白汽，被山岗后吹过来的海风瞬间带走。一个多月后，酒婴儿将长大成人，变成琥珀色的、海岛少年般澄净、醇厚的黄酒。

他将目光收回，盖上盖子，看到了梯子下一只只废酒缸里的花草，都枯了，在海风里瑟瑟发抖。都是他种的，这阵子太忙，顾不上，只有一株红石榴，还结着几颗瘦弱的果子。

不做酒的时候，他种花。一个个废酒坛叠在一起，下面挖个洞，满上土，从山里挖点野花，问农家讨点花枝，或从家里带点花籽。他给树们造型，比如那棵石榴，像一只鸟。家里有一棵龙柏，他从山里挖来的，已经种了十五年，一有空，他就修修剪剪，楚门镇来人想买，他不卖，后来政府还奖励了他五千元，说是他种得好。

做什么，他都要做得好。

糯米完成发酵后，抽灌到这五只巨型酿罐里，三四十日后，先是变成豆青色，再变成琥珀色，变成金黄色则最好。至于如何变成金黄色，他说不清，按照家传的酿酒"老古法"，从浸米开始，一步一步做好，一步都错不得。

从梯子上下来，他折进酿酒坊最里面的一间小屋。地上，一口装满酒的井，泛着微微的寒光，幽幽的香气。伊海伯手拃三米长的小酒舀，轻轻打上来一舀酒，像从井里打上来一舀月光，抑或童年。

这是一舀新酒，他品出的却是老时光，他不关心老章他们把酒叫作玄和酒还是仙泉酒。灵江伯跟他说，传说玉环岛最高的大雷山头，从前有个和尚叫玄和，有一手酿酒绝技，后人就把他传下来的黄酒叫作玄和酒。"和"字，是我们中国人最喜欢的字。他说行，那就叫玄和酒。他只知道，自己做的酒，不止海岛人，外地人也喜欢，不叫别的名，就喜欢叫它"山里的酒"。

他也不关心怎么卖谁来买，他只管把酒做好，他自己吃着有数，好酒，总有人要的。

十一

尾随着新酒残留在舌尖的芳香，现在来到笕桥时间。我三十岁。

一辆桑塔纳轿车喝醉了般，歪歪扭扭蹒跚在漫天大雪里，穿过杭州笕桥机场大门，进入了一个银装素裹的神秘园。

车里，挤了整整十三个人。

航班已停运，机场万籁俱寂。高村光太郎在《山之四季》里说，"下雪是没有声音的。这时，我待在屋里，感受着寂静的世界，觉得自己像聋了一般。"我听见了雪落的声音，是母亲轻吻熟睡中的婴儿，是泥土张开婴儿般的唇吸吮的声音。

十三个人，一半大人，一半小孩，一半醉了，一半乐疯了。民航局年会结束后，杭州下起了新年的第一场大雪。一帮同事挤在我家那辆旧桑塔纳里回家，从秋涛路到民航宿舍，约五公里。

民航局实施的是半军事化管理，但局领导不像领导，一早上班第一件事是亲自去开水房打开水；同事也不像同事，像一群玩伴，一到周末便通宵达旦打坦克游戏、打红五、打保龄球。十来个人常常一下班便成群结队去南亚保龄球馆打球，然后喝酒。一次我和君君打球上榜了，奖励了不少球券，大家高兴，都喝了不少，且怂恿我喝了平生最多的一次酒——一大玻璃杯京酒，差不多半斤！君君说，你走路怎么S形了？老白说，你怎么老是笑老是笑？那时也没有酒驾一说，酒量最好的局领导当驾驶员，开车把我们一个个送回家。我径直冲向床，感觉自己是被自己狠狠扔到了床上，睡意像两片松软的面包一下子将我裹进了梦里。

　　一到岗位上，局领导便"翻脸不认人"，该咋地咋地，安全第一，安全第一，永远的安全第一。有一阵经常发生劫机事件，气氛紧张时，面对面走过，平日里的酒友们就像不认识一样。

　　机场边检站和民航是兄弟单位，指导员老白是先生的铁哥们，酒量好，气魄大，带兵很有一套。有一个安徽新兵桀骜不驯，一天到晚光着膀子，或者将棉衣用根绳子扎在腰间去机关食堂打饭，影响很坏，谁都拿他没办法。有一晚，老白当着众人面猛灌了一瓶白酒，装大醉，大喊大叫跑到新兵宿舍，先把班长抱起来往床上猛地一摔，床板立马碎了，然后操起一把菜刀就追着那个安徽新兵砍。新兵吓坏了，抱头鼠窜，老白脱下鞋子就朝他扔。绕着操场追了几圈，新兵实在跑不动了，趴地上认尿。

老白吼，把鞋子给我找回来！

新兵乖乖把鞋子找回来，扣到他脚上，从此听话了。

桑塔纳很破旧，先生开车，我坐在副驾驶座，紧紧箍着三个孩子。后排层层叠叠坐了八个人，男男女女大大小小，侧着斜着挤着挨着，有的干脆溜到座位下卡在那里，就这么挤回了机场。

于是，一个站岗的武警看见一辆破旧的桑塔纳里一个接一个"滚"出了大大小小十三个人！这些"球"滚到停机坪进口处，码到了一杆高耸入云的聚光灯下。

强烈的聚光下，我仰望着传说中的"鹅毛大雪"，大片大片的雪翻卷着，飞舞着，天空像大海，雪像从大海深处翻涌上来的巨浪，把人托了起来。看不见灯光之外的雪，感觉全世界只这一片灯光照到的地方在下雪，这一场雪只为我们这十三个人而下。

这是天空所写的诗 / 慢慢写在寂静的音节里 / 这是绝

望的秘密／久久隐藏在阴霾的心底

忘了这是谁的诗。雪是天空的秘密，轻易不会诉说，一诉说，便恣意汪洋，把一整年的话都说了。就像我身边一个醉酒的男同事，雪落般独自絮絮叨叨着。

若逢新雪初霁，满月当空／下面平铺着皓影／上面流转着亮银／而你带笑地向我步来／月色与雪色之间／你是第三种绝色

这是余光中的《绝色》。我想他写的是爱情，但我觉得与酒、与雪有关的，多是友情，比如"晚来天欲雪，能饮一杯无"。

我沉浸在对雪的仰望里，像聋了一般。我听不到他们呜啊呜啊叫着笑着，他们无声地打着雪仗，一张张通红的笑脸和一个个雪团一起绽放。

回家掏钥匙开门时，摸到了不知谁塞在我口袋里的两大团雪球。

自然，天下没有不散的筵席。二〇〇〇年一个深夜，机场

搬迁至萧山，我坐在一辆指挥车上回头看，浩浩荡荡的车队静静驶离神秘园大门，承载着几代民航人光荣与梦想的笕桥机场慢慢消逝在视线中。桑塔纳里的十三个人从此各奔东西，再也没有一起踏入过遗落着无数往事的神秘园。

然后，我调离民航了。

阿杰做律师去了。

君君调重庆去了。

兰姐娟娟做奶奶了。

老白头发全白了。

洁姐办理退休手续准备好好享受后半辈子时，她的先生猝然而逝。

曾开车送我们回家的局领导，坐在上海的法庭上接受公开审判，白发苍苍，心脏还做了支架。

生命中遇见的每个人，雪落般不肯停驻，包括曾经的自己。多元时代，随着时间渐行渐远的，还有彼此的价值观，彼此的哭声。那夜的鹅毛大雪，那些通红的脸颊，常常在记忆里突然闪现，却想不起他们当时说过什么，那一夜的记忆里，唯有雪落的声音，泥土张开婴儿般的唇吸吮雪的声音，那么纯净，一如我们的友情。

一岁大的小猫银河平生第一次看到雪，在阳台上好奇地跳来跳去，耳朵上沾着雪，它的哥哥小野躲在某处睡大觉。银河只要有一会儿找不到哥哥，就会冲着我喵喵叫，直到我帮它打开某个房门，或柜门，找到小野为止。此刻，它们团在一个窝里睡得很香，窗外，雪在静静地落。

十二

沿着春雪在掌心融化的水痕，现在进入北京时间。我四十五岁。

深夜的丁香树下，我闻到了一股浓烈的酒味。

二〇一三年春天，我在北京鲁迅文学院高级研修班学习两个月。夜里从外面回来，经过暗香浮动的丁香树，听到了一阵很响的哭声。一位女同学显然喝多了，拖着长裙高一脚低一脚，两位男同学一左一右扶着她，劝说着"还会再见的还会再见的"，她说，我知道我知道，但我还是想哭，然后又大哭起来。

圆月将丁香树的影子投在我脚下，斑驳迷离，我看到了十五年前的一轮圆月和来自海峡对岸的两位老人。

和台湾高雄文艺协会周啸虹理事长第一次见面，是在绍兴举办的"西子湖畔海峡两岸中秋诗会"上，品过各种各色黄酒后，每个人得到了一张"品酒师"的证书。年过花甲的周理事长祖籍江苏，自从两岸恢复走动以来，他和夫人已经到大陆走了二十几趟，足迹几乎踏遍万里河山。故土的中秋圆月照见白发苍苍的他将一杯黄酒一饮而尽后，含泪朗诵了一首《乡愁》。

一年后，我随作家代表团出访台湾，给周理事长和夫人春华女士带了一套小小的葡萄美酒夜光杯。站在垦丁眺望三色海时，我想起老家玉环岛，一时默默无语，一路上谈笑风生的他也默默无言，我想他也想念老家了。一年后，他和夫人从江苏老家来杭，特意给我带了一串扬州出的碧玉项链，对我先生说，我是他们的"杭州女儿"。我惊住，原来，有一些无须言语表达的共鸣早已在我们心间温暖流动，这一声"杭州女儿"才来得如此自然。

二〇〇二年春，在"西子海峡两岸文学恳谈会"上，我们又见面了。当大巴在霏霏细雨中缓缓驶进作家协会大院，车上车下所有的手同时举起来，隔着窗玻璃又摇又摆。我一上车，车厢里立刻响起此起彼伏的呼唤声"沧桑！沧桑！"一双双手伸向了我。夫人从座位上远远伸过手来，拉住我，又轻轻拍了拍我的脸。他们给我女儿带了一只变形金刚手表，在座的还有曾带着我们在台湾街头大嚼槟榔的蜀君姐、送我们亲手做的陶瓷项链的丽卿姐……更没想到沈立大哥给我女儿带来一只穿着开衫的小白兔公仔，占了箱子好大的体积，逢人便问我会不会来。

我回赠理事长夫人一只玉镯寓意我的家乡"玉环"，临别时，我们说，还会再见的还会再见的！

世事沧桑，圆月依然，十八年了，我们再也没有遇见，周理事长已驾鹤"回家"，多么遗憾啊，我从未好意思喊过他们一声"干爸干妈"，即使在书信里。

曾经在香港兰桂坊的人山人海中斜背着一瓶啤酒跨年。

曾经在澳大利亚一家华人餐厅，偶遇当地女孩出嫁前一晚的狂饮狂欢。

曾经在瑞士雪山脚下的寒夜，和两个陌生的欧洲旅人一起露天喝冰啤酒。

曾经坐在巴黎街角的长椅上抽过一支烟，看街对面两位法国白发夫妇坐在屋檐下，长久地、默默地饮着鸡尾酒。

曾经在塞尔维亚酒吧的震天的音乐里和同行师友们纵饮

大笑。

曾经被伦敦一个集市几千人一人端一杯酒闲聊的巨大喧哗声吓跑。

曾经躺在马尔代夫的沙滩上举杯遥祝朋友生日快乐。

曾经迷恋清迈四季酒店里那杯卡着兰花的甜酒和一头白毛耕牛。

曾经坐在京都琉璃光院的庭前饮一盏抹茶，像饮下一杯苦酒般五味杂陈。

…………

随着年岁增长，我酒量越来越差，人越来越懒，极少参加酒局，却闻酒则喜。我仰慕古往今来的酒文豪，羡慕爱喝酒的文友，他们火焰般的豪情，雪霁般的清新，酒席上的头脑风暴，掏心掏肺的交情，他们举杯邀明月啊啊对影成三人啊啊……那种快意人生，我永远无法企及。

即便如此，仍碰到过两件惊心动魄的文坛酒事。

二〇一六年冬，中国作协第九届全国代表大会在北京召开，为期一周。一天会后，和我同住北京饭店的一位老哥带我赶了两场文友酒局。第一场肚子笑疼了。第二场吓坏了。

十几个文友围坐在两张临时拼成的木桌前，相谈甚欢。突然，席间有两人脸红脖子粗地嚷嚷起来，不一会儿，都站了起来，眼看就要动起手来，脚下的酒瓶子乒乒乓乓响，哗啦啦倒地。大家连忙上前拉架，也有几位淡定地说，没事没事，一会儿就好，常有的事儿。

酒席散后，老哥似乎喝多了，死活不肯上我叫的网约车，他说，无论如何，不能让女士付钱，坚决不行！我来拦出租车！

我说，你也可以付的。他说，你骗我！

司机听出醉意，说，醉了？！掉转车头就走。

深夜陌生的小街上，空无一人，出租车的影子都没有。那一刻，我害怕极了，这么冷的天，一个喝醉酒的大男人，我又搬不动他，手机又快没电了，假如所有司机都不肯送，那可怎么办？

老哥晃过来一只胳膊挡着，不让我看手机，说，你不许叫车，不能让女士付钱，我来拦车！

我边说好的好的，趁他不备，赶紧下单。车终于来了，我一边推他一边说，是出租车，快上！顺势把还想辨认一番的他一把推到了后座上。

后来会场里碰到，老哥恨恨地说，你也会骗人啊！

庚子年初春，华夏大地被疫情围困，都说喝酒能杀毒，不知能否让人反省。北京那个冬夜在酒桌上认识的全兄在朋友圈里说："风雨交加夜，酒为灵魂生。"

他家的猫叫月亮。

当今中国文坛上最著名的酒事，当数著名评论家老孟的酒事，有书为证：老孟的一众好友专门出版了一本书《老孟那些酒事儿》，著名学者谢冕作序，细数"酒做的老孟"桩桩趣事，读来让人笑也让人哭。其中，吴玄写到一件与我有关的酒事：老孟和文友们从北京来杭，我小病初愈，约好就近在我家小区会所一聚。老孟刚说着"好酒"把酒杯端起来，又放下了，悄悄叫上吴玄石一枫赶快送他去医院，感觉自己快不行了。所幸一瓶点滴打下去，老孟又活了过来。当时我根本不知他旅途辗转劳累过度，每每想起来心有余悸。

殊不知，那是一声警哨，不久后，老孟病了。

三年后，大病初愈的老孟来杭，我带了一瓶先生准备的白酒去看他。当年先生和老孟都在香港工作，我们曾经穿过大半个香港聚在一起喝酒，三个人坐在海边的海鲜大排档，吹着夏夜的海风，喝了一瓶白酒，又喝了两瓶啤酒"漱漱口"。分手时，第一次见面的两个大男人握手言欢怎么都不肯撒手。

湘湖边落座，见老孟清减了许多。他只浅浅喝了三小盅，却做出有滋有味的样子。好歹他又能喝白酒了，我的鼻子和心里一酸一酸的。

那瓶喝剩下的白酒，还有三分之二多，家里几乎从不喝酒，便搁了很久。庚子年雨水过后，在抗疫一线待了一个月的先生终于回家，晚饭时，他拿出那瓶剩下的白酒，倒了两小杯，白酒呈淡淡的黄色。

他说，这酒，可是十年陈的。好酒，要有好身体喝啊。

少年时，目光总是向上，功名，理想，境界。中年后，尝过世事艰涩，懂得命运多舛，目光渐渐低垂，欲望底线渐渐下降，健康平安就好，别的都顺其自然吧。最后，如日落西山般，目光只落在地平线上一起走着的几个人身上了。

最珍贵的，无非是波澜不惊的日子。

十三

这是山里村的时间，戊戌年冬至上午十一点。

正午的阳光肆无忌惮起来，穿过窗棂，闯进酿酒坊，泼在一个个男人健硕的半裸体上。

　　一个个曾在风浪里讨海、庄稼地里风吹日晒的身体，接受着泉水的冲淋。淋过糯米饭的温水，从头顶倾泻而下，抚摩酸痛的四肢，流入饥渴的嘴，光一般向四周飞溅。

　　光影变幻，雾气蒸腾，肌肤黑亮，像一幅幅油画。

　　油画里响起了男人们的歌声和说笑声，用土话唱的歌谣：

　　　　荆轲喝了酒，壮士一去不回头。

　　　　秦皇喝了酒，一统江山并九州。

　　　　汉武喝了酒，开疆拓土筑丝绸。

　　　　曹操喝了酒，横槊只待小乔柔。

　　　　唐宗喝了酒，玄武门外鲜血流。

　　　　宋祖喝了酒，黄袍加身陈桥头。

　　　　李白喝了酒，与尔同销万古愁。

　　　　陶潜喝了酒，弃官不做乡下走。

　　　　杜康喝了酒，一壶佳酿解千愁。

　　　　刘伶喝了酒，神灵焉能帮戒酒。

　　　　阮籍喝了酒，竖子咏怀八二首。

　　　　右军喝了酒，兰亭翰墨领千秋。

王勃喝了酒，滕王阁序成不朽。

东坡喝了酒，长叹明月几时有？

稼轩喝了酒，沙场点兵恨悠悠。

岳飞喝了酒，恨不饥餐兀术头。

如果没有酒，

武松焉敢景阳冈上走？

如果没有酒，

鲁智深怎能倒拔垂杨柳？

如果没有酒，

关云长如何能斩颜良诛文丑？

如果没有酒，

杨贵妃又怎能千古而不朽？

如果没有酒，

李玉和就不会浑身是胆雄赳赳！

如果没有酒，

杨子荣哪能甘洒热血写春秋？

将军喝了酒，腹内隐神兵，胸中藏锦绣。

文人喝了酒，开谈惊四座，笔下龙蛇走。

同学喝了酒，推心置腹一唠准半宿。

同事喝了酒，前途在招手，跟着感觉走。

朋友喝了酒，哥们五魁首，互相扶着走。

…………

有的从做戏人那里"贩"来，有的从踏三轮车的老倌那里听来，有的是网上学的。他们中也有不识字的，不知道那些字怎么写，意思却懂。

从冬至到次年端午，山里村的酿酒坊会飘出香气，笑声，顺口溜，亦会飘出一两句嘶吼："九月九酿新酒，好酒出在咱的手哇……"

随之飘出的，定是一阵哄笑声。

男人们洗澡时，灵江叔在炒钉螺。深蓝色工作服后背上汗湿的那一大块冒着清晰可见的袅袅热气，显得飘飘欲仙，又有点滑稽。

作为酒庄的经理，按山里村原村长老章的话，灵江叔一点都没有领导的样子，只管自己做事情。除了锹饭，他还要买菜洗菜给大男人们做午饭，完了还要洗碗收拾，喂四只小野猫。酿酒时，几个老哥们也不开会，说几十年了都这么干的，默契着呢，像他们得空时，坐拢来晒太阳打打牌一样默契，像和当地山民一样默契，敞着仓库，也从没人会来偷酒。

灵江叔先炖上排骨插上电饭煲，再起油锅炒菜。用的是泉水，吃的是男人们自己种的大白菜、盘菜，还有从山下带上来的鸦片鱼头、钉螺、龙头鱼，还有老章特意去栈头码头买的刚下船的梭子蟹。喝的自然是自己酿的黄酒，一坛一坛码在屋脚，一直码到伊海伯的床头。

自称"吃饭第一"的伊海伯，已就着昨天中午剩的螃蟹脚喝上了。

十一点二十二分，背上汗气蒸腾的灵江叔冲着大樟树喊，吃饭啦！

窗台外的一只母猫和三只小野猫闻声喵喵叫了起来。

十四

沿着小野猫喵喵的唤声，现在进入讨海人兼诗人张一芳的时间。我四十七岁。

张一芳大哥陪我去玉环的几个离岛走走。这个有名的玉环通，勤劳、智慧、豪爽、幽默、执拗，典型的家乡人性格，十六岁起讨海为生，散文诗歌都写得好。坐在开往洋屿的小船上，海风吹得衣服呼啦啦响。他和我说起十六岁生日那天出海打鱼死里逃生的事。以下是他的原话：

前一天，也就是腊月二十一。我们正在舟山渔场大龟山洋面放绳线钓带鱼哩，天比往日高，海比往日蓝，"海路"是特别的顺，延绳绳线拽上来的，清一色是两斤以上一条的大带鱼哪，一个巴掌那么宽。天气预报说是晚上有八到十级的西北大风，西伯利亚来的。船长骂人了，骂天骂地骂电台，骂气象台，也骂我，说是诳鬼话。

还不等天黑，风来了。大风一来，浑黄如姜汤的黄海浊流随着一条一条接踵而至的潮涡线，从北往南压过来了，替代了原来的碧清与瓦蓝。什么叫"沧海横流"？这就是！浮海垂放的延绳钓线也随着风浪漂流，我们赶紧扬帆起钓线。小木船一下子左倾着颠浪驶行，一下子右倾着颠浪驶行。我就站在舵工身后，帮着料理风帆的缭索。

骤来的风和骤来的浮浪急流，已将这条长不过六米的小木船，漂送到朱家尖山外海。

小木船七颠八簸驶到朱家尖南端的黑山屏山门，浪已更恶更险，又遇着退潮和扣山的"鬼盘风"，小船根本无法驶进。八个老人也完全预料不到接着将面临什么。只我，无知者无畏，还想煮一大锅鱼汤，小木船近四十度的顶风侧舷驶行，又不时来个大颠晃，柴火只烧在灶壁上。

夜已经降临，天上却有繁星如缀。周围汹涌成峰的波涛，浪花冲向舱盖板，舱面上一片流泻的光。呜呜的风声如手执勾魂票的白无常们在狂舞中叫着谁谁的名字。木船一下子被抛向浪峰，一下子又陷入波谷，风帆如浪尖上翻飞的蝴蝶。不能吃横浪，否则会翻船。

我不晕浪不晕船。这是命，我认了。

在船长的策划下，八老一少九个男人，三个人成一组，一组把舵，一组守望，一组蹴在舱里抽一回烟，歇一歇。

"廿一生生，月上三更。"这时有片刻的风浪暂息。船长用一根麻绳一头捆了自己的腰，又捆了我的腰，一头系在舷桩上。万一我们掉下海去，也能拉上一老一少两具尸体来。两个年岁最小的披沥劈头盖脑飞溅的浪花，手拉手爬到船头，把锚碇放到海里。数十米长的锚索放尽了，风浪再度辉煌时，船身的颠晃已不再那么张狂。

八个平均年龄六十岁的老人。加上一个十六岁就差一门槛的我，就这样和死神闹了一整夜的别扭。合该是我年少眼尖，天慢慢放亮时，当一个排浪把我们推向浪巅的时候，我先看到船舷左后很远处朦胧着一片大山。老渔民们揉揉凝满盐渍的老眼，猜是北麂，猜是马祖岛，最后认出是熟悉的大陈岛。

肯定死不了了！木船驶进岙口。船底搁上卵石滩时，八老一少九条生命同时疲瘫在舱盖板上，身上穿的油布衣如包裹着一层薄冰的铠甲，与舱板的碰撞中发出猎猎的响声。

我不无感慨地一声干号，招来了船长的臭骂：书好读不读，偏来挣这份鬼食！

我盯着洗生盆一样血红的太阳，说：船长你狗屁了！今天是我的生日你知道不？

船长把烟杆吸得吧唧吧唧如咂他老娘的瘪奶子，然后敲着我的头说：好！生日好！你狗屁今天这个生日真算生日了！

船长掀起舱盖板，拎出一筐大带鱼，甩几条给我。我把鱼剁好后，他已从舱里搬了半坛进了海水的酒出来。

船长斟了满满的第一碗，推到我面前，说：喝吧！过了今天，你狗屁成精了，是大人了。

八个平均年龄六十岁的老人，就这样为我的十六岁生日祝酒。九个粗釉大碗一起举着，举得和太阳齐高。

第二天中午到达沈家门港后才知道，江浙闽三省在舟山渔场有七条渔船失踪。

当年那八个老渔民，七个不在人世了，我去送过殡的，有五个。船长还健在，我每年春节回家，捎带着看他一次。每次我都带去两瓶酒。不喝完这两瓶酒，他不放我回家。

在海风里，张一芳大哥大声朗诵了一段他的《海神庙》：

拿大碗筛酒在海滩　豪饮

醉了就摔碗　就在焱焱的火上跳舞

沉重的木鼓　荡气回肠

吆喝　如春三月的涛声

海之神因而动了　真情

这时有如珠的精血　被注进大海

这摊泥　便可造就生命

男人像构想女人那样构想海神

海之神因而是　女人

他们从臂上剜血　为她画眼

泥胎便有了女人一样　慈善的　心

男人们把自己灌醉

便眯痴着双眼　奉献虔诚

直到膝上的殷红滴成莲花

又眯痴着双眼　走向海边

男人们笑呵　笑海神柔情

男人们哭呵　哭海神太真

他们如疯般扯起风帆

看不见黑压压站在岸上的　女人

十五

海风席卷着海浪声翻上悬崖，现在进入酒吧老板康康的时间。我四十九岁。

从窗口望出去，是北山路，再过去，就是绿柳掩映下的西湖。傍晚时分，月亮形的路灯在静谧中次第开放。

康康端上一大盆海鲜面，得知我生日，他亲手下厨为我做长寿面，还有一个鱼头浓汤，几个小菜。我们围在他的办公桌前吃，酒柜里立着各色洋酒。我不想喝酒，康康便也不喝。

我问康康，老弟，你酒量到底有多少？

康康不说话，伸出一根手指。

我问，一斤白酒？一瓶白酒？

康康说，NO，一——直——喝。

我问康康，你一个玉环穷乡僻壤出来的细佬头，做成杭州最大的酒吧老板，真神奇，不容易吧？

康康又伸出一根手指，说，一根稻草逆袭成一根虫草，是要拿命拼的，鬼知道我都经历过什么。

我参加过纪录片《天南海北玉环人》的拍摄，看过无数家乡人在海内外闯荡江湖的动人故事和傲人成就，深深感佩，康康是我最熟悉的一个。

我问康康，酒的江湖，很深吧？

康康说，我东海舰队出来的，东海浪大，西湖浪也不小，习惯了就好。

康康写一手好字，出口成章，爱编顺口溜，我让他形容一下吃酒人，康康说，开始豪言壮语，中间胡言乱语，最后默默无语。

常常，康康没空吃饭。他说，也不知道图什么，累得要死，不如拆迁户来钱快："拆"字一喷，马上大奔，房子一动，揽胜运动，房子一移，兰博基尼，房子不动，还骑电动。我就是个骑电动的。

当然不是，他就是想让手下的员工骑着电动车进来，开着宝马出去。

在康康小伙伴们的脑海里，印着一个共同的画面：一桌人东倒西歪，康康一个人淡定地靠在沙发上，拿手机慢慢刷着微信，偶尔抬头看一眼，像看自己打下的一片江山。

康康说，让他们厘头嘴（说大话），还不是白眼话靠（翻白眼）。

不惑之年的康康一副明星相，开心起来像个大男孩，会用鼻子喝啤酒，会变魔术，去剧组客串拍戏，拍抖音，租直升机在西湖上飞，包个车队带所有员工回老家玉环采文旦，会年复一年到贵州大山里给孩子们送吃的穿的。酒吧每开一家加盟店，他都会捐一座希望小学。

康康也醉过，一群人喝不会醉，一个人喝会醉，压力太大了。有一次洗完澡，出来时听见什么东西在"叽咕叽咕"叫，原来他一直穿着皮鞋在洗澡。

对于康康，酒并不是酒吧的灵魂。每一瓶酒都有供应商，自带光环，没有个性，个性在于酒吧能给客人什么。客人来干什么？在音乐和酒精里释放压力？不不不，他们更需要的，是被尊重的感觉。光鲜亮丽的外表下，谁没有伤口？用美酒，用真诚的笑，用最走心的服务，治疗它。当年，我抵押房子，到处贷款，孤身一人到杭州闯荡，谁替我舔伤口？不是酒，是那些目光，不含一丝鄙夷的目光！

熟客来了，康康让保安打着伞毕恭毕敬去迎接。谁过生日，他让出品部定制一杯酒，一排服务员穿上发光的衣服，将那杯酒一道一道传过去，绕场一圈，最后传送到他的台面上。他把每一个进酒吧的人，看成他受了委屈的兄弟，他使劲抬举他。

康康耳鸣，累的。我说，你少喝点吧。

康康说，没办法，不是我死要赚钱，身后跟着那么多兄弟姐妹和他们的家庭啊。

庚子年立春，窗外阴雨绵绵，周遭一片寂静。康康电话来问，老姐，你在老家吗？我带你喝酒去吧。

我说，开什么玩笑，我在杭州，居家隔离呢。

康康说，是开玩笑的。我在老家陪俩闺女，这么多年了，一直没有好好陪她们。

我说，你那儿刚扩大规模升级，疫情还不知道几时过去，你可怎么办？

康康不响，过了一会儿说，不说了，惨不忍睹啊。

我说，会好的。心里重复了两次，会好的，会好的。

康康说，等我们都出来了，直升机带你西湖上兜两圈放放风，你不要吓得白眼话靠（翻白眼）！

我只好哈哈大笑。

等春天来了，等着他的必然是一场新的硬仗。我相信，他每一道指纹里藏着的梦想，一定会春花一样舒展开来。

十六

这是山里村的时间，戊戌年冬至午后一点。

胳膊上文着老虎的永青递给我半酒瓶盖酒汗。七十度的酒汗。

舌尖被电了一下，一阵酥麻从舌根直通食道，小小一团火轰地爆成一股热流一路山呼海啸，直达胃部，像山里村的日出，从初升到辉煌，只用了一秒，一秒后，人进入了难以名状的仙境。

"酒汗"，酒的精华，煮酒时一根管子通到一个小陶缸里，酒蒸汽凝结而成，永青他们煮了一万瓶黄酒才积聚成一小瓶，度数很高。

温州瑞安有专门做老酒汗的，在晚清时曾列为贡品，出酒量仅百分之一，闻之，清冽醇芳，喝之，口鼻生香，通筋活血、清心祛邪。

煮酒也叫煎酒。灌装，密封，贴商标，对于之前各道工序而言是小菜一碟，还是这七个男人，一人一个小板凳，"一条龙"一气呵成。

冬日午后，山里村笼罩在浓郁的酒香里，直到傍晚时分，男人们坐车到山下，回家。

日复一日，冬去春来，直至次年端午。

老章时常羡慕把日子过得"像蜜一样"的这帮老哥们，又恨他们啥都不着急。老章不做村长，做物流了，整日奔波。他放不下酿酒坊，山里村是玉环岛人蜂拥而至的世外桃源，山民们也得了很多实惠。老章绞尽脑汁，想把山里村的好酒和好山水一起分享给更多人。

伊海伯们不关心他的想法，也不着急卖酒，也不管酒被他卖到哪里去了，他只管把酒做好，死活不肯加任何添加剂。伊海伯说，他能保证把糯米自身的天然色素释放出来，他的酒，有世界上最好看的颜色。

这些海岛男人，固然人人都有烦心事，个个都有病痛，上了山，下了车，走上通往酿酒坊的斜坡，就像进了一个结界，"一老一实"，不急不躁，舒坦。

老章走上斜坡，踏过大樟树覆在地上的影子，听见了永青的大嗓门，然后听见了男人们喧腾的笑声，正在老去的男人们，快活得像一群少年。

他忽然想起一句话：人诗意地栖居在大地上。

日子不就应该这个样子的吗？

十七

雏鸟啁啁的啼鸣声，带我们进入山后浦 15 号的端午时间。我五十岁。

含笑树上，四只小白头翁伸长鹅黄色的脖子，拼命喊叫着。它们叫父母亲怎么叫呢？是随口乱叫，还是和人类一样，统一叫"爸爸妈妈"？

父亲不知道白头翁夫妇将小窝搭在树冠顶部最中间，请人给树剪枝，树冠削掉一层后，鸟窝和四只雏鸟便袒露在天光下。

清晨下起大雨，白头翁夫妇不见踪影。我采了一片芭蕉叶，踩着梯子爬到树上，把芭蕉叶盖在鸟窝上，看见还未长毛的雏鸟们大张着嘴巴，冷得瑟瑟发抖。我给芭蕉叶和鸟窝之间留了个洞，方便它们的父母进出。

蒸糯米饭的香味弥漫了雨中的娘家小院。站在梯子上，可以看到厨房窗户逸出大团大团的白色蒸汽，属羊的母亲从蒸汽里探出头，唤我下来。

来，酿米酒了！

红曲是父亲托温州平阳的老友寄来的，糯米饭凉透后，母亲手把手帮我将红曲拌进糯米饭里，一勺一勺舀进粗陶罐。

一个月后的端午节，娘家小院在一阵黏稠的酒香里醒来。像桂花或稻谷被阳光晒透，散发着有点陈旧的、温暖的香味。玫瑰色的米酒，盛在三只白瓷酒盅里，摆在院子的玻璃桌上，映入了桂花树叶和啁啾的鸟鸣声。

小白头翁们没来得及长大,就被老鹰叼走了,白头翁夫妇也没了踪影,几只鸽子、喜鹊和一群麻雀常来院子里觅食消食。父亲很是内疚,说,都怪我让人把树冠剪了。

我仰脖将酒一饮而尽,一到春天就过敏的鼻子一下子通透了许多。

有一个古老的成语叫"酒药同源"。世界上不同的民族有一个奇妙的默契,酒一开始都被当作药品。古埃及医学文献里记载了七百多种处方,其中约一百条中出现了"beer"(啤酒)这个词。西方医学之父希伯克拉底发现用葡萄酒清洗伤口更容易避免感染,欧洲人用酒对抗瘟疫。繁体字"醫"的上半部是"殴",指治病时的叩击声,下半部分的"酉",就是酒。《汉书·食货志》有"酒乃百药之长"一说,《本草纲目》则认为,酒能行药势、通血脉、润皮肤、散湿气、除风下气。一本本医学宝典里,酒这一神奇的液体,常常被当作"药引子",浸泡、烧煮、蒸炙中草药,或调制药丸。

在人类漫长的文明进程中,酒慢慢变成全人类疗伤的药,中国人给酒取了很多名字:杜康、欢伯、杯中物、金波、秬鬯、白堕、冻醪、壶觞、壶中物、酌、酤、醑、醍醐、黄封、清酌、昔酒、缥酒、青州从事、平原督邮、曲生、曲秀才、曲道士、曲居士、曲蘖、春、茅柴、香蚁、浮蚁、绿蚁、碧蚁、天禄、椒浆、忘忧物、扫愁帚、钓诗钩、狂药、酒兵、般若汤、清圣、浊贤等，疗肉体的伤，也疗精神的伤。

此刻，父亲将一包雄黄粉倒进半碗白酒里，顺手折了一小枝迎春藤，将雄黄酒洒遍院子的角角落落，驱邪除秽。父亲路过歪在藤椅上的我时，顺手在我额头抹了一抹雄黄酒，像我儿时一样。

额上的那一抹清凉，迅速渗入皮肤，往两边的太阳穴走，弥漫到后脑勺，与刚刚喝的米酒大部队汇合，继续向上游走，直抵头顶最接近天空的那个细胞。端午的暖阳罩着我，像法海的金钵罩着我，我看到自己像蛇一样现出了原形，嘴里发出的不是哀求，而是一声声忏悔。

原谅我生过母亲的气

原谅我吃过父亲的醋

原谅我不会做菜

原谅我对亲近的人说话有时不耐烦

原谅我坚持不了吃素

原谅我滥用餐巾纸

原谅我依赖空调

原谅我叫外卖使用塑料袋

原谅我说过谎

原谅我爱听好话

原谅我给文字加过滤镜

原谅我愤怒时忍气吞声

原谅我没有倾囊相助需要帮助的人

原谅我常躲在美与不美势不两立之间的缝隙

原谅我的外圆内方

原谅我对宇宙不够敬畏常怀疑它只是巨人身上的一团细菌

原谅我杞人忧天

原谅我相信万物有灵

原谅我一生产生的所有垃圾

原谅此刻我没有帮母亲洗碗

原谅我

我醉了

十八

最后，沿着戈登的时间，进入庚子年春天。我五十一岁。

遥远的阿拉斯加，来自欧洲的体验者戈登，跟着一个当地女人，乘着小木船穿过巨浪，抵达了一条人迹罕至的冰河，取一块史前留下的蓝冰用来做鸡尾酒。

他们将一个螺丝固定在一块蓝冰上，从十一点钟方向开始凿挖，终于得到了一大块世界上最纯净的冰——晶莹剔透，沉睡了几万年。

他们将冰敲碎，放入两只高脚酒杯，倒上白兰地，冲着太阳晃了晃。

唇与烈酒触碰的刹那，他们同时嘴角上扬，瞳孔放大，仿佛看见了史前的日月同辉。

戈登确信，跋涉万里，他终于捕捉到了酒的活灵魂。

河西走廊焉支山下，夕阳斜照进一个酒库，一个个巨大的棕色酒缸上，覆盖着一块块异常鲜亮的红缎子。一个小勺伸进了酒缸，睡了三十年的酒醒了，叹了一口气，吐出一串咕咚咕咚的耳语，浓郁的香味瞬间弥漫开来。用高粱玉米大麦小麦大米豌豆等九种粮食酿制的美酒，在玻璃酒壶里，呈现夕阳一样的淡淡金黄。

我与金黄对视，看见清澈的酒里凝结着浓稠的历史，是与江南的黄酒截然不同的另一种风骨，似凌厉眼神，似铿锵之音，又似温软的炉边夜话。从前，它是出征酒，万马嘶鸣，尘土飞扬，一碗一碗烈酒被仰脖喝尽，一只一只酒碗被摔得粉碎；它也是庆功酒，团圆酒，被劫后余生的人群痛饮，化作眼泪飙飞，化作一场场思念的雪。此刻，它只是一杯民间的酒，沁入了寻常百姓日子的酒，像一个静坐于喜宴主桌的老人，微笑着，眼神安详。

时间来到庚子年立春，杭州春江花月小区。

木塞从葡萄酒瓶口轻轻弹出，像一声叹息，来自戈登故乡的"活灵魂"，轻轻逸出了瓶口。

我爱它的名字"活灵魂"（Almaviva），甚于它细滑如丝、馥郁醇和的质地，这款由法国酒王木桐家族与智利酒王家族联手酿造的顶级佳酿，静静的，像一朵初开的玫瑰。

打开"活灵魂"的我们正被困在屋内，居家隔离。新春伊始，地球与人类突破了"洛希极限"，什么都没说就动手了，森林大火、新冠肺炎、蝗灾、地震、海水温度骤降……整个世界瞠目结舌。

女儿将葡萄酒煮热，加入苹果、柠檬、豆蔻、肉桂、丁香、橙皮和冰糖，四杯散发着热气的红酒盛在英式茶杯里端了上来，加温过的红酒，散发着奇异的香气。

年轻人喝酒，饮法不一样了。古时黄酒盛行温饮，如今年轻人将黄酒冰镇后，饮时再在杯中放几块冰，或兑雪碧果汁。红酒热饮源自德国，我还是第一次喝。

"活灵魂"加热后，仿佛真的活了，在心脏里奔突，脑海里燃烧，变成一个个肆无忌惮的话题。

月球是不是空心的？月球背面真的是外星人基地？

推背图真的准吗？

中国人是天狼星人的后裔吗？

去哪里能看到麦田怪圈？

人类遭受劫难是为了从三维文明提升到四维文明？

李白追月溺水，是升华到了一个更高维度、更文明、更幸福的时空吗？那么，诱他落水的那杯酒是什么？是通往高维度文明的灵媒吗？那么，酒是什么？是高低纬度时空切换的一道机关吗？

像醉汉们说着梦话。

时间来到庚子年惊蛰，一艘艘渔船经过疫情严格审核后，从玉环岛大麦屿港起航，驶向了春天的大海。西湖边一棵柳树下，一位身材壮硕的大妈骑坐在一张散着几盒吃食的长石凳上，口罩褪到了下巴，抓着一瓶黄酒，仰脖痛饮着。印在她棉袄上的一只只蝴蝶展翅欲飞。

此时，山里村的酿酒坊又开耙了吧？

柒 船娘

西溪如一个透明的结界。
船娘微微弯曲着背，
轻轻摇着橹，
穿过晨雾和晨雾般浓稠的时光，
驶向湖的更阔远处。
她的生命形态，
古老，柔韧，恣意，隐忍，
美如雨中匍匐的蕨类。

"早春花时，舟从梅树下入，弥漫如雪。"

西溪如一个透明的结界，由水、空气、绿意构成。前往西溪，像前往另一个人间。

我一直在等一场雪。我曾与船娘虹美相约，乘她的摇橹船看雪落，梅开，吃火锅，喝酒。

普鲁斯特说，生命只是一连串孤立的片刻，靠着回忆和幻想，许多意义浮现了，然后消失，消失之后又浮现。此刻，雪停了，炭火的刺刺声、雪压梅枝的吱吱声高低错落，水上的往事一一浮现。

酒酣的两个同龄女子坠入了时空深处，水天一色，人舟一体，"我"是沧桑，"我"亦是船娘，抑或是千百年来湮没在湖光山色里的她，他，还有它。

西溪静默，"我"开口说话。

一　酒窝囡囡

谁也不知道，船是什么时候漂走的。

一万道阳光盛满我左脸颊的酒窝，一万道油菜花的光芒盛满我右脸颊的酒窝，两万道金光结成一个梦魇，将九岁的我罩住，只留下耳蜗里的一些声音。

鱼跃。

枯叶碎裂。

白鹭惊起，芦苇被它蹬弯了腰，低声叫。

渔网撒在水面上。

船过的欸乃声。

捣衣声。

越剧。

老人轻轻咽下最后一口气。

太阳炉火般轰鸣。

每一个梦的拐弯处，都藏着一声声清脆的鸟鸣，娘声嘶力竭的呼喊被挡在梦的外面：

虹——美！虹——美！你在哪里啊？！

"松木场入古荡，溪流浅窄，不容巨舟，自古荡以西，并称西溪。"与西湖一山之隔的西溪，是"芦锥几顷界为田，一曲溪流一曲烟"的江南水乡、城中湿地，自古和西湖、西泠并称"三西"。明清时，以十里香溪、百家庵堂、明月兼葭著称于世，与灵峰、孤山并称杭州三大赏梅胜地，也是无数文人墨客和达官贵人隐居的世外桃源，留下过苏轼、秦观、唐寅、张岱、顾若璞、李渔、厉鹗、洪升、钱谦益、柳如是、康有为、郁达夫等无数名士的足迹和传奇。

深潭口，古往今来赛龙舟的地方，也是我祖祖辈辈的家。早春直至霜降，每天凌晨三四点，娘就把我们三姐妹喊起来，摇着小船从深潭口出发，去武林门或笕桥割草喂鱼喂羊。小船穿破曙色，穿过一座座拱桥，一个个芦苇荡，由古荡至松木场，停泊在京杭大运河北大桥。

娘静静摇着橹。橹在水里搅起一轮轮鱼尾形的波光，倒映在娘的脸上，如掠过一片一片羽毛。摇船的娘，比山山水水还要好看。

九岁的我坐在船头，将右手垂到水面。"溪鸟吾前身，溪花吾故人"，我用指尖轻轻弹拨着一轮轮波光，一一问候我的"前身"和"故人"。

先问候水花生，水葫芦，金铃花，梭鱼草，空心莲子草，还有香入肺腑的白姜花。岸边匍匐着一丛丛湿漉漉的蕨类，卷曲的、毛茸茸的芽上，露珠一明一暗眨着眼。

我也眨眨眼，一睁一闭间，就会看到无数双黑亮的眼睛，嗖地一下亮起，又嗖地一下全都藏进绿色深处。我跟妹妹说，那是西溪精灵们的眼睛。妹妹不信。

船出了深潭口，我问候了宋高宗赵构。南渡时，他见西溪"其地灵厚，欲都之，后得凤凰山，乃云'西溪且留下'"，这一留，就留了一千年。

船过杨圩时，我问候了宋代曾权倾朝野的杨统制，他"功成名遂身退"，说服兄弟一起在西溪各置一圩之产，晴耕雨读，直至九代同堂。

明清易代，导致了众多隐士隐居西溪。船过秋雪庵，我问候了第一个将西溪比作"桃花源"并题写"秋雪庵"的明代隐士吴本泰，明亡后，七十余岁的吴本泰卜居西溪蒹葭深处，"性淡泊，无嗜好，绳床棐几，朝齑暮盐"。秋雪庵附近有一个庄园叫泊庵，是明代三个邹姓兄弟建造的，他们耕读艇钓，最喜欢在梅树下置放蒲团，吟诗作画。

船过以梅花闻名的安乐山，我问候了明末清初"西溪二隐"

孙蔗田和包太白，两个才华横溢、喜好吟咏的钱塘（杭州）人，常结伴登山临水，选胜探幽，著有《采薇子》和《蔗田集》。

船过一座古桥，小伙伴们玩倒栽葱跳水的地方，我问候了两位同名同龄的本地人"西溪两晴川"——经学家孙晴川和家有藏书楼的沈晴川，两家一河之隔、一桥相连，志趣相同，家朋长聚，著成《南漳子》，详细记载了西溪的一切，一个写书一个作序，人称"河渚陆地仙"。

清末太平军攻占杭州时，家有万卷藏书的丁氏兄弟携书避居西溪，为抢救《四库全书》呕心沥血。父母过世后，兄弟俩索性舍弃红尘，在西溪停放父母灵柩的家祠盖了一座风木庵，布衣草履，终于此庵。

…………

这些人，这些事，都是精瘦精瘦的单爷爷告诉我的。单爷爷摇着橹，晃着看上去很轻的脑袋，说，虹美啊，这些人，这些花啊草啊鱼啊鸟啊，都是咱们的先人。你在心里时时念着，你的先人就不会死，西溪就不会死。

那时候，我不知道，他说的"你"是泛指。我当真了。

可是，那么多先人，哪一个是我们吴家的祖先呢？反正搞不清，就全都问候一遍吧。反正这里的山这里的水这里所有的一切，我都觉得亲。

娘一下一下摇着橹，橹是不是也在问候一个个祖先？娘用橹问候着祖先们，用橹延续着祖祖辈辈的生计，延续着早已注入一代代西溪人基因的深居淡泊、与世无争。

北大桥到了。晨曦中，排成一串的进香老太太们每人背着一个黄香袋，叽叽喳喳穿过油菜花田，前往一个个庙宇——她们的渡心之船。娘带着姐姐妹妹上岸割草，让我看船。

"君家何处住，妾住在横塘。停船暂借问，或恐是同乡。"

一位面目模糊的白衣少年，站在一条小船上迎面而来，船与船擦肩而过时，我脱口而出：

哥哥，把船停一停好吗？你家在何方？我家住在西溪深潭口，听你口音，我们是同乡呢！

两千年前《长干行》里摇船的女孩，一定像我——壮敦敦的小身板，黄喇喇的羊角辫，圆圆的脸，大大的黑眼仁，一笑两个酒窝，那么傻，那么天真。

可是，少年是谁？为什么他的面目如此模糊？

虹——美！虹——美！你个囡囡啊，吓煞我哉！

阳光刺痛了我猛然睁开的眼，一张大脸盘正对着我的鼻尖——娘泪水汗水横流、红通通、怒气冲冲的大脸盘。

起得太早，太困了，我躺在小船上睡着了，谁知船绳没有系好，小船随着微波沿着古运河，从北大桥一直漂到了武林门码头。娘急死了，一路狂奔一路呼喊，一路打听一路找，终于看到自家的小船，在两块油菜花地间的水面上打转转。

我说，娘不怕，我要是掉水里，闭着眼睛都淹不死，要是迷路了，闭着眼睛都能把船划回家！

二　龙舟伢儿

造物深藏着一个个伏笔。当小船载着我一次次从他家门前的河埠头经过时，我从未想过，那个低头默默刻着龙舟的少年，会是和我风雨同舟一生一世的那个人。

"桥门印水，幻影如月，舟行入月中矣。"

船走在开满紫色水浮莲花的水巷里，穿过一座又一座拱桥，仿佛从一个开满鲜花的月亮到另一个开满鲜花的月亮。月亮脚下窝着一座老屋，老屋门前的水波里，一个少年默默刻着龙舟的倒影，总让我想起西溪传说里的一个少年。

西溪是佛教圣地，明清时有曲水庵、秋雪庵、云溪庵等一百四十多座寺庙。传说清光绪年间，东天目山昭明寺的年轻居士惠仁奉方丈之命到西溪代为探望老友，遇见了一位在云溪庵竹林深处吹笛的素衣少女，一见如故。每日午后，两人一个在船上，一个在竹林，隔水相望，聊天，吹笛，听笛，整整四十一天。令惠仁不解的是，素衣少女的笛声依旧，话一天比一天少，话音一天比一天弱。

第四十二天，素衣少女再也没有出现。惠仁苦苦等待，等来了一个噩耗：少女早已身患重疾，家人送她来云溪庵静养，希望有奇迹发生，无奈红颜薄命，临终前，她对家人说，原以为就这样走了，却遇到了惠仁，给了我两个月最美的时光。

为了纪念她，惠仁打造了一口铜钟，送到了云溪庵。如今庵堂不再，据说有人在昭明寺里发现了一口古钟，静静悬挂于寺院正殿，夏日阳光透过枝叶洒在古钟上，散发着金色光芒。

我的惠仁是谁？在哪里？有一天，我会离开西溪远嫁他乡吗？

老屋河埠头前的那个少年，瘦瘦的，不高不矮，白白净净，他总是低着头，默默刻着龙舟上的部件，有时是龙尾，有时是龙头。村里人说，沈家的独生子玉法特别老实，不爱说话，要是他主动理你，太阳就从西边出来了。

他侧身刨着木头，刨花卷起来，替他说话。

他刻过的龙舟、花板，做过的八仙桌、藤椅、木桨、橹替他说话。

摆在西湖二码头展示的龙舟也经过他的手，也替他说话。

龙舟会上，他坐在最漂亮的龙舟上，使出全身力气敲锣打鼓，鼓点锣声替他说话。

都替他说好话。

媒人把十九岁的玉法带到十七岁的我面前，说，这小伙子一点儿都不像咱农村人，特别有涵养，到人家家里做木匠，有烟酒招待，他不吃不拿，不打牌，就只会干活。

他仍然不说话，干净的眉眼、指甲，指肚上厚厚的老茧替他说话，我听进去了。

从此，他天天来，一声不响地坐着，看见有什么活，就上前默默帮着干，不卑不亢，不管做什么事，好像心里早就打定主意。多年后，他说他早就看上了我——斗笠下油菜籽那么黑亮的短发，一笑，映山红那么红的嘴唇，河蚌里壳那么白的牙，漩涡那么圆的酒窝，蜜蜂那么纤巧又壮实的身材，脏得分不清颜色的粗布衣裳，天天摇着船从他家河埠头经过，那么好看，那么勤快，那么……通情达理。

好看吗？单爷爷说过，张岱的《夜航船》里说天上有一颗小星星叫"始影"，女人在夏至夜祭拜它，会变得美丽。与它并排的一颗星叫"琯朗"，男人在冬至夜祭拜它，会变得智慧。我问他是哪颗星，我也要拜拜。他看看天，摇摇头，说他也不知道。过了一会儿他说，勤快的女子就是美的。

勤快倒是真的，村里人家里人都这么说我。有田要种，有猪羊鸡鸭鱼蚕要养，要没完没了地去割草喂它们，最远的，是走路一两个小时到桃源岭，翻过山到灵隐白乐桥的茶地割草，再挑着草翻过山回到家。半夜骑着三轮车，拖着鸡鸭鱼肉去菜场早市卖。

我问他怎么看得出我通情达理呢？他低头说不知道，就是感觉。

那一夜，二十岁的满是老茧的手，握住了十八岁的满是老茧的手，结着一层层硬痂的两只掌心贴在了一起，摩挲着，像小舟贴着西溪水走，无比熨帖。

眼前闪过无数双西溪精灵的眼睛，它们都弯成了月牙形，在笑，在祝福我。

我对它们说，这下好了，我不会离开西溪了。

谁能料到呢，多年以后，我会食言，会背井离乡，深潭口会成为最痛的伤口。

三　在西湖

二十岁，我成了玉法的新娘，也成了第一个西湖船娘。确切地说，是杭州解放后至上世纪八十年代末，西湖船队的第一个也是唯一的船娘。

朋友带我到西湖游船公司应征，说，你勤快，机灵，体力好，方向感好，应变能力强，当船娘自由、收入高。于是，我跟着住在岳庙旁的男师傅学看云识天气，学礼仪、救生、导游知识，还学英语、日语、韩语。从此，501号船、一顶斗笠、一身米色粗布斜襟上衣和咖啡色粗布裤子，陪着我在西湖风里来雨里去，整整二十五年。

老话说，人生有三苦：撑船、打铁、卖豆腐。更何况女人撑船。

西溪灵气，西湖大气，湖面宽，水深，摇橹船和手划船都比家里的小船大多了，摇橹船可坐十个人，手划船可坐六个人。摇橹船的枇杷橹有三四十斤重，加上水力，人要使出浑身力气，脚步也要跟着橹走，一天下来，不知不觉走了千千万万步。

我不怕花力气，就想趁年轻赚钱养家，孝敬老人，生儿育女，让儿女圆我们的大学梦。

坐船游西湖，是自古以来钱塘（杭州）人的最爱。《西湖志》载，"西湖巨丽，唐初未闻"，后因白居易、苏轼等名士才名闻遐迩，"南渡后，英俊丛集，昕夕流连，而西湖底蕴，表襮殆尽"。南宋遗民周密在《武林旧事》中详尽描写了"西湖游幸，都人游赏"的盛况。

无论春夏秋冬朝暮晴雨，杭州人无时不游湖。皇帝游湖，坐大龙舟。达官贵人和老百姓游湖，游船"皆华丽雅靓，夸奇竞好……龙舟十余，彩旗叠鼓，交舞曼衍，粲如织锦。都人士女，两堤骈集，几于无置足地。水面画楫，栉比如鱼鳞，亦无行舟之路……小泊断桥，千舫骈聚，歌管喧奏，粉黛罗列，最为繁盛"。

凡缔姻、赛社、会亲、送葬、经会、献神、仕宦、恩赏等，不管普通百姓还是达官贵人全都嗨翻了。千金买笑，豪赌百万，老小出游，私下约会，都喜欢来湖上，直到花影黯淡，明月东升，才点着大红的灯笼，乘着车骑着马争过城门。还没玩过瘾的，干脆点起绛纱笼烛继续浪。杭州甚至有"销金锅儿"的称号。

属于我的每一天，都是眼睛的天堂，身体的地狱。早晨六七点出门，傍晚收工，夏天有夜游，要到十点或更晚。最苦是夏天，衣服湿了又干干了又湿，如果突遇雷暴，湖上起大风，即使温度高达四十度，也要赶紧将篷拆掉，在二十分钟内顶着烈日拼尽全力将船靠岸。最累的是"十一"长假，当时我是唯一的船娘，生意特别好，每天累得腰酸背痛腿抽筋，脖子被衣领磨出血，脸和手臂晒得火辣辣的痛，一层层脱皮，一块块晒斑，整个人又黑又瘦。例假来了也不休息，想上厕所，忍着。不敢多喝水，渴了，忍着，饿了，忍着。抽空扒拉几口冷饭冷菜，又急又快，常常犯胃痛。有时饿极了，觉得那嫩绿的、软软的西湖水，就像凉米糕一样，恨不得切几块下来吃。

有一次洗澡，突然发现右手臂比左手臂粗很多，腋下也大一点，吓死了，去医院检查，医生问我是做什么工作的，我说摇船的。他笑了，说，没问题。

大多客人都客客气气，欢欢喜喜的，也有的客人不可理喻，能把人气死。一个冬日，一位外地游客上船听我讲解了几分钟，就说你不要介绍了，然后就不理人了。过了一会儿，又说，你怎么不介绍的？过了一会儿又说，你带我去钱王祠。

有些航线摇橹船是规定不能去的。我耐心跟他解释，况且湖上起风了，得赶紧回去了。

他站起来冲我喊，我花了钱，要你去哪里就去哪里！

我连说着不好意思，顾自把船划了回来。我不跟他一般见识，就当他是心情不好吧。游客是我的衣食父母，我怎么能跟"父母"吵架呢？吵架伤元气，伤和气，伤财气，还伤美景。

他骂骂咧咧地上了岸，没付一分钱，说，你等着，我要投诉你！

我将船带回船坞，又饿又累，想想白划了两个小时没赚到一分钱，心里憋屈。夜色像一个家人，为西湖脱去了喧嚣的外套，给了她一个幽宁的怀抱。此时的我也想要一个怀抱，而我咫尺之外的水面上，那个和我同龄的二十岁新娘，她也想要一个怀抱。

靖康之难后，赵构迁都临安建南宋。赵宋王朝延续的一个半世纪里，只有八位公主出生，且只有宋理宗和贾贵妃的女儿瑞国公主活到了出嫁的年纪。自然，为掌上明珠选婿成了极重要的事。宋理宗专门召集大臣开会，拟定将新科状元配给公主。一大臣看中来自安徽当涂的三十岁英俊男子周震炎，不惜私下给他透题，点为状元。然而，他年龄太大，公主不肯。

转眼公主已年满十八，拥立宋理宗为皇的杨太后选定了她的侄子、年轻武官杨镇为驸马。宋理宗明知这是一场政治联姻，他不敢说。瑞国公主明知这是一场政治联姻，可父亲是她唯一的亲人，有苦难言，她不能说。

景定三年（1260）春正月，瑞国公主晋封为周汉国公主，出降驸马杨镇，出游西湖，场面极为隆重，杭城万人空巷，没有人看到新娘眼里的凄凉。

为了时时见到女儿，宋理宗在宫苑旁为公主建造了豪华府邸，他常乘坐布顶小辇，从公主府的后门进出。可没过多久，公主就病了。传说有一天飞来一只簸箕大的黑鸟，停在公主家的捣衣石上，啼声凄厉。秋天来临时，公主便去世了，未满二十二岁。年近花甲的宋理宗失去唯一的孩子后悲痛万分，不到三年也病死了，本已内忧外患的南宋王朝也慢慢迎来了最后的厄运。一二七九年三月十九日，崖山海战，宋军惨败被围，左丞相陆秀夫背着年仅七岁的南宋末帝赵昺跳海而亡，十万军民也相继投海殉国，南宋覆灭。

惊涛飓浪里，又一次响起凄厉的鸟啼声。传说赵昺养的一只白鹇在笼中悲鸣奋跃，摇脱笼钩，坠入大海殉葬。

白鹇穿越时空化为一只白鹭，惊飞而起，刺破西湖越来越浓稠的夜色。我看见，那个集万千宠爱于一身的同龄女子已转过身，正目光灼灼地看向湖岸——一对夫妻携着三个孩子挤在湖堤之上伸长脖子眺望着她和驸马都尉，妇人极胖且容貌丑陋，夫君极瘦，却伸着瘦弱的胳膊，死命挡在胖妇人身前，生怕她掉入湖里。

她灼灼的目光里，是艳羡。

一辆破三轮车穿过夜幕歪歪扭扭停到了我面前。玉法从车上搬下来一大堆东西，船舱、船板、矮凳，都是他亲手做的，涂着清漆，摸上去光滑，清爽。

我坐上三轮车，将冰冷的双手伸进他的胳肢窝里取暖，听见他闷闷地说：

我也来做船工吧，两个人有个照应。

水面上，她将灼灼的目光转向了我——一个累成狗的乡下丫头、一个满腹委屈的西湖船娘。

她灼灼的目光里，仍是艳羡。

我问她，我们俩换，你愿意吗？

她低头想了想，摇了摇头。

西湖不动声色，盛着人世间无数悲欢，从不会溢出来。西湖水日日融化着千千万万个过客丢给它的心事，融化不了的，就化成荷花、水鸟漂浮在水面上。多少年前，西湖在，我在哪儿？多少年后，西湖还在，我在哪儿？西湖于我是永恒，我于西湖只是永恒之一瞬。这么一想，还有什么委屈是过不去的呢？

关于西湖，有的，我说给游客听，有的，我藏进心里。潜意识里，我一直在等一个人，一个从古代穿越而来的谦谦君子，懂西湖风月，也懂西湖风骨，懂湮没在时光深处的那一个个灵魂，岳飞、于谦、张苍水……我会带他进入西湖的更深处，仿佛把偶遇的故人领进家门坐一坐。

我相信，每一个来我船上的人，都曾是西湖的一朵荷，一只鸟，一片云，一滴雨，一缕月光，一支香，一叶柳，一句诗。

我是时空之间的摆渡人。我愿我的船，和那些庙宇一样，是渡心之船。

四　擦肩

湖面上远远过来一叶小舟，我望望摇橹人的姿势，就知道是他。两条船擦肩而过时，我朝他笑笑。他悄悄瞥我一眼，嘴角微微往上牵动一下，继续不急不慢地摇着橹，和客人讲解着。

像九岁那年做的梦。

玉法不做木工了，做了西湖船夫。漂在偌大的西湖里，我不再感觉孤单无助了。

如果他没在讲解，我会问他去哪里？几个钟头？几点下班？他会面无表情一一作答，生怕客人看出来什么。

有时远远过来的不是他，却有他的口信，说，几点下班，哪里等我。或者说，几点会起风，小心点。

像两只水鸟整日滑翔在水面上，日落时分或者更晚，在西湖某一个码头会合，有时他等我，有时我等他。有时风大，他帮我把船划回船坞，骑车带我回到西溪的家。

大儿子出生了。小儿子也出生了。除了我怀孕坐月子，三百六十五天有三百来天都出船，家里事全靠公公婆婆操心帮忙。天气好、干得勤，一年能赚不少。

心境不一样了，看西湖就更美了。春天的清晨，白雾慢慢升起来，太阳慢慢升起来，几只小鹧鸪互相追逐，拍打起一长串浪花。夏日空闲的午后，将船躲在阴凉的桥洞下打个盹，常被偷偷游泳者的跳水声惊醒。秋天叶落时，杨公堤旁的西里湖聚集着数不清的白鹭和夜鹭，光秃秃的树枝上全是黑乎乎的鸟巢和白乎乎的鸟屎。下雪的时候，船犁开薄薄的湖冰，湖冰碎成片片翡翠。

西湖也会突然变脸。如果风吹过来是阴的，就要注意了，船就要贴着岸走。浪特别大时，会卷上岸，甚至将岸边的船拍碎，如果在湖心来不及靠岸，会有快艇把客人接走，小船只能随风漂着，一路惊魂。每晚七点半的中央台气象预报，别人看的是晴雨气温，摇船人看的是风力。

一天傍晚，我把客人送到断桥边上岸后，刚把船划出去，天突然暗下来，风一下子大起来，把白堤上的柳树都吹斜了，声音呼啦啦很吓人。我赶紧掉头回岸，也就是两三分钟的时间，船却靠不上岸了，浪变成了白浪，船被浪推着走，一直往楼外楼方向漂，我两脚直立使劲想稳住船，船却在剧烈颠簸，好几次差点翻了。

所有的力气都使尽了，恐惧将我紧紧箍住，突然，不远处传来一个熟悉的声音：

别慌！我来了！

玉法看到西湖北高峰方向乌云骤集，感觉不对，赶紧将船靠岸往我这边赶，从郭庄一路跑到刘庄。刘庄的警卫不让他进，向来文静的他急赤白脸地跟他解释，警卫还是不让。谁也没想到，玉法突然一把推开警卫，一下子冲了进去，直冲到湖边，跳进水里，折腾了半小时，帮我把船拉回了岸边。

后来才知，西湖上翻了二十多条船，好多船互相挤压，一片狼藉。

一直忘了问他，那么黑的天，那么大的风，那么多小船，他是怎么认出我的？

五　樱花国来的人

满头白发的他上船时，我第一感觉他不是杭州人，也不是中国人。

碰到外国人来坐船，我说得最多的英语是"多少钱""几小时"，几个小时一般比着手表画几个圈，或者拿出导游图，比画从哪里到哪里，要多少钱。他们很好玩，大多一上船就要求把船篷收起来，即使大夏天，也要在太阳底下晒着。

那时候坐船可以议价，我从不宰客，生意特别好时，价格稍微提高一点，生意差，就降低一点。西湖船娘少，我一笑两个酒窝很有亲和力，玉法沉稳礼貌，讲解得好，又守信用，预约的客人如果堵车了，也会等。绝大多数客人都喜欢我们，回头客很多，安缦、香格里拉等高档酒店的总监都来找我们夫妻俩为贵宾服务。当我把美景介绍给海内外游客，他们惊艳的眼神，兴奋的欢叫，一再的致谢，让我幸福指数爆棚。

日本老先生七十岁左右，满头白发，西服笔挺，整个人特别清瘦、干净。他微微哈着腰，用不太标准的汉语说"您好！"

他想去三潭印月。我说，那儿人太多，不如我把船慢慢划到新西湖杨公堤，又幽静，又有味道，你一定会喜欢的。

我是真心的，我自己特别喜欢那儿，他的样子和那儿很搭。

他说好。

船沿着湖堤蜿蜒前行，穿过一个个桥洞，穿过一树树萌着新绿的柳枝，早春的微风将片片桃花拂落，飘满湖面。我说，苏堤也是情人堤，据说两个人如果还没找到恋爱的感觉，手牵手走完二点八公里，一定会成为情侣的。

他微微一笑。

船沿着上香古道往茅家埠走，像进入幽深的湿地雨林。我说，为什么船娘船夫都背对着游客划船呢？是因为当年乾隆皇帝坐船经上香古道去灵隐，船夫知礼，避免和他面对面，就背对着他划，后来，所有的船夫船娘都背对着客人划了。

他哈哈一笑。上岸时，他给了我一张名片，地址是他在杭州开的一家公司。他微微哈着腰，说了声"多谢你！"

大约三个月后的夏日，我把船停在百合花饭店附近等生意，忽然看见一个眼熟的身影向我走来，还是那个清瘦干净的样子。我心想，真有缘分啊，居然在这里碰到。

他看到我，小跑着来到我面前说，我问了很多人，一路找过来，真的找到你了！

他的话、他眼里的惊喜让我心里一暖。

周密在《武林旧事》中这样描述杭州人避暑游湖的情景："六月六日，都人士女，骈集炷香，已而登舟泛湖。"人们带上奉化项里的杨梅，聚景园的秀莲新藕、新荔枝、白醪凉水等冰雪爽口之物，戴着香囊、涎花、珠佩，女人们在头上簇戴茉莉花，多至七插，最为时髦。一艘艘游船停靠在蒲深柳密的宽凉之地，纳凉、喝茶、闲聊、钓鱼，直到月亮升起才回家。有些人还准备了凉席卧榻，又是洗头发又是洗澡，留宿在湖心，整夜不归，裸泳想必也是有的。

自然少不了酒肉，南宋各类吃食繁多，名字让人听了都要流口水，酒也有很多美妙的名字，比如蔷薇露、流香、宣赐碧香、凤泉、玉练槌、雪醅、真珠泉、琼花露、齐云清露、十洲春、清心堂、丰和春、清白堂、蓝桥风月等。

中秋夜，人们还在湖里放"一点红"羊皮小水灯，数十万盏水灯浮满湖面，烂若繁星。

日本老先生和我一一细数着那些美食和美酒的名字，感叹无论中国还是日本，如今都找不到那些实物和那份风雅了。他说，为什么没有人开一家"南宋酒肆"，把那些美食美酒，让如今的人们继续享用呢？

我答不上来。我想，无论从时间深处捞什么，捞上来都会变味吧。

他打电话约船，一开口就是"莫西莫西"，我就知道是谁了。他一般一个人来，静静坐着，看着远处，拍几张照片。偶尔，他会讲几句他自己的事情，像是给我听，像是自言自语。

有时他带两个日本朋友来，请我带他们去龙井买茶叶。我把船停靠在茅家埠，陪他们到茶农家喝茶买茶，他们非让我同桌吃饭，叫我"妹妹"。

他问我都去过哪儿，我说哪儿都没去过。可我常听世界各地的游客讲家乡的风土人情，听各种教授学者作家在船上聊西湖文化，就好像我自己走了很多地方，看了很多书一样。

他问我最想去哪儿，我说，北京，大草原。

他说，京都樱花开的时候，和西湖一样美，你去看看吧。我的妹妹也和你一样美。

我说好的，我不敢问他妹妹是否健在。至于出国，我从不敢想。

船至湖心，他每次都问我，我给你拍一张照片好吗？

时隔多年，我们已失去联系，我的相册里留着几张他给我拍的照片，是我唯一的摇船的照片。他专门洗好，坐船时给我带过来。

我爱美，爱打扮，在意皮肤好不好，皱纹多不多。新衣服很少有机会穿，两三年都不去买，穿的都是工作服，夏天一身汗，要换好几套。春节最忙，去烫个头发就算过年了。我喜欢穿裙子，摇船没机会穿，晚上穿出去逛街散步臭美一下。有一次娘住院，我在医院陪她，正巧穿着连衣裙，单位里来电话说排班排到我了，匆匆忙忙赶过去，裙子都来不及换就上船，不敢坐，怕走光，只好一直站着划船。从来没有一个西湖船娘穿着连衣裙划船，客人上岸后，同事们全都拿手机拍我，哄笑说，穿着连衣裙划船的，你是西湖船娘第一个！

我不羞不恼，说，我还要穿着旗袍划船呢！

最轻松的辰光，是收工后，裹着夕阳或星光月光慢悠悠划着船，划回郭庄码头。近处空无一人时，我会哼几句越剧：

"西湖山水还依旧，憔悴难对满眼秋……"

"夕阳西下晚霞红，骊歌声声催归鸿。劝君子，临行更尽酒一盅，愿与你再向人间陌路逢，重叙离衷……"

五音不全的我，不唱别人听，也不唱给自己听，就是唱个高兴。

下雪时，真想生一盆炭火，请日本老先生喝一次酒，像张岱在《湖心亭看雪》里写的那样，"拏一小舟，拥毳衣炉火，独往湖心亭看雪"。请他再为我拍一张照片。他是真正懂西湖的人，也是最尊重船娘的人。

六　湖上的洞箫

古人说，"西湖之胜，晴湖不如雨湖，雨湖不如月湖，月湖不如雪湖。"我觉得，月下的西湖最神秘，像藏着无数个不俗的、不安的、不甘的、不羁的灵魂。

当我一个人划着船，从白娘子的断桥，往白居易的白堤，绕林和靖的孤山，经苏小小和秋瑾的西泠桥，至苏轼的苏堤，定会遇见时光更深处的她——王朝云。

一○七一年的某个月夜，西湖的月光沁入了一颗黯然的心。被贬至杭州任通判的苏轼，坐一叶小舟游于月色之中。

《西湖梦寻》曾记：" 因想东坡守杭之日，春时每遇休暇，必约客湖上，早食于山水佳处。饭毕，每客一舟，令队长一人，各领数妓，任其所之……至一、二鼓，夜市犹未散，列烛以归，城中士女夹道云集而观之。"

当时风气，官宦名士的风流多情几乎都是公开的。"西湖船娘"与如今的概念也截然不同，特指的"西湖船娘"和扬州瘦马、大同婆姨、泰山姑子是四大娼妓群体的暗喻，凝结着旧时代女子的血泪。据说，从白居易、元稹宦游杭州，"西湖船娘"便开始名闻天下，并盛极于宋，"歌妓舞鬟，严妆自炫，以待招呼者，谓之'水仙子'"，一直延续到明清、民国。她们娇小玲珑，秀丽温婉，擅琴棋书画，各有"花船"，一般分上下两层，供达官富商设宴、聚赌、抽鸦片、留宿，进行着军事、政治、经济诸方面的秘密交易。辛亥革命起至民国，"西湖船娘"渐渐淡出直至绝迹。如今的"西湖船娘"是真正意义上的船娘。

一千年前的月色，与今夜的月色别无二致。湖上的月色像一曲幽渺的洞箫，带着竹的青涩和清香，哀婉，悠远……西湖的月色之美，如洞箫的难言，适合一个人在夜里静静听，耳朵是听不到的，心才能听到。当心听到时，明月清风就从天上来到了心间，两袖一甩，天地间再没有大不了的事了。

醉卧小舟的苏轼不由吟诵道："水枕能令山俯仰，风船解与月徘徊。"

一切恍若梦中……梦中，少女长袖徐舒，轻歌曼舞。一曲舞罢，少女来到了他身旁，一袭素衣，铅华不着。

十二岁的王朝云，才华卓尔不群，气质简净，瞬间打动了苏轼的心。也有人说王朝云并非歌舞伎，而是友人托孤。总之，王朝云仰慕苏轼已久，决意追随他，哪怕只做先生家的婢女。

从杭州到密州、徐州、湖州，再因"乌台诗案"被贬黄州，王朝云"一生辛勤，万里随从"。直至苏轼再贬惠州时，他已年老体衰，她却风华正茂。他曾作一诗，序中说："予家有数姜，四五年间相继辞去，独朝云随予南迁"。唯有她陪着他，长途跋涉，翻山越岭，来到蛮荒烟瘴之地，过着缺米少柴、躬身耕种、缝补浆洗的清苦生活。

较之王弗和王闰之，王朝云最懂苏轼"一肚子的不合时宜"，她常抚琴轻唱他的《蝶恋花》，一次唱到"枝上柳绵吹又少"时，想起他宦海浮沉、命运多舛，泪如雨下。他问何因，她答，姜所不能竟（唱完）者，"天涯何处无芳草"句也。

仿佛有某种预感，不到两年，她便病逝了，年仅三十三岁。他写下了《悼朝云》等诸多诗词，终生不再听《蝶恋花》。

最好的爱情是什么样的呢？在我看来，开始是男女之爱，慢慢兼友情亲情，尔后风雨同舟，最后相濡以沫。

他俩是。我和玉法也是。

彼时，我和玉法正沉浸在无比辛劳和快乐中。我们做了一件大事：用摇船挣的所有钱加上公公婆婆的积蓄，在深潭口老宅基地上建一座五层楼房，将来给两个儿子娶媳妇用。我们白天摇船，晚上回家后，一船一船将建筑材料运到自家埠头，然后从埠头一点一点往上搬，每天忙到深夜。每一根钢筋每一块砖每一片瓦每一粒沙，都是我们在西湖一橹一橹摇来的，都是我们一块一块亲手搬上去的。

散乱的头发，困得睁不开的、布满血丝的眼，手上裂开的血口子，痛得抬不起的胳膊，流成一道道沟的汗……太苦了，太累了，可是，多么幸福啊。

七 "哥哥"

假如161号船牌、搪瓷果壳盘、留言本会说话，玉法为张国荣划船的故事，它们会讲得比我好。

新千年的第一个秋天，杭州又进入了最美的季节。那天上午天气很好，玉法像往常一样，将船泊在杭州香格里拉饭店对面的码头等生意。奇怪的是，从八点一直到十点，没有一个游客来坐船，平时早就有五六条船出去了。

一位船工说，今天怎么回事啊？听说张国荣明天在杭州开演唱会，就住在这里，难不成他会来坐船？

玉法说，不可能，他那么忙，哪有空来坐船？

话音刚落，玉法看见码头上远远过来五个男人，其中一个他在碟片里、电视里见过无数次的人，正径直朝自己走来。他没有戴墨镜，墨绿色上衣，白色长裤，黑色皮鞋，步子悠闲随意，穿过一树树秋天的梧桐，让玉法想起戏里的小生。

直到"哥哥"和两位摄影师跨上他的161号船，玉法还不敢相信。

先去了三潭印月。"哥哥"斜靠在背对船尾的靠背椅上，玉法只能看到他的侧面，浓密的头发、眉睫，长长的鬓角，真像戏里的英俊小生。一只胳膊随意搁在椅背上，拇指和食指轻轻揪着下巴短短的胡楂，凝神望着远处，不说话，也不喝茶，只静静地听讲解，有时笑笑，有时点点头，像一个乖乖听课的孩子，有时把两条腿都搁到长椅上，像一个神魂早已游离的调皮孩子。

本想再去其他岛走走，"哥哥"虽戴上了墨镜，仍被认出来了，几十个游客一下子围了上来，他们只好匆匆上船回来。

两个小时很长，又很短。快上岸时，玉法鼓起勇气说，张先生，能不能冒昧请你把这几张三潭印月的门票送给我？

"哥哥"笑了，说，好啊。

玉法又说，那你能帮我签个名吗？

"哥哥"说，好的。随即伏在茶几上，在门票上签了个英文名，又签了个中文名，他很少签中文名。然后又在玉法给游客准备的留言本上签了名，抬头对他笑了笑。他无比温柔、干净的目光，像雪后西湖上的暖阳。

两个萍水相逢的人，彬彬有礼地告别，永别。

两年后的愚人节，传来了那个令世人震惊、令粉丝无法接受的噩耗。一位"荣迷"把玉法的手机号码贴到了张国荣百度贴吧里，从此，每年四月一日前后，玉法的游船就会被"荣迷"们订满，从七十多岁的老奶奶到"零零后"，从世界各地赶来，就为了坐一坐"哥哥"坐过的船，走一走他走过的线路，听一听当年发生在 161 号船上的故事。

一位日本歌迷连着坐了两天船，一坐就是一整天，一路看，一路哭。

一位重庆小姑娘从码头一直跟到我们家，哭着求玉法送她一张"哥哥"三潭印月的门票。我们都很不理解，架不住心软，留她吃了饭，把门票给了她。女孩流着泪走了，不一会儿又回来了，手里提着在街上买的芡实糕送我，回去后还寄来好多火锅调料。

"哥哥"刚去世那几年，他们一上船就会流泪，玉法就安慰他们。近些年，粉丝们不哭了，有时风大船不能出去，他们就在船上坐会儿，央他再讲讲二〇〇〇年秋天的往事。大概是爱屋及乌吧，他们爱"哥哥"，也喜欢上了玉法，前两年，得知玉法快退休了，粉丝们急了，一个多月前就排队来坐他的船，每天有人加他微信，过年过节不忘问候他，举办纪念会时还邀请他去参加。玉法在船上用的保温杯，是美国张国荣歌迷协会为他特意定做的，上面用英文写着："谢谢你，沈先生。"

玉法常在闲时打开船坞休息间的柜子，将那些物品一件件取出来看：161号旧船牌，六张"哥哥"游览西湖的照片，一张"哥哥"亲笔签名的三潭印月门票，那天用过的桌布、搪瓷果壳盘，还有四本厚厚的写满粉丝留言的纪念册。大多留言是写给"哥哥"的，也有写给玉法的，有中文英文日文韩文，感谢他善待那么多爱"哥哥"的人。

"哥哥，终于来到161号船，沈先生人真好。我坐在你坐过的地方，感受到椅子上的温度，你残留的气息。天人永隔，但思念能越过千山万水的阻隔，就像哥哥说的，分开也像共渡过。"

"哥哥，今年高考成绩并不理想，但是今后我将成为一名警察，我会越来越好的，希望您在天堂一切安好。"

…………

玉法最后一次在西湖划船，是二〇一七年十二月三十日，天气很好，很冷。他将船从外西湖划回来，过桥洞时接到一个电话，一位武汉女粉丝说，我在火车上，马上到了，我来找你，让我坐最后一次，好不好？

玉法说，真抱歉，以后你到西溪来找我吧。我会把"哥哥"留下的东西都带到西溪的。

他把小船带到船坞，放下橹，陪着这条跟了他二十三年的船静静坐了一会儿。小船也老了，它见证了众生的欢愉悲凉，见证了玉法二十三年的苦乐年华，也见证了他与"哥哥"和"荣迷"的奇缘，让他此生有幸感受到另一种人间真情：哪怕素不相识，哪怕被你爱着的人根本不知道你的存在，哪怕那个人早已到了另一个世界。

哀愁是人生必中的毒，爱是唯一的解药。一抬头，玉法看见夕阳在云层中溺水般挣扎了一下，瞬间沉入西山。

给费玉清摇船，我也没有想到。

"一身琉璃白,透明着尘埃……"他唱到"埃"时,从炫目的舞台上走下来,跟在两个提着灯笼的女孩后面,跨上了我的小船,从容地继续唱。

灯光如瀑,万众瞩目,倾泻在我的小船上,倾泻在费玉清和我身上,世界好像只有我和他两个人——和名字一样温润的他,和名字一样土气的我——素颜,马尾辫,蓝花布衣裳,黑布鞋,双手紧握船橹,心怦怦乱跳,假如橹有知觉,定会感到窒息。

二〇〇七年秋天杭州西博会开幕式,费玉清站在船上演唱《千里之外》,我被选中为他摇船。排练时用的替身,我天天盼着正式演出能见着真人,又生怕自己出错,他唱到哪一句歌词,船就要停到哪个位置,一点都不能错。

我轻轻摇着橹,生怕船晃动吓着他。隔着船篷,看不到他全身,当他回过头来,唱到"我送你离开"的"你"时,我感觉他的目光和我对视了一秒,眼神那么熟悉!怎么会呢?

他唱完了,聚光灯骤然熄灭,黑暗中,他冲我微笑了一下,点了点头,转身上岸了。

自始至终,我们没有说过一句话。短短的几分钟,屈指可数的几句歌词,于他,转身便忘,于我,犹如梦境。在水上漂了那么多年，谁会注意斗笠下一张船娘的脸？谁会关心一个船娘的悲欢？竟然有那么几分钟，西湖上所有的灯光、所有的目光齐齐聚集在我的小船上，多么不可思议啊！

多年以后，在一个电视节目里，他唱了最后一首歌后宣布封麦，开玩笑似的说着告别词，观众们却流着泪。在世人淡忘他之前，他选择全身而退。我忽然明白当年为什么会感觉他的目光、气场那么熟悉，他与隐居西溪的祖先们多么相像，也许，溪鸟也是他的前身，溪花也是他的故人。

八　回西溪

小船行进在西溪，如小鸟飞翔在天空，橹是船的翅膀。九岁时，我曾潜入深潭口的最深处，仿佛潜回母亲的子宫，听到了另一个世界的嗡嗡声。此刻，搬离西溪十五年后，我回来了，回到了生命的来处。白发已爬满双鬓，鱼尾纹已爬满眼角。

二〇〇三年起，西溪湿地综合保护工程开工，房子拆了，村民搬了，我们一家老小也搬到了城郊的回迁房。西溪从本世纪初主要由养猪造成的臭气熏天、污水横流，变回了我儿时的山清水秀。明清时，西溪有千顷蒹葭、十里桃树、十八里香溪，花开时笼罩水面，小舟行在其中，篷背碰落无数花瓣或花絮，芦花名"秋雪"，梅花名"香雪"，桃花名"绛雪"，并称"西溪三雪"。如今，这些极美的景致也都在慢慢恢复。

从西湖游船公司退休后，正逢西溪湿地招船工船娘，我和玉法又回到了心心念念的故园。正是深秋时节，小船进入万顷芦苇荡，芦花怒放，船篷轻轻一碰，顿时花飞如雪。

一对恋人上了我的船，女孩眼睛红红的，男孩气呼呼的，显然在吵架。船进入又一个芦苇荡时，他俩又吵了起来。

我笑着说，吵什么吵啊，我给你们讲一个故事吧。

他们似乎才想起船尾还坐着一个我，顿时住了口。

清朝的厉鹗是历代吟咏西溪诗词最多的文人。他一生清贫、清闲，常流连于西湖、西溪。一天，他和好友在西溪一处楼阁前喝茶，听见芦苇荡深处传来一阵哀婉的古琴声，便驾起小船循着琴声进入了芦苇荡深处。琴声忽然停了，传来一阵低低的抽泣声。只见一条小船上，一位年轻女子正趴在琴上抽泣。

朱满娘，从此走进了厉鹗的生命。她原是一大户人家的女儿，乳名"月上"，前两年一场大火致家境败落，误入青楼，决意卖艺不卖身，可最近一位地方官绅硬要纳她为妾，老鸨爱财答应了。

厉鹗人脉甚广，遂动用各方关系将此事圆满了结。满娘感恩，更感佩他的为人为文，成了他的红颜知己，两人或月夜泛溪，雨中漫步，或凭栏远眺，吟诗作画，成为西溪一段佳话。

所谓情深寿浅，没过几年，朱满娘便病重，厉鹗不惜典尽财物为她请医问药，却回天无力，第二年正月初三，她溘然长逝。

正是梅花将要绽放的时节，厉鹗将万千伤悼凝结在了十二首悼亡诗中。

"双桨来时人似玉，一奁空去月如烟。"

"十二碧栏重倚遍，那堪肠断数华年。"

"故扇也应尘漠漠，遗钿何在月苍苍。当时见惯惊鸿影，才隔重泉便渺茫。"

人去楼空，满娘用过的团扇仍搁置在原处，落满了灰尘。满娘戴过的首饰静静弃置一旁，在如烟月色中显得无比凄凉。无穷无尽的哀思缠绕着厉鹗，贫病交加蝼蚁般啃噬着半截朽木，没过几年，便追随她而去了。

茫茫人海中，相遇，相爱，相守，多么不易啊，所谓良辰美景奈何天，不好好珍惜，吵什么吵呢？

我自言自语着，已然忘了那对年轻恋人的存在。

不知道男孩说了句什么，女孩扑哧一声笑了。

没有人看到斗笠下我的眼里已噙满泪水——深潭口——不敢轻易触碰的那道伤口猝不及防地出现在了视野中。

九　深潭口

事隔多年，第一次重新踏上深潭口，感觉回到了三十年前的梦境里。

《南漳子》曾记："深潭口，非舟不渡；闻有龙，深潭不可测。"每年端午节，深潭口必人山人海，锣鼓喧天，浪花翻飞，龙舟竞渡。记忆深处，有一条最美的龙舟在"咚咚锵咚咚锵"的锣鼓声里劈波蹈浪向我驶来，停到了我家河埠头前。玉法伫立在龙舟上的大鼓前，双臂奋力舞动鼓槌，平日那么文静的一个人，此刻意气风发，气势如虹。

父亲喜气洋洋地端上一个礼盘。龙舟盛会传承着一套古老的仪式，有"喝龙船酒""请龙王""披红""赛龙舟""谢龙王"，龙舟上如有你的家人，便是你家无上的荣耀，龙舟会经停你家河埠，家人们就要捧上一个礼盘，礼盘里铺着米，米上放着红包、鞭炮、红绸布。龙舟后跟着的小船会下来一个人，接过礼盘，将红绸披到龙头上。只有三姐妹的我家，无人上得龙舟，儿时一到端午节，我总是又兴奋又羡慕嫉妒恨，恨不得自己飞上龙舟去和小伙子们一比高下！

我和玉法定亲后，他便是我的家人了。

船尾的艄公是总指挥，脚一蹬，头一抬，手一挥，顿时鼓声雷动，众桨齐出，所有的桨齐刷刷把龙舟龙头下的水瞬间掏空，艄公在船尾一蹲，水就从龙头哗哗吐了出来！赛龙舟不比速度，比花样，玉法的龙舟赢得了最多喝彩。

婆婆最爱看赛龙舟，年年都要看，搬离了西溪那么多年，每次都会赶过来，每次都带回家两行浊泪。

此时，曾经的家就在眼前。樟树蓬勃，白墙隐约，曾经的五层楼房像被活生生腰斩了，只剩了两层。门前的桂花树散发着熟悉的香味，已经不是我家的树了。

门厅外挂着一个生态研究中心的牌子，走出来一位工作人员，抬眼看了我一下，顾自走了。他哪里知道，他们天天走进走出的地方，是我的家！我的家！

靠在门厅前的柱子上，我感觉它微微颤抖了一下。这根柱子是我造的，白色的瓷砖是我用船一块块运回家、一块块亲手贴上去的，那道齐眉高的细缝里，还沁着我的汗，留着我右手拇指的血。

泪眼模糊中，又一次浮现了婆婆的泪眼。

西溪全面治理改造工程启动后，所有的原住户都要搬离祖祖辈辈生活的西溪。我家两代人呕心沥血建成的五层楼才住了两年就要被拆掉了，给两个儿子准备的新房，永远都不会迎来张灯结彩了。

我想不通啊！

我天天失眠。婆婆天天哭。我和玉法天天去找公家单位理论。

等来的，是三套城郊的拆迁房，还有十元一平米的超面积补贴，我赌气不去领。

静下心想想，公家也是好意，也不容易，我们为国家做点牺牲也是应该的，看到西溪变得这么美，这么干净，心里也是高兴的，自豪的。

住不惯离地百尺的楼房，夜深人静时，总有一个声音在我耳边嘀咕：如果有一天能回到西溪，像老屋那样安安静静趴着，像船那样像祖先那样，安安静静地泊着，多好啊！

西溪的精灵们一定听到了我的愿望，年已半百的我真的回来了。舍不得船娘这份职业，更舍不得对故园的眷恋。

游人来来往往，永远不会知道，那个黝黑的西溪船娘，为什么会时时冲着那些水鸟浮萍点头，她的橹从两朵水浮莲中间划过时，为什么那么轻柔，像是怕碰痛它们。

十　雪霁

雪后的西溪，冷，幽，野，是西溪一年里最宁静的时分。

玉法踩着积雪咯吱咯吱走到船坞，将他的船划出来，停到摇橹船码头，又踩着积雪咯吱咯吱走回船坞，将我的船划出来，也停到码头。

有时候他等我，有时候让我在家歇着，他顾着两条船。

天冷没有客人时，船夫船娘们聚在码头上聊国家大事、讲八卦笑话，黄段子也讲，一点都不难为情。大家基本上是原来同村的，关系好，说说笑笑，便不觉得累，没生意时也不会太心焦。

我们常把船划到芦苇荡深处吃午饭，用力把橹插进淤泥，让船停住，把保温桶摆到茶几上，我每天早晨五点多起来做的米饭和一荤一素两个炒菜，再从船篷和船梁的夹缝间取下饭勺。我把豆壳菜梗虾壳等食物残渣直接扔进水里，看鱼儿虾儿跳起来抢，像回到小时候。吃好饭，橹拔上来，能撸下一大把螺蛳，有时船走着走着，鱼自己会跳上船，抓了养在桶里，带回家吃。

回到家一有空，玉法做木工，我打毛线。

楼道下的杂物间里，堆满公婆从西溪带出来的农具，还有玉法做木工的工具，摆得整整齐齐，谁也不许动。家里的八仙桌、角几都是他纯手工做的。前几天他照着从文澜阁拍回来的照片，花了七天时间做了一张特别漂亮的角几，只用卯榫不用钉子，雕着四条小龙和朵朵祥云，说准备给当警察的大儿子结婚用，还要给正在读大学医科的小儿子也做一张。

他不会甜言蜜语，我穿新衣服给他看等于白给他看，从来不说好不好。冬天生意淡，他就说你不用划船了，去买几件新衣服穿穿吧。我给他买，他不要，说儿子穿剩下来的衣服鞋子够他穿了。

我上班自行车骑不动，他带我。我脚扭了，他每天背我爬六楼。

偶尔吵架了，船从对面过来，我不理他。一到家，他就主动问，今天做饭了没有啊？做的什么好吃的啊？

两人同一个工种，更知冷知热，也更默契。比如节假日太累了，我们一到家就闷头吃饭，倒头就睡，谁也不说话。

夕阳西下时，西溪逆光里的芦苇特别美。当船娘很苦，也很快乐，看看风景，和客人聊聊天，烦恼就忘了。如果身体吃得消，我想一直划下去。以前是为挣钱，现在是挣开心。别人健身要花钱，我又看风景又健身还有钱挣。况且，现在划船的年轻人越来越少了，西湖船娘越来越少，西溪也只有五个船娘了，可能是最后一代船娘了。

曾经有一位湖南客人问我，你知道小说《边城》吗？

我说不知道。

他说，沈从文描写的"优美，健康，自然，而又不悖于人性的人生形式"，就是你这个样子的。看起来你的行当很古老，可你走在大多数人前面了。你真幸福。

我说，我也觉得很幸福。咱俩换换，你愿意吗？

他有点愕然，想了想，说，呵呵呵，呵呵呵。

我说，我也不愿意。

沧桑，你冷吗？来，再喝口酒吧。西溪的冬天特别冷，游人都冻跑了。古人比我们风雅，一下雪就提着竹筐上船，一只放满酒菜、干粮、零食、水果，另一只放上被褥、枕头、靠垫。他们随风漂荡在开满梅花的十里西溪，有时候一天一夜，有时候十几天不归。

他们经过的每一条河道、每一个小岛、每一座亭子，都不一样了。西溪不一样了，世道人心也不一样了。

可我觉得，有的东西，它永远不会变。

像一场梦。

像一席梦话。

二〇二〇年小满，我在西溪的鸟鸣声中醒来。东边初阳已升，西边圆月已淡，日月如苍天两只温柔的眼睛俯瞰着人间。西溪千百个湖塘，如千百只清亮的眼睛齐齐睁开，与苍天两只眼睛温柔对视。想起《三体》大结局前篇，刘慈欣送给两位主人公一个小宇宙，水珠般飘浮在正在坍缩的宇宙中。在那个透明的结界里，他们过着古人般诗意的田园生活，延续着人类最后的文明。

西溪如一个透明的结界。船娘微微弯曲着背，轻轻摇着橹，穿过晨雾和晨雾般浓稠的时光，驶向湖的更阔远处。她的生命形态，古老，柔韧，恣意，隐忍，美如雨中葡匐的蕨类。

后记：鸟鸣

二〇一九年十一月十四日傍晚，我赶到日本奈良斑鸠町的法隆寺时，白凤时代的梵钟在最后一抹夕阳的余晖里，久久回响着古老的音色，世界最古老的木造建筑群如日落般静美寂寞。我是最后一个到访者。

我的目光跟随着暮色，一一抚摩五重塔飞翔的屋檐，偷心造的云拱，幽秘的回廊，巨大的木柱群和支撑木柱的圆石，一一印证着我在那本书里读到的关于这座千年伽蓝的一切。三年前一个午后，我在杭州莫干山路金汇大厦十七楼的办公桌餐盒下垫着的旧报纸上，瞥到了一则新书介绍，日本作家盐野米松等合著的《树之生命木之心》，对日本三代宫殿木匠持续十年的采访笔录呈现了传承一千三百年的匠人之魂，里面有很多工匠口诀：

"营造伽蓝不买木材而是直接买整座山。"

"树木的癖性也是树木的'心'。堂塔的木构不按寸法而要按树的癖性构建。"

"要按照树的生长方位使用，长在东西南北的树应按它们的方位使用，长在山岭上和山腰上的树可用于结构用材，长在山谷里的树可用于附件用料。"

我的心被什么狠狠震了一下。

然后，有了《纸上》。写的是古老村落里唯一一位坚持古法造纸的传承人的故事。原发刊物《人民文学》在"卷首语"中写道：《纸上》是有来源、现场、去向的，是有声音、色彩、味道、纹理的，是密布质感和充满活力的。作品体贴着自然古朴绵厚耐久的人心，以及他们传导至手上活计的心爱喜欢，于是也便有了朗润透亮的语感，以及与文中人物冷暖共在的敏感和悄然不响的欢喜。

又有了《跟着戏班去流浪》。写《跟着戏班去流浪》前，我深入老家越剧草台戏班，和他们同吃同住同演戏，深度体验原生态民间戏班生活。原发刊物《十月》在"卷首语"和琦君散文奖颁奖词中写道：《跟着戏班去流浪》呈现了民间戏班不为人知的生存状态和思想情感，百年越剧的辛酸苦乐浓缩成此刻的种种瞬间,平常的日夜交织着"家"与"流浪""梦"与"生活"的难以言尽的人生况味。其真切、细微,非在书斋中所能完成。那些我们身边被忽略的现实人生,在挣脱了概念化的存在后,变得如此鲜活且意味深长。

还有《牧蜂图》里浪迹天涯、追花夺蜜、催人泪下的养蜂人,《与茶》里坚韧隐忍如一株老茶树的茶农,《春蚕记》里很可能是江南最后一代的养蚕人家,《船娘》里在西湖上漂泊了三十年的船娘,《冬酿》里偏远海岛寂寞而执着的古法酿酒人。我发现我遇见的每个人,从未吝啬过自己的努力,每一份最原生态的劳作里,深藏着难以想象的艰辛和无奈,也深藏着生生不息的古老美德,如一叶茶的苦涩和芬芳,久久地在舌尖上矗立,在心坎上颤动。

他们是我终身敬重并感恩的人。

三年多来,写作时的我很像一棵老桑树。坐在杭州钱塘江边十一楼的家里或别处,总觉得自己仍在生命的来处——东海边玉环岛的娘家小院,南山后东海传来阵阵涛声,海风和水汽漫过山岗,来自群山的泉水汇集在水井里,在月光下汩汩作响。我的脚尖如遒劲苍老的根须深深扎进土里,我的指尖如蓬勃绽放的枝叶，我在电脑上敲出的每一个字，伴随着颈椎压迫神经导致的左肩臂经年的疼痛，也伴随着文字带来的快乐战栗。

一八〇八年，双耳完全失聪的贝多芬完成了《F 大调第六交响曲》（《田园交响曲》），他曾对朋友说，周围树上的金翅鸟、鸫鸟、夜莺和杜鹃是和我在一起作曲的。第二乐章结尾处，他用木管乐器模拟的"鸟鸣"声，在当时引起了很大争议。囿于古典乐派的传统观念，人们认为如此粗糙的声响，根本不宜用在交响乐中，甚至不能被称为音乐。音乐鬼才柏辽兹为贝多芬辩护，纷至沓来的时光和后人为鸟鸣声辩护。

人类从未停止过流浪，寻找，颠覆，重构，灵魂却渴望安宁。为了灵魂的安宁，人类无法停止流浪，寻找，颠覆，重构。世上有多少人如那一声"鸟鸣"？有多少梦是那一声"鸟鸣"？希望我用文字"模拟"的"鸟鸣"声——时代恢宏乐章里一个小小音符，能给读者带去深刻的愉悦。

感谢耄耋之年的父母——此书每一篇散文的第一读者。

感谢出版方。

感谢所有帮助过我的人。

图书在版编目 (CIP) 数据

纸上 / 苏沧桑著. —— 北京 : 北京十月文艺出版社,
2021.3

ISBN 978-7-5302-2083-2

Ⅰ.①纸… Ⅱ.①苏… Ⅲ.①散文集—中国—当代

Ⅳ.① I267

中国版本图书馆 CIP 数据核字 (2020) 第 197624 号

纸上
ZHISHANG
苏沧桑 著

出　　版　北 京 出 版 集 团
　　　　　北京十月文艺出版社
地　　址　北京北三环中路 6 号
邮　　编　100120
网　　址　www.bph.com.cn
发　　行　新经典发行有限公司
　　　　　电话（010）68423599
经　　销　新华书店
印　　刷　北京盛通印刷股份有限公司
版　　次　2021 年 3 月第 1 版
印　　次　2024 年 2 月第 10 次印刷
开　　本　880 毫米 ×1230 毫米 1/32
印　　张　11.75
字　　数　180 千字
书　　号　ISBN 978-7-5302-2083-2
定　　价　52.00 元
质量监督电话　010-58572393
如有印装质量问题，由本社负责调换。